Impressum:

Deutsche Originalausgabe

Alle Rechte vorbehalten

Herstellung und Verlag:
BoD - Books on Demand
In de Tarpen 32, 22848 Norderstedt
www.bod.de

Copyright (Bild/Text): Wolfgang Hiller
ISBN: 978 3 - 739 - 211 - 732
Nationaler und Internationaler Vertrieb:
Books on Demand GmbH

Deutsche Erstauflage: Januar 2016

Wolfgang Hiller

PARANOID

- Die Bestie in mir -

PSYCHOTHRILLER

Zum Autor:

Wolfgang Hiller ist ein Allgäuer Autor. Er hat in den letzten Jahren, drei Wanderbücher und mehrere Krimis veröffentlicht. „PARANOID" ist sein aktuellster Thriller. Für 2016 ist ein weiteres Wanderbuch geplant, mit dem Titel „Zauberhafte Bergseen (3)". Im November ein weiterer Kriminalroman (nach wahren Begebenheiten), mit dem Titel: „Kinderschänder". Zum Jahresende der Krimi; „Dorf der Mörder". Bisherige Titel von ihm: Zauberhafte Bergseen (1 + 2), Verfluchter Schrecksee, Blutroter Chiemsee, Barfuss durch das Allgäu.

Unter dem Pseudonym „**Marc Palmer**": Spurlos, Höllentrip nach Prag, Teufel im Kopf, Kalinka - das tote Mädchen vom Bodensee, Zürich außer Kontrolle.

Vorwort zum Roman:

„PARANOID" ist ein fiktiver Thriller. Die Geschichte und die Personen sind frei erfunden. Ähnlichkeiten mit lebenden oder toten Personen wären rein zufällig. Einige (wenige) Schauplätze wurden aus dramaturgischen Gründen dazu erfunden oder sind leicht verändert wiedergegeben. Die Gemeinde „Hintersee" wird einige Male erwähnt, ist aber frei erfunden, zumindest im Oberallgäu. Einer der Ortsteile von Bad Hindelang heißt Hinterstein, in dem es „gewisse Parallelen" zu „Hintersee" gibt. In dem Kurort Bad Hindelang, gibt es schon seit vielen Jahren keine Polizeistation mehr, geschweige denn einen Polizeiposten. Einige Verlage und Kliniken sind ebenfalls erfunden oder wurden umbenannt. In Neutrauchburg, einem Ortsteil der Stadt Isny, gibt es mehrere Kliniken, unter anderem auch eine psychosomatische, die ebenfalls „verändert" wurde. Schauplätze der Story sind im württembergischen und bayerischen Allgäu, Oberschwaben (Baden-Württemberg) und der Bodenseeregion.

PROLOG

Nikolaustag, 6. Dezember 2014

Mein Name ist Peter Kelly und neben mir im Auto sitzt meine achtjährige Tochter. Ich wusste noch gar nicht, dass meine Sophie anhand der Sterne die Himmelsrichtung bestimmen konnte. Sophie hinterließ Nasenabdrücke auf dem Beifahrerfenster, während wir auf der Fahrt von Isny Richtung Bad Hindelang zum Weihnachtsmarkt waren. Sie zählte die Sternenbilder auf und murmelte: „Süden, Osten oder Norden", wenn ich abbog.

„Wo hast du das gelernt?", fragte ich sie.

„Wo hab ich was gelernt?"

„Na, die Sternenbilder."

„In Büchern."

„In welchen Büchern?"

„Einfach Bücher."

Ich wusste, dass ich von Sophie nicht mehr erfahren würde. Das lag daran, dass wir beide Vielleser sind. Nicht unbedingt aus reiner Leidenschaft, sondern weil wir nicht anders konnten. Wir waren von Natur aus Beobachter, Deuter und Kritiker. Wir lasen nicht nur Bücher, sondern auch Comics, Reiseprospekte, Wanderführer, Zeitschriften, ja sogar Rezepte. Egal was, Hauptsache wir würden dadurch die Welt besser verstehen.

„Osten", sagte Sophie und presste wieder ihre Nase an die

Scheibe. Beide spähten wir auf die weithin sichtbare, zauberhafte Beleuchtung des vielleicht schönsten Christkindlmarktes im Allgäu. Es war kurz vor achtzehn Uhr, und langsam wie bestellt, fielen leichte dicke Schneeflocken vom Himmel, um dem Weihnachtsmarkt die richtige winterliche Atmosphäre zu verleihen. Nur wenige Meter vom Kurhaus entfernt konnte ich meinen Ford Focus parken. Ich war wie jedes Jahr, seit 2010, auf Sophies Wunsch hin, hierhergefahren. Aber nicht nur ihr, auch mir gefiel der zauberhafte und hübsch dekorierte Markt, wie auch zehntausenden von anderen Besuchern aus Nah und Fern. Es gab sogar Touristen, die jedes Jahr ihren Urlaub genau zum Zeitpunkt des Marktes hier verbrachten. Julia - Sophies Mutter, meine Exfrau - ist im achten Monat der Schwangerschaft gestorben. Nur mit viel Glück konnte das noch nicht geborene Kind, mit einer waghalsigen Operation gerettet werden, sodass mir wenigstens das Mädchen blieb, während meine geliebte Julia unter grauenvollen Umständen viel zu früh von dieser Welt ging. Seitdem ziehe ich die Kleine mit Hilfe meines Kindermädchens Alexa alleine auf. Wie alle kleinen Kinder liebte sie die Weihnachtsfiguren, die vielen Süßigkeiten, und natürlich auch den Nikolaus, der heute kam, um die (hoffentlich) braven Kinder zu beschenken. Wir stiegen aus dem Auto und ich nahm Sophie an die Hand. Die Kleine sah mich erwartungsvoll aus ihren rehbraunen Augen an. Jetzt wo ihr Gesicht halb im Schatten lag erkannte ich ihre Mutter darin. Von ihr waren auch ihre Freundlichkeit und Verletzlichkeit. Sie in ihren Zügen zu sehen, weckte das Gefühl in mir, jemanden zu vermissen, der noch immer da war, zumindest in meinem Herzen und Kopf.

„Papi, was ist los? Wollen wir nicht weitergehen?", fragte mein kleiner Schatz, und riss mich aus meinen wehmütigen Gedanken, als ich sie solange anstarrte. Immer mehr Besucher strömten jetzt von allen Seiten auf den Weihnachtsmarkt. Dutzende von Busse aus ganz Süddeutschland, luden tausende von Besucher aus. Heute am Samstag war der vorletzte Tag. Ich zog Sophie die Kapuze hoch, dass ihre Pudelmütze nicht gleich nass war, da der Schneefall etwas stärker wurde. Wir liefen weiter bis zum Rundbogen am Kurhaus, wo ich den Eintritt zahlte. Der süße Duft gebrannter Mandeln, sowie von Bratwurst und Pommes, erweckte unsere Hungergefühle. Sophie und ich hatten weitestgehend den gleichen Geschmack, weniger nach Lebkuchen oder Mandeln, sondern vielmehr auf Currywurst und Pommes mit reichlich Ketchup. Ich bestellte an einer Bratwurstbude zwei normale Portionen, schließlich aß Sophie genauso viel wie ich, und musterte die herbeiströmenden Menschenmassen. Zu weihnachtlichen Klängen verschlangen wir genüsslich unser Lieblingsgericht, während der Schneefall immer stärker wurde. Das soll jetzt aber nicht heißen, dass es das fünfmal in der Woche bei uns daheim zum Essen gab. Alexa war eine ausgezeichnete Köchin, die uns fast jeden Abend mit genügend Vitaminen und Ballaststoffen versorgte. Während ich uns noch an der Bude zwei Cola light besorgte, entdeckte ich drei Stände weiter, Monika Ehret, eine Kollegin, die in dem gleichen Verlag arbeitete wie ich, bei den „Schwäbischen Nachrichten". Seit wenigen Wochen war sie aufgestiegen zur stellvertretenden Chefredakteurin, manch einer munkelte, sie hätte sich hochgeschlafen. Zuzutrauen wär`s ihr, auch bei mir hatte sie nach dem Tode meiner Frau, diverse

Annäherungsversuche gestartet. Sie war Mitte dreißig, vier Jahre jünger als ich, und bereits zweimal geschieden. Das sagte fast alles, dachte ich mir, als sie mir mit einem Glühweinbecher zuprostete und lächelte. Sie war mit einer weiteren Frau hier, die ich noch nie zuvor gesehen hatte. Ich nickte ihr nur kurz zu, sonst würde sie womöglich noch unseren Platz ansteuern. Als wir unseren Hunger gestillt hatten, schlenderten wir weiter. Wir mussten uns Richtung Rathausplatz orientieren, da dort in zehn Minuten die Geschenke verteilt wurden. An einem Stand mit kunstvoll geschnitzten Figuren und bezaubernden Krippen blieb ich kurz stehen. Ich nahm einen schicken Engel in beide Hände, und musterte ihn aufmerksam. Dann stellte ich ihn wieder ab und griff in die Innenseite meiner Jacke, um nachzusehen wie viel Geld ich noch dabei hatte. Nachdem ich sah, dass es noch für mehrere Kostbarkeiten dieser Art reichen würde, wollte ich aber erst mal meine kleine Maus nach ihrer Meinung fragen. Ich blickte nach unten und bekam einen Schreck. Meine Hände zitterten stark und ich begann zu schwitzen.

Sie war weg!

Nur wenige Sekunden hatte ich ihre Hand losgelassen. Ich schrie nach ihr, und drehte mich dabei mehrfach um die eigene Achse. Außer den nassen Schneeflocken, die mir in die Augen flogen, und grinsende Leute, die schon vom Glühwein angetrunken waren, sah ich nichts. Ich hatte sie keine Minute aus den Augen gelassen, und jetzt war sie wie vom Erdbeben verschluckt. Trotz der Kälte öffneten sich jetzt überall meine Schweißporen und meine Augenlider zuckten unkontrolliert. Wo war sie, verdammt noch mal?

Sie ging nie einfach weg wenn wir irgendwas unternahmen. Wie ein Irrer durchstreifte ich den Markt, und fragte viele Budenverkäufer nach dem kleinen, süßen Mädchen mit der pinkfarbenen Pudelmütze. Viele starrten mich entgeistert an und musterten mich misstrauisch. Alle schüttelten nur den Kopf.

Nichts. Mein Blutdruck stieg in bedenkliche Höhen.

Als ich den Markt verließ, rempelte ich vor lauter Hektik noch eine Frau an, die daraufhin ihren Glühwein verschüttete. Ihr Freund beschimpfte mich wüst und drohte mir Schläge an. Dann war ich außerhalb der Menge und atmete erst einmal tief durch. Ich lief ohne Sinn und Verstand im Schneetreiben umher, als ich auf einmal eine Entdeckung machte. Vor mir auf dem Boden lag unverkennbar, einer ihrer beiden roten Handschuhe! Ich erkannte sie sofort, da Sophie sie zum Geburtstag von ihrer Oma bekommen hatte. Wieder brüllte ich ihren Namen, vernahm aber nichts, außer dem leicht pfeifenden Wind der mir die Flocken ins Gesicht peitschte. Hektisch lief ich weiter, bis ich Abdrücke von Spuren im Schnee sah. Sie konnten aufgrund der Größe nur von Sophie sein. Hechelnd wie ein Hund trottete ich weiter Richtung Wald. Ich kam an einem Bauernhof vorbei, und sah eine alte Frau, die mich ängstlich aus ihrem Fenster beobachtete. Als ich an dem Anwesen vorbei war, wurde es noch stürmischer und meine Angst nahm weiter zu. Keuchend hielt ich kurz inne und stützte die Hände auf meine Knie. Panik befiel mich und düstere Fantasien. Dann verlor ich die Spur an einem Wiesenhang. Ich stapfte mühsam weiter bei beißender Kälte, und benutzte die integrierte Taschenlampe meines

Handys. Ich war jetzt ungefähr einen halben Kilometer außerhalb der Gemeinde, um mich herum nur gespenstische Stille. Der Halbmond verbreitete etwas Licht, sodass ich auf einmal einen Schatten wahrnahm, vielleicht dreißig Meter vor mir.

„Sophie!", brüllte ich wie am Spieß. Aber das konnte unmöglich Sophie sein, der Schatten war riesig, wie von einem Monster, das über zwei Meter groß war. Dann sah ich einen zweiten kleineren Schatten, wenige Meter vor mir, auf dem Boden liegend. Daneben eine pinkfarbene Mütze. Sophie! Mein Gott, sie lag wie tot im Schnee, und der große Schatten kam unaufhaltsam näher. Verzweifelt tastete ich meinen Körper ab, auf der Suche nach einer möglichen Waffe. Der Schatten wirkte übermächtig und bedrohlich. Der Mann verfügte bestimmt über Bärenkräfte. War es überhaupt ein Mann? Noch fünfzehn Meter Distanz zwischen uns. Hatte er meiner Tochter was angetan?

„Wer sind Sie? Was wollen Sie von mir? Was haben Sie mit meiner Tochter gemacht?", fragte ich keuchend.

Außer dem Stapfen seiner Fußspuren vernahm ich keinen Laut. Verzweifelt sah ich auf den Boden, auf der Suche nach einem Stein oder Holzprügel. Nichts, außer diesem verdammten Schnee, der mich immer mehr bezuckerte. Kurzzeitig hatte ich die Hoffnung, dass ich mich in einem Albtraum befand, aus dem ich jeden Moment erwachen würde. Oder hatte ich nur den Verstand verloren, das würde erklären, warum ich hier hinter etwas herjagte, was es vielleicht gar nicht gab?

Der Bauernhof!

Er war doch nicht weit weg von hier, höchstens dreihundert Meter. Ich musste fliehen und Hilfe holen, dem Ungetüm war ich wahrscheinlich nicht gewachsen. Aber wie gelähmt blieb ich stehen. Meine Beine wollten mir nicht mehr gehorchen, dass Unheil kam erbarmungslos näher. Noch fünf Meter. Dann gaben meine zitternden Beine nach, ich sank mit den Knien auf den Schnee, mit dem dringenden Bedürfnis jetzt zu beten. Aber das hatte schon bei dem Tod meiner Frau nichts geholfen, Gott ließ mich erneut im Stich. Da bekam ich eine Eingebung, eine Erkenntnis. Etwas, dass ich aber niemals würde beweisen können, wenn es mir überhaupt noch möglich war. Ich wusste jetzt, wer meine Tochter entführt hatte, wer mir das alles antat. Ich kannte seinen Namen. Aber meine Stimme versagte, nicht einmal meine Hände konnte ich mehr zum Gebet falten. Ich blickte flehentlich nach oben, sah in das Gesicht einer fürchterlichen Fratze. Nichts Menschliches mehr war in dem Antlitz zu erkennen. Aus der Stirn ragten spitze Hörner in die Luft. Die Gestalt mit der Teufelsfratze grinste mich höhnisch an, als sie ihre mächtigen Pranken hob, mit einer fürchterlichen Waffe in der Hand. Mein letzter Gedanke galt meiner verstorbenen Frau, mit der ich vielleicht wieder vereint sein konnte, als die Sense auf mein Haupt hernieder sank.

1
Ostern 2011

„Osterkarten!" Das war Sophie, meine fast fünfjährige Tochter, die in mein Zimmer rannte und selbst bemalte Osterkarten auf mein Gesicht regnen ließ.

„Heute ist der Tag des Osterkorbes mit seinen Geschenken", antwortete ich und streichelte über ihr hellbraunes Haar.

„Wer ist dein Schatz, Papi?"

„Das bist du und Mami."

„Aber Mami ist doch schon lange nicht mehr da?"

„Nur nicht mehr sichtbar Sophie, aber immer noch in meinem Herzen."

„Wirklich?"

„Auf jeden Fall."

„Und ist Alexa auch dein Schatz?"

Alexa war seit dem Tod meiner Frau unser Kindermädchen, oder auch Hausmeister und Hausdame für alles.

„Sie ist auch ein Schatz, aber nicht so wie du und Mami es gewesen ist." Ich war froh, dass ihr die Antwort reichte. Tage wie diese, die unvermeidlichen kalendarischen Feste - Weihnachten, Ostern, Pfingsten, Muttertag - waren schlimmer als andere. Sie erinnerten mich immer daran, wie einsam ich war. Und wie diese Einsamkeit sich im Laufe der Zeit immer tiefer in meine Seele gegraben hatte. Eine Krankheit die zwar nicht akut war, sich aber noch verschlimmern konnte. Paul Glaser, meinem besten Freund, hatte ich mich vor vier Jahren erstmals anvertraut. Er sagte, und meinte es bestimmt gut mit mir, ich sollte einen Therapeuten aufsuchen. In letzter Zeit hatte sich nämlich noch mehr verändert. Die Leere trat noch mehr als bisher zutage, das volle Gewicht, des Verlustes meiner geliebten Julia. Ich dachte, ich hätte in den vergangenen Jahren genug getrauert. Aber vielleicht begriff ich erst jetzt, wie wertvoll sie für uns gewesen war. Womöglich kam die eigentliche Trauer aber erst noch. Sophie ist alles was ich habe. Nur sie hat mir geholfen zu überleben. Ich verbot mir zwar zu träumen, aber wie will man Albträume verhindern? Aber vielleicht war es auch ein Fehler, nicht wieder nach einer Frau zu schauen, sonst lebt man irgendwann gar nicht mehr. Auf Julias letzte Tage will ich hier jetzt nicht näher eingehen, aber ich gestehe jede Art von Fehlverhalten und falschen Einschätzungen. Aber ich werde nicht erzählen, wie es war, dem Leid meiner Frau zuzusehen. Zuzusehen wie sie gestorben ist. Eines möchte ich aber noch sagen: Sie zu verlieren hat mir die Augen geöffnet. Die vielen Stunden, die ich mich über enttäuschten Ehrgeiz, banalen Ärger bei der Arbeit, und eventuelle Ungerechtigkeiten aufgeregt habe. Die ganzen vergeudeten Chancen, etwas zu verändern, oder zu erkennen, dass ich mich hätte ändern können. Als Julia starb, war ich erst Anfang dreißig. Noch nicht einmal ein halbes Leben. Als sie mich verlassen hatte, wurde offensichtlich, wie vollkommen dieses Leben hätte sein können. Wie vollkommen es gewesen wäre, wenn ich es nur rechtzeitig erkannt hätte.

2

Jungholz (Tirol). Dezember 2010, kurz vor Weihnachten

Norbert Bahrmann schmiss mehrere Scheitel Holz in seinen Kachelofen im Wohnzimmer. Ihm grauste schon vor dem bevorstehenden langen Winter, hier auf knapp über 1000 Meter Meereshöhe. Oft lag hier der Schnee bis Ende April. Aber ohne den Schnee und den langen Skibetrieb wäre der kleine Tiroler 300 - Seelen - Ort, „tot". Jetzt kurz vor Weihnachten waren die Nächte schon bis zu minus 15 Grad kalt, die Schneedecke war fast einen halben Meter hoch. Bahrmann war fünfundsechzig und wohnte mit seiner Partnerin Karin, seit einem Jahr in dem kleinen Einfamilienhaus am Waldrand bei Jungholz-Habsbichl. Warum musste er auch ausgerechnet hier, vor zwei Jahren Skiurlaub machen, und dann seine jetzige Lebensgefährtin kennenlernen? Nur wegen ihr kam er vom schönen Freiburg, auf seinen letzten Lebensabschnitt in die Allgäuer Provinz. Außer drei Banken, einem Skilift und sechs Hotels, war hier nicht allzu viel geboten, eigentlich gar nichts, außer schöner Bergsicht und mittelmäßiger Skipisten. Ohne die Liebe zu Karin, wäre er niemals im Leben in dieses verschlafene Nest gekommen. Eine österreichische Enklave in den Allgäuer Alpen, wo früher vorwiegend Schwarzgelder in den Banken gebunkert wurden. Bis vor zweieinhalb Jahren war er noch Leiter der Bodenwaldschule in Titisee-Neustadt, einer Privatschule für „schwierige Jugendliche", gewesen. Sollte er es hier in der ländlichen Provinz noch länger aushalten, war im nächsten Frühjahr die Hochzeit geplant. Für beide wäre es die zweite

Ehe. Seine zukünftige Gattin war bei den Nachbarn am anderen Ortsende eingeladen. Er hatte heute keine Lust gehabt mitzugehen, er kümmerte sich lieber um das Haus, das seine Karin geerbt hatte. Morgen wollte er das erste Mal auf die Piste. Seit vier Stunden, und wahrscheinlich noch die ganze Nacht, liefen unentwegt die Schneekanonen. Morgen am Samstag war die geplante Ski-Eröffnung in Jungholz. Bahrmann hörte das Knacken und Prasseln des Holzes, setzte sich zufrieden mit einem kühlen Bier vor den Kachelofen, und schaltete den Fernseher ein. Es war kurz nach neunzehn Uhr, als er die Jalousien runterließ, und auf einmal einen Schatten draußen vorbeihuschen sah. Angestrengt sah er aus dem Fenster, oder hatten ihm seine Nerven nur einen Streich gespielt? Vielleicht war es auch nur ein Tier, aber Rehe trauten sich doch nie so nah ans Haus, obwohl sie unmittelbar am Waldrand wohnten. Und von einem kleinen Tier konnte der Schatten kaum gewesen sein, das wäre gar nicht aufgefallen. Er presste seine Stirn an die kalte Scheibe und sah angestrengt ins Freie. Normal würde durch den installierten Bewegungsmelder das Außenlicht angehen, sollte sich wirklich draußen jemand rumtreiben. Es blieb aber finster, also doch eine Sinnestäuschung? Vielleicht wurde man auf dem Land doch langsam bekloppt bei der Einsamkeit. Er würde morgen nochmals mit Karin sprechen, dass Haus doch lieber zu verkaufen, um ins belebtere und (für ihn) schönere Breisgau zu ziehen. Mit ihr natürlich, obwohl er ihre Antwort diesbezüglich kannte, er hatte es schon mehrfach angesprochen. Sie liebte das Allgäu, obwohl er fand, dass es im Schwarzwald genauso schön war, nur mit etwas niedrigeren Bergen. Dafür war Freiburg ein Traum, so eine schöne Stadt gab es im ganzen Allgäu nirgends.

Er holte aus der Küche ein fast zwanzig Zentimeter langes Brotmesser und ging zur Haustür. Sollte seine Frau vorzeitig zurückkommen, würde er sie mit ihrem Fiat Punto sofort hören, auch wenn der Fernseher lief. Bei der Gelegenheit konnte er jedoch noch einen Korb Holz mitnehmen aus der Garage, wo die ganze linke Wandseite aufgestapelt war bis fast zur Decke. Es wehte ein leichter Wind und Flocken wirbelten als er ins Freie trat.

Auf der Südhangseite vom „Sorgschrofen", dem Hausberg von Jungholz, hörte er die Pistenraupen und Schneekanonen. Er steckte den Türschlüssel ein und zog die Eingangstür zu. Dann lief er zur großen Garage, die sich wenige Meter neben dem Haus befand. Beim Anblick, den er auf einmal auf dem zehn Zentimeter hohen Schnee sah, sträubten sich seine Nackenhaare. Profilierte Schuhabdrücke eines außergewöhnlich großen Fußes! Mein Gott, wer trieb sich hier rum? Instinktiv umklammerte er den Messergriff fester, sodass seine Knöchel weiß hervortraten. Die Abdrücke waren absolut frisch, sie konnten keine fünf Minuten alt sein, bei dem Schneefall seit einer Stunde. Er stapfte mit seinem rechten Schuh, in eine der Fußspuren. Er hatte Größe 43, das war bestimmt 48 - bis 50! Gab es so große Schuhgrößen überhaupt?, fragte er sich. Klar, Basketballer waren oft weit über zwei Meter, und brauchten bestimmt solche Riesenlatschen. Dirk Novitzki hatte bestimmt auch Größe 50. Plötzlich riss er abrupt seinen Kopf herum, als er den knirschenden Laut eines Schrittes vernahm. Was er sah machte ihm Angst. Große Angst. Seine Augen weiteten sich panisch. Keine fünf Meter entfernt, stand eine hünenhafte Gestalt vor ihm, bestimmt zwei Meter groß. Schwarz gekleidet, mit einer Kapuze über dem Kopf. Es sah aus, als ob das Gesicht im Schein der Beleuchtung rötlich war. Was ihm aber noch viel mehr Gänsehaut bereitete, war dass, was der Mann in seinen Händen hielt. Ein Arbeitsgerät, das vor vielen Jahrzehnten in der Landwirtschaft noch häufig eingesetzt wurde: Eine Sense!

„Was wollen Sie hier?", presste Bahrmann mühsam hervor. Er musste sich stark konzentrieren, diese Worte überhaupt aus seiner trockenen Kehle hervorzubringen. Panik durchflutete seinen Körper, seine Hände waren schweissnass. Instinktiv lief er leicht rückwärts, Richtung Hauseingang. Die Gestalt sah ihn nur schweigsam an und schritt langsam auf ihn zu.

„Verdammt, was soll das?". Bahrmann hielt sein langes Messer zitternd vor seinen Körper. „Kommen Sie keinen Schritt näher!"

Unbeeindruckt von seinen Worten war der Hüne nur noch drei Meter vor ihm. Mit seinen eins fünfundsiebzig, war Bahrmann um einen Kopf kleiner, sodass er zu dem Hünen hochsehen musste. Er versuchte ein letztes Mal seine Haut zu retten.

„Ich hab im Haus Geld und Schmuckstücke, Sie können alles mitnehmen." Kaum hatte er ausgesprochen, passierte ihm ein Missgeschick. Er geriet ins straucheln und fiel rückwärts auf den Hintern. Verzweifelt brüllte er in die kalte Nachtluft:

„**H I L F E !**"

Dann war der Mann über ihm, holte aus und schlug zu. Das letzte das Bahrmann sah, waren die Hörner der Gestalt, der wie der leibhaftige Teufel aussah, bevor die Sense seinen Kopf abtrennte.

Als eine halbe Stunde später, Karin Wiedemann, ihren zukünftigen Mann suchte, bekam sie einen Schock, als sie den zugeschneiten, blutigen Kopf neben dem Garagentor liegen sah. Die noch offenen Augen des Schädels starrten sie wehklagend an, als begriffen sie immer noch nicht, welches Grauen hier geschehen war.

3

Gegenwart

Das Haus in der Argenstrasse in Burkwang, hatten wir als frisch verheiratetes Ehepaar gekauft. Der kleine Weiler mit fünf Häusern, gehört zu Kleinhaslach, einem Ortsteil von Isny im Allgäu. Ich hatte mir die Anzahlung damals kaum leisten können, nur weil Julias Eltern einen stattlichen Betrag dazu sponserten, war eine Realisierung überhaupt möglich. Nach ihrem Tod kam ich nur deshalb über die Runden, weil wir nach den Flitterwochen eine Lebensversicherung auf Gegenseitigkeit, über 200.000 Euro abgeschlossen hatten. Dadurch konnte ich mir später ein Kindermädchen für Sophie leisten. Und ich wollte hier auch weiter wohnhaft bleiben. Zum Gewerbegebiet wie auch zur Stadtmitte war es nicht weit, und mit den Nachbarn hatten wir ein prima Verhältnis. Sophie wurde entweder von mir oder Alexa zum Kindergarten oder später zur Schule gefahren. Meinem Kindermädchen hatte ich den alten Golf meiner Frau zur Verfügung gestellt. Rein dienstlich versteht sich, an ihren freien Tagen blieb das Auto bei uns stehen. Ich selbst fuhr einen Ford Focus, knapp acht Jahre alt, in Silber. Völlig ausreichend, um damit tagtäglich meinen zwanzig Kilometer entfernten Arbeitsplatz in Leutkirch, bei den „Schwäbischen Nachrichten" anzusteuern. Leutkirch ist mit knapp zweiundzwanzigtausend Einwohnern etwas größer als Isny, hat mehr Gewerbebetriebe, aber dafür deutlich weniger Touristen und auch keine Reha-Kliniken. Mit Neutrauchburg, einem kleinen Ortsteil von Isny, besaß die Stadt ein regelrechtes „Reha-Dorf", da dort fünf große Reha-Kliniken für die eigentliche Belebung sorgten. Isny erlebte in den letzten Jahren auch einen Bauboom. Immer mehr Wohngebiete und immer mehr Menschen, die hier leben wollten, bis sich vor einigen Monaten auf einmal merkwürdige Zwischenfälle ereigneten. Angst-Geschichten von willkürlicher Gewalt machten die Runde, von Überfällen auf Privathäuser und auch von Einbrüchen hörte und las man viel. Die Spannung war inzwischen fast überall spürbar, eine Aggressivität aus unstillbaren Bedürfnissen war geboren. Gemeinsam war allen der Wunsch nach mehr. Aber das Wünschen hat auch dunkle Seiten, Menschen die zuvor Freunde waren, könnten zu Konkurrenten werden.

Als ich meinen Focus an diesem Tag, hundert Meter von unserem Verlagsgebäude entfernt, abstellte, kam langsam die Sonne zum Vorschein. Hier hatte ich vor knapp vier Jahren angefangen zu arbeiten. Anfänglich als einfacher Anzeigenvertreter, der sich aber durch viel Erfolg, Biss und Ehrgeiz, bis zum stellvertretenden Chefredakteur für ein monatlich erscheinendes Freizeitmagazin hocharbeitete. Für einen Quereinsteiger eine absolut sensationelle Leistung, betonte mein Chef schon mehrfach. Zuvor war ich, Sie werden es nicht für möglich halten, bei der Polizei gewesen, als einfacher Streifenbeamter, zuletzt beim einzigen Polizeiposten in Hintersee, einem kleinen Ortsteil von Bad Hindelang im Oberallgäu. Mittlerweile gibt es dort keinen Polizeiposten mehr, da alles von der nächstgrößeren Stadt Sonthofen aus betreut wird. Geboren bin ich in Biberach an der Riß, einer kleinen Stadt, knapp zwanzig Kilometer von Ulm entfernt. Meine Eltern zogen aber nach Hintersee, bevor ich in den Kindergarten kam, deshalb kenne ich auch jetzt noch, viele von der Hinterseer Dorfbevölkerung. Was sich in dem Dorf, während „meiner Zeit" so alles ereignete, darauf möchte ich jetzt noch nicht eingehen, aber Sie werden es zu einem späteren Zeitpunkt noch ausführlich erfahren.

Ich suchte mir deshalb im westlichen Allgäu einen Job, weil ich hier mit Julia eine Familie gründen wollte. Sie war gebürtig aus Isny, und wir lernten uns kennen, als ich selbst vier Wochen auf Reha war, in einer psychosomatischen Klinik in Neutrauchburg. Ich hatte damals starke Depressionen, und war auf Anraten meines damaligen Therapeuten in Reha gegangen. Der Job als Dorfpolizist hatte mir zum Schluss schwer zu schaffen gemacht, aufgrund von düsteren und grauenvollen Vorgängen, die sich zuletzt in

Hintersee abspielten. Auch jetzt, Jahre später, verfolgen mich manche dieser Vorgänge noch bis in die Träume. Ein Gutachter stellte fest, dass ich für den Polizeidienst lebenslang nicht mehr geeignet bin.

Als ich Julia zum ersten Mal sah, wusste ich, dass sie die Frau fürs Leben für mich war. Julia war als Pflegerin tätig gewesen, bis sie eine furchtbare Krankheit heimsuchte. Die Beziehung mit ihr, trug wesentlich zu einer starken Verbesserung meines seelischen Zustands bei. Damals war ich noch voller Ehrgeiz, und sah den Job bei den „Schwäbischen Nachrichten", nur als Sprungbrett zum Literaturkritiker. Ich wollte werden, wie der altehrwürdige Marcel Reich-Ranicki, der vor einigen Jahren verstarb. Mit gnadenlos hohen Ansprüchen, gestützt von der Überzeugung, dass all die Leuchten, die ich niedermachen würde, noch erkennen würden, dass ich sie zu Recht verrissen hatte. Aber dazu zählte nicht nur viel lesen und jahrelange journalistische Arbeit, sondern was ganz Besonderes: Ein eigenes Buch schreiben! Oder besser gesagt, nicht nur eins schreiben, es sollten auch viele lesen, also kurzum, einen Bestseller landen! Das die, die man später kritisieren würde, erkennen, dass sie es nicht nur mit einem nörgelnden Kritiker zu tun haben, sondern mit einem erfolgreichen Bestseller-Autor, der weiß, was die Leute lesen wollen. Solange ich mich erinnern kann, hatte ich schon immer das Gefühl, dass etwas in mir schlummerte, das irgendwann einen Ausdruck finden würde. Wahrscheinlich hatte das alles mit meiner Kindheit zu tun, mit der Einsamkeit eines Einzelkindes, dessen einzige Freunde oft Bücher waren. Und mit den Wochenenden, an denen ich mich zu Hause verkroch, wie eine Katze zusammengerollt auf den sonnigen Flecken des Teppichs. Nie jedoch zweifelte ich daran, dass ich eines Tages ein großer Schriftsteller werden würde. Meine Romane würden bestimmt ein Millionenpublikum finden. Ich akzeptierte, dass ich vielleicht nicht von Anfang an gut sein würde. Es gab schließlich auch Lektoren und Kritiker. Rückblickend wurde mir bewusst, dass die Idee vom Schreiben so etwas wie eine Religion für mich war. Totale Hingabe und aufrichtige Offenbarung, und trotz der Gottlosigkeit nicht weniger heilig. Schließlich gab es die Aussicht auf Erlösung. Die Möglichkeit, eine Geschichte zu schaffen, die für mich sprach, die besser sein würde als ich. Zwingender, fantasievoller, geheimnisvoller.

So viel zur Theorie und meinen Absichten. Stattdessen landete ich nach dem Abitur auf einer Polizeischule, und musste mich mit Gesindel und sonstigem Abschaum rumplagen.

Denn das Problem bisher war, es gab kein Buch von mir! In einer stillen Nische meiner Seele wartete ich immer noch. Auf den ersten Satz, auf den Einstieg. Aber es kam kein erster Satz. Und was machte ich? Ich bastelte jeden Monat an einem Freizeit-Magazin, wo mir gesagt wurde, wenn die Skiliftpreise sich verteuerten, wenn der Alp-Abtrieb war, oder welche Radrunde angeblich die schönste in der Region sein sollte. Bestimmt keine üble Aufgabe, aber ich war zu Höherem bestimmt. Nach meiner Hochzeit und der Geburt unserer Sophie, dachte ich nicht mehr so sehr an das Buch. Eher an meine Familie, Reisen, Haus und weitere Kinder. In meinem tiefsten Inneren kam aber dann doch wieder häufiger das Verlangen ein Buch zu schreiben. Auf den Titel, auf den ersten Satz, auf den ersehnten Einstieg. Aber es kam nichts davon, dafür kam Sophie. Ich war Anfang dreißig, Julia achtundzwanzig, als sie schwanger wurde. Kurze Zeit verschwand die Sehnsucht nach einem Buch. Ich war verliebt - in meine Julia, in mein noch ungeborenes Kind, das eifrig an die Bauchdecke seiner Mutter klopfte. Ich hörte auf, mir den Kopf darüber zu zerbrechen über was ich schreiben sollte. Ich war zu beschäftigt mit Beruf, Familie und Glücklichsein. Dann die Tragik: Vor Sophies Geburt, war meine Julia - Sophies Mutter - nicht mehr da. Es grenzte an ein Wunder, dass das ungeborene Kind noch lebend aus der sterbenden Mutter herausgeholt und gerettet werden konnte. Julia war wenige Stunden vor der Not-Operation noch im Koma, mit winziger Hoffnung die Geburt auch mit zu überleben. Vor Verzweiflung wollte ich mich damals umbringen, als ich die sterbende Julia in meinen Armen hielt. Düstere Visionen überfielen mich, nur die winzige Sophie hielt mich am Leben. Sophie war in den ersten Jahren zu jung, um zu verstehen, dass ihre Mutter fehlte. Erst als sie sprechen und lesen lernte, fragte sie immer häufiger; „Warum andere Kinder denn eine Mutter hätten, aber sie „nur" einen Vater? Ich musste ihr immer wieder von ihrer Mutter erzählen, bis mich die Gefühle übermannten und ich weinen musste. Aber ich wollte die Erinnerung für uns beide bewahren, auf Ewigkeit. Kurz darauf kehrte mein alter Glaube an das Buch wieder zurück. Ich begann, auf die Chance zu lauern, die **EINE** wahre Geschichte zu erzählen, welche die Toten zurückbringen würde. Die Degradierung, Demütigungen und das Mobbing begannen, als ich nach dem unbezahlten Urlaub, den ich wegen dem Tod von Julia und der neugeborenen Sophie genommen hatte, in die Firma zurückkehrte. Wir hatten einen neuen Verlagschef bekommen, der im Mittelalter lebte und nicht verstand, wie ein Mann allein sein Baby aufziehen wollte. Dann wurde meine Position als „rechte Hand" des Chefredakteurs, einfach an eine neue Mitarbeiterin aus Immenstadt vergeben, die zuvor beim „Allgäuer Anzeigeblatt" gearbeitet hatte. Mein Schwiegervater, - Julias Vater - der mir näher stand als mein Eigener, kam auf tragische Weise kurz darauf, bei einem Autounfall ums Leben. Wir waren fast wie Freunde zueinander gewesen. Er und Paul Glaser, waren die Einzigen, die damals in diesen schweren Stunden zu mir hielten. Trotzdem bekam ich einen schweren Nervenzusammenbruch und brauchte therapeutische Hilfe, bis ich mich langsam, viele Monate später, wieder gefangen hatte. Gott sei Dank fand ich Alexa, die sich rührend um Sophie kümmerte, und mich wieder moralisch aufrichten konnte. Um es auf den Nenner zu bringen: Es kamen harte Zeiten auf mich zu. Die hinter mir liegenden Monate privaten und beruflichen Niedergangs hatten dazu geführt, dass ich mehr Zeit denn je damit verbrachte, auf dem Sessel meines Therapeuten zu verbringen. Glücklicherweise wirkte sich das nicht auf das Kind aus. Sophie war ein braves, kluges, folgsames Kind und war überall beliebt. Das Problem lag bei mir: Beinahe unbemerkt war mein Kindheitstraum zurückgekehrt, mein Buch! Wie ein irres Flüstern im Ohr, verfolgte es mich auch im Schlaf. Ein Fluch, ein Versprechen des Teufels. Eine Obsession, mit der Besessenheit, einen Bestseller zu landen, wenn ich nur die richtigen Wörter in die richtige Reihenfolge bringen könnte, dann ging es mir besser. Vielleicht konnte ich meine Sehnsucht bald in Kunst umwandeln.

4

Dezember 2011, kurz nach Weihnachten

Edmund und Sabine Fleck, hatten sich ihren Traum vom Eigenheim im Allgäu wahr gemacht. Ohne ein Darlehen aufzunehmen, kauften sie sich jetzt mit Mitte sechzig ein schickes Einfamilienhaus in Kleinhaslach, dem schönsten Ortsteil von Isny, nur dreihundert Meter vom Burkwanger Waldsee entfernt. Bevor sie umzogen, schafften sie es, ihr bisheriges Domizil in ihrer Geburtsstätte Hintersee, mit kleinem Gewinn zu veräußern. Die Kinder waren schon längst aus dem Haus, und die Flecks wollten ihr altes, renovierungsbedürftiges Anwesen in Hintersee, nicht mehr mit hohen Kosten sanieren. Auch aufgrund der schrecklichen Vorfälle, die sich vor wenigen Jahren in Hintersee ereigneten, wollten sie dem Ort endlich den Rücken kehren. In Isny engagierte sich Sabine Fleck jetzt ehrenamtlich, um Flüchtlingen die deutsche Sprache beizubringen. Ihr Mann gab einige Kurse an der Volkshochschule, für Rhetorik und die „ideale Bewerbung". Als ehemaliger Pädagoge hatte er sich darauf spezialisiert, um nicht in Pension nur das Haus hüten zu müssen. Beide waren geistig und körperlich sehr rege und aktiv, und wollten ihr umfangreiches Wissen noch viele Jahre weitergeben. Nach langer Suche hatten sie sich für Isny als neuen Wohnort entschieden. Hier waren die Immobilienpreise noch in einem moderaten Rahmen, und auch die gesamte Infrastruktur stimmte. Ihre beiden Söhne waren bereits über dreißig, und wohnten seit einigen Jahren in Kempten. Als Sabine Fleck, an einem Freitagabend im Dezember, nach einem langen Telefonat mit ihrem Sohn Max, den Hörer auflegte, beschloss sie noch eine Runde mit Stirnlampe um den See zu laufen. Freudig überrascht teilte ihr der älteste Sohn mit, dass sie bald Großeltern werden würden. Endlich Nachwuchs bei einem der beiden. Max, der Ältere, war ja schließlich schon neun Jahre mit seiner Larissa zusammen, da wurde es schon mal Zeit für den Nachwuchs, obwohl sie noch nicht einmal verheiratet waren. Als IT-Manager verdiente Max exzellent, und sollte deshalb keine Probleme haben, wenn seine Partnerin in Kürze ihren Job als Verkäuferin schmiss.

Ihr Mann war noch bis 20.30 Uhr bei einem Dia-Vortrag in der VHS in Isny. Bis dahin hatte sie noch eine Stunde Zeit. Sie liebte den Burkwanger See, im Sommer lagen sie bei schönem Wetter immer beim Nacktbaden hier. Im Winter wurde der See gern von Joggern, Spaziergängern oder Hundebesitzern genutzt. Sie zog sich eine warme Daunenjacke an, streifte sich die Stirnlampe über, und nahm noch zusätzlich eine Taschenlampe und ihr Handy mit. Es war eisig kalt, mit Temperaturen um die 10 Grad unter Null, und das ganze Allgäu sowie auch der See, lagen verhüllt unter einer geschlossenen Schneedecke. Der See war seit einer Woche vollständig zugefroren, und die weiße Pracht, die die Bäume um den See bedeckt hatte, verliehen dem Gewässer und der Region fast schon ein geheimnisvolles, mystisches Aussehen. Sabine liebte diese Jahreszeit, genauso wie den Sommer. In Hintersee, wo sie früher wohnten, lag noch viel mehr Schnee im Winter, da der Ort auf fast 1000 Meter Meereshöhe lag. In manchen Wintern war die kleine Gemeinde am Rande der Alpen, häufig von der Außenwelt abgeschnitten gewesen, was in Isny hoffentlich niemals geschah.

Nach zwei Minuten hatte sie den See erreicht, er lag nur etwa einen halben Kilometer von ihrem Einfamilienhaus entfernt. Außer dem Knirschen ihrer knöchelhohen Laufschuhe auf dem harten Schnee, hörte sie nichts. Mucksmäuschenstill. Manchmal wenn sie hier lief, kam ihr jemand aus ihrer Nachbarschaft, oder einer der vielen Hundebesitzer entgegen. Heute nicht, als wenn was Unheilvolles in der Luft liegen würde. Die Stille bedrückte sie heute, sie konnte sich nicht erklären, warum. Dann hörte sie plötzlich ein Rascheln, dass sie aus ihren schwermütigen Gedanken riss. Ein Tier? Eher Schnee, der von einem der Buchen fiel. Sie hielt inne, blieb stehen und lauschte in die sternenklare Nacht. Da, wo sie im Sommer immer lagen, war die Schneedecke jetzt fast dreißig Zentimeter hoch. Na endlich, jemand kam ihr von der anderen Seite des Pfades entgegen. Sie dachte schon, sie wäre heute die Einzige, die auf dem fünf Kilometer langen Rundweg unterwegs war. Ein großer, dunkel gekleideter Mann, der ihr immer näher kam. Als sie ihn im Lichtkegel ihrer Stirnlampe erblickte, sah sie, dass der Mann eine Kapuze aufhatte. Nicht ungewöhnlich bei den Temperaturen, sie hatte ja auch eine Mütze über ihrer Stirnlampe, schließlich war eine Saukälte. Aber von diesem Mann, ging eine unheimliche, bedrohliche Ausstrahlung aus, obwohl er noch fast fünfzehn Meter entfernt war. Der große Mann, sein Alter konnte sie noch nicht schätzen, hatte einen schleppenden, merkwürdigen Gang, als würde er leicht hinken. Dann war er unmittelbar vor ihr, vielleicht noch vier bis fünf Meter, und blieb plötzlich abrupt stehen.

Wie gelähmt verharrte sie auch. Etwas war anders als sonst, sie spürte die gespenstische Atmosphäre und bekam Angst. Warum kam heute sonst niemand?

„Hallo, auch noch frische Luft schnappen?", versuchte sie mit fester Stimme den Mann anzusprechen.

Er erwiderte nichts, und ging ganz langsam weiter auf sie zu. Eine Hand griff in ihre Jacke, sie spürte das kalte Metall ihres Smartphone. Aber jetzt ein Telefonat abzusetzen war zu spät. Außer, vielleicht einen Notruf, die Nummer lag auf einer Kurzwahltaste ihres alten Nokia-Handys. Aber mit den dicken Handschuhen die sie trug, hatte sie kein Gefühl in den Fingern. Wenn sie schreien würde, konnte sie vielleicht jemanden herbeirufen, aber das nächste Haus war bestimmt dreihundert Meter entfernt, da konnte sie doch keiner hören. In einem Bericht hatte sie mal gelesen, man sollte den Täter anbrüllen, das würde ihn abschrecken. Aber in ihrem Fall, hatte der riesige Mann ja noch gar nichts getan, außer dieses unheimliche anstarren. Wollte er sie etwa vergewaltigen bei dieser Kälte? Als er zwei Meter vor ihr stand, gefror ihr das Blut in den Adern. Nicht wegen der Kälte, sondern weil sie seinen Kopf besser sah. Ihre Lampe strahlte in sein Gesicht, oder das was ein Gesicht sein sollte. Als sie vor vielen Jahren auf einem Faschingsball war, hatte sie zuletzt so ein „Gesicht" gesehen. Eine Teufelsfratze!

„Was wollen Sie? Warum starren Sie mich so an?"

Die Stille raubte ihr den Verstand, und sie zitterte jetzt um ihr Leben. Aber sie hatte doch keine Feinde, oder? Ein Raubüberfall? Sie konnte nirgends wohin fliehen. Sie nahm ihren ganzen Mut zusammen, tat, als wäre der Mann nur unfreundlich, und versuchte an ihm vorbeizulaufen. Aber der Versuch, ihn auf dem schmalen Weg zu umlaufen, scheiterte. Kaum war sie auf seiner Höhe, spürte sie seinen blitzschnellen, stahlharten Griff an ihrem Arm. Sie holte Luft um einen gellenden Schrei auszustoßen, aber dazu kam sie nicht mehr. Als ihre Stimmbänder den Befehl des Gehirns ausführen wollten, spürte sie noch Bruchteile von Sekunden einen stechenden Schmerz, als die stahlharte Klinge eines Messers in ihren Hals schoss und am Nacken wieder austrat. Dann wurde es finster und sie war erlöst vom Schmerz, als die Besinnungslosigkeit kam.

5

Gegenwart

Auf dem Nachhauseweg war es wieder passiert. In diesen Tagen geschah es immer häufiger, dass mir ganz plötzlich die Tränen kamen, wenn ich nur auf einen Sprung zum Einkaufen ging, bei der täglichen Computerarbeit an meinem Schreibtisch oder vor dem Kaffeeautomaten. So still und ohne jede Vorwarnung, dass ich sie kaum bemerkte. Als ich am heutigen Tag nach Hause ging, war es auch so. Ein kurzer Reim spukte mir im Kopf herum, ein nicht besonders origineller, der mich nach Hause trug. „Mir fehlt doch was - mir fehlt doch was, aber wen interessiert denn das?"

Sophie hatte schon zu Abend gegessen, als ich nach der Arbeit zu Hause ankam. Alexa trocknete sie gerade ab nach dem Bad, als ich an der Tür stand.

„Ich nehme sie", sagte ich zu Alexa, und sie löste das Handtuch, das um Sophie gewickelt war. Sophie klammerte sich um meinen Nacken und drückte mir ein Bussi auf die Wange. Sie war für mich das zauberhafteste Geschöpf das es gab auf dieser Welt. Ihre Mutter wäre stolz auf sie gewesen. Ich zog ihr den Schlafanzug an und schnappte mir ein Buch, das wir seit ein paar Tagen lasen. Dann brachte ich sie ins Bett und setzte mich neben sie. Sie gähnte und legte eine Hand auf meinen Schenkel. Als ich ihr Gesicht ansah, wusste ich, wenn ihr mal was geschehen sollte, würde ich auch nicht mehr weiterleben wollen. Nachdem ich ihr zehn Minuten vorlas, war sie eingeschlafen, und ich ging leise aus dem Zimmer ins Wohnzimmer. Alexa hatte noch die Küche sauber gemacht und war dann in ihr Apartment gegangen. Sie hatte von mir die Einliegerwohnung bekommen, die nur von außen zugänglich war. Ich holte mir eine Flasche Weißwein, lümmelte mich auf die Couch und drückte die Fernbedienung. Der übliche Mist, der fast jeden Abend lief. Dann zog ich eine Anzeige aus meiner Brusttasche, die ich heute mittags aus der Zeitung ausgeschnitten hatte. Auf ihr stand:

„ZEIGEN SIE IHRE KREATIVITÄT. BRINGEN SIE IHRE GEDANKEN UND WORTE ZU PAPIER. BESUCHEN SIE UNSEREN SCHREIBZIRKEL MIT WALTER PICKERT. SCHRIFTSTELLER UND BESTSELLER-AUTOR MEHRERER SACHBÜCHER UND ROMANE. WAHRHAFTIG UND NIVEAUVOLL SCHREIBEN. SO WIRD IHRE STORY ZUM BESTSELLER."

Ganz schön hochtrabend, zumal ich von einem Walter Pickert noch nie zuvor in meinem Leben etwas gehört hatte. Und ich hatte die letzten fünfundzwanzig Jahre bestimmt sehr viele Bücher verschlungen. Ich hatte noch nie einen Abendkurs, Schreibzirkel, Workshop oder ein Seminar fürs Schreiben besucht. Es war drei Jahre her, dass ich zuletzt was geschrieben hatte, und das war nur ein mickriger Artikel für ein Sandbahnrennen. Manchmal korrigierte ich solche Vorlagen oder Entwürfe, die zu unserem Verlag kamen. Aber irgendeine Eingebung sagte mir, dass sich das sofort ändern würde. Ich wählte die Nummer unter der Anzeige. Als sich am anderen Ende ein älterer Mann mit sonorer Stimme meldete und fragte, was er für mich „tun kann", antwortete ich: „Ich will so schnell wie möglich ein Buch schreiben!"

6

März 2014, Rettenberg (Oberallgäu)

Strahlend blauer Himmel und frischer, flockiger Pulverschnee, der in der Nacht gefallen war, animierte tausende von Skifahrer und Wanderer, auf den „Wächter des Allgäus", den Grünten (1733 m), zu gehen. Ein breitflächiger, mittelhoher Berg im Oberallgäu, der im Winter bedeutend mehr Gäste anzog als im Sommer, vorausgesetzt, es hatte genügend Schnee. Kein Berg, der es mit den großen Gebieten in Österreich und der Schweiz aufnehmen konnte, aber

Familienfreundlich, günstig, sowie klein und gepflegt. Das dachten sich auch seit fünfzehn Jahren, Maren und Reinhold Krebs, die häufig aus Bad Schussenried hierherfuhren. Wenn sie über Nacht blieben, mieteten sie sich meistens in Burgberg oder Rettenberg in einer Ferienwohnung ein, und ließen es sich dann gutgehen. Heute hatte sie ein Angebot der Allgäuer Zeitung angelockt. Die Tageszeitung bot an diesem Samstag eine Aktion zu halben Preisen an. Morgen war dann das „Ofterschwanger Horn" auf ihrem Programm. Aufgrund des traumhaften Wetter, und der Sonderaktion mit vierzig Prozent Rabatt, war wie erwartet, die Hölle los, auch schon am frühesten Morgen. Und dann auch noch das letzte Faschingswochenende. Maren bereute es schon, dass sie bei dem Trubel überhaupt hierhergefahren waren. Eigentlich weniger wegen den Rabatten, vielmehr aufgrund der perfekten Ski - und Schneeverhältnisse, die hier (meistens) immer herrschten. Denn schöne Wintertage mit ausreichend Schnee waren in diesem Winter bisher rar. Nachdem das Ehepaar, beide Ende vierzig, drei Stunden auf den Skiern waren, hatte Maren kurz vor zwölf, die Schnauze voll: „Reinhold, ich hab keinen Bock mehr. Es ist so ekelhaft voll, und immer mehr Betrunkene, dass macht mir jetzt keinen Spaß mehr. Lass uns was essen, danach noch eine Stunde auf die Sonnenterrasse liegen, und dann schnellstens abhauen. Der Trubel geht mir auf die Nerven."

„Noch eine letzte Abfahrt", antwortete ihr Mann. „Ich will noch unbedingt die unpräparierte Waldabfahrt runter. Danach kehren wir ein in der Mittelstation, okay?"

„Gut, aber die Zone durch den Wald will ich nicht fahren, da hat`s mir letztes Jahr schon die Skier verschlagen, als ich gegen einen Baumstumpf fuhr."

„Also, dann fahr du die Standard-Abfahrt, und wer als erster unten ist, schnappt sich den besten Platz auf der Sonnenterrasse", meinte Reinhold.

„Gut, abgemacht."

„Dann bis gleich."

Sie stiegen aus dem Sessellift unterhalb des Gipfels, schoben sich kurz mit den Stöcken an, und wedelten in zwei verschiedenen Richtungen den Berg hinunter. Eigentlich hatte sie Recht, dachte sich Reinhold, als er abseits der Piste den Waldrand ansteuerte. Zunehmend mehr Vollidioten auf der Piste, die vermutlich aufgrund des Alkoholpegels immer unsicherer fuhren. Das wenig befahrene Waldstück kannte er nicht nur vom letzten Jahr, sondern auch vom Wandern im Sommer. Als er zwischen zwei Tannen hindurchfuhr, beschloss er noch kurz vor der Abfahrt seine Blase zu entleeren. Das Gedränge und den Gestank der Toiletten im Restaurant hatte er satt. Er stellte seine Stöcke an einem Baum ab und stieg aus der Skibindung. Als er sich sicher war, dass niemand von den Hängen ihn sehen konnte, öffnete er den Reisverschluss seiner Skihose. Auf einmal hörte er einen Laut, als ob jemand auf einen Ast getreten wäre. Hier gab`s doch wohl keine Spanner? Oder hatte er ein Reh aufgescheucht? Irritiert zog er seinen Penis noch nicht heraus, sondern sah sich stattdessen nach allen Seiten um. Wenn er angespannt war, konnte er es sowieso „nicht laufenlassen". Da, erneut ein Knacken! Das konnte unmöglich ein Tier sein.

„Hallo? Ist hier jemand?", rief er und spähte weiter in alle

Richtungen. Kein Laut war zu hören. Er drehte sich um, und spähte, woher diese Geräusche kommen konnten. Außer Bäumen und Schnee gab es ja nichts hier. Dann blieb fast sein Herz stehen, als wie aus dem Nichts, auf einmal ein riesiger, schwarz gekleideter Mann vor ihm stand, keine drei Meter entfernt. Er zuckte zusammen, als ob er einen elektrischen Zaun angefasst hätte. Durch die tief in die Mitte des Gesichts gezogene Kapuze, konnte er von dem Mann nicht viel erkennen. Trotz seiner eins achtzig, überragte ihn die Gestalt um fast eine Kopflänge.

„Was soll das? Beobachten Sie hier Pinkler?", fragte er den Mann. Stille. Warum sagte der Idiot nichts? Er trug auch sonderbare Klamotten, wie den Umhang, den er jetzt öffnete. Krebs war kein ängstlicher Mann, er war sportlich, kräftig und durchtrainiert. Eine Schlägerei hatte er schon schadlos überstanden, obwohl sie schon zwanzig Jahre zurücklag. Aber das Gesicht des Fremden erschien ihm merkwürdig, als ob er eine rötliche Maske aufhätte. Aber Moment, war nicht Fasching? Ach ja, deshalb.

„Tolle Maskerade", meinte er deshalb, spaßig bemüht.

Erst jetzt bemerkte Krebs, dass der Fremde gar keine Skistiefel trug, sondern nur normale braune Bergschuhe. Also, zum Skilaufen war er bestimmt nicht gekommen.

„Okay Kumpel, ich muss weiter. Meine Frau wartet auf mich. Noch viel Spaß beim Spannen."

Dann drehte er sich um und lief wieder zu seinen Skiern. Lieber doch ins WC im Restaurant, als unnötig lange bei diesem Gestörten hier. Als er in die Bindung steigen wollte, ging alles unglaublich schnell. Blitzschnell stand der Mann plötzlich direkt hinter ihm, und gab ihm einen kräftigen Stoß, sodass er frontal gegen eine Tanne krachte. Obwohl er ein Knacken hörte und einen stechenden Schmerz im Schulterblatt spürte, drehte er sich zu seinem Widersacher um. „Verdammt, was willst du?", presste er mit schmerzverzerrtem Gesicht hervor, und hielt seine rechte Hand an die schmerzende linke Schulter. Eine krachende Faust des Fremden landete unterhalb seiner Nase. Die Schneidezähne brachen ab, und Krebs spürte sie sofort auf seiner Zunge. Todesangst und höllische Schmerzen breiteten sich rasend schnell bei ihm aus. Wie zwei riesige Schraubzwingen, legten sich die Pranken des Mannes um seinen Hals und drückten erbarmungslos zu. Reinhold Krebs versuchte verzweifelt den Griff mit seinen Händen zu lockern. Aber es war zu spät. Er sah nur noch flimmernde Luft vor sich, und eine höhnisch grinsende Fratze, die nicht von einem Wesen dieser Welt stammen konnte. Mit letzter Willenskraft versuchte er sein Knie in den Unterleib des Mannes zu rammen. Aber seine Beine waren zu kraftlos und die Sinne schwanden. Mit unbarmherziger Gewalt drückte der Mann den Hals wie eine Banane zusammen, und knallte dabei den Kopf mit voller Wucht gegen den Baum. Die Lebenslichter erloschen bei Krebs. Sein „Glück", denn so konnte er den Einstich des Skistocks nicht mehr spüren, den der schreckliche Mann in seine Kehle rammte.

7

April 2014

Heutzutage lesen die Menschen weniger als früher. Wer die Studien liest, Teenager oder Kinder hat oder kennt, weiß das. Aber hier ist etwas, das Sie vielleicht noch nicht wussten: Je weniger die Leute lesen, desto mehr wollen Sie schreiben. Workshops - an Uni`s, in Bibliotheken, Volkshochschulen, Kliniken oder Gefängnissen - sind die wahren Wachstumsbranchen der Printmedien. Vielen Verlagen ging es zwar schlechter, aber immer mehr wollten die Leute sich mitteilen und offenbaren. Nicht nur ein Boom der sozialen Netzwerke, auch der Anteil der „anonymen" Kommunikation legte deutlich zu. Nicht zu vergessen, die entsprechenden Zirkel nervöser Aspiranten, die ihre Botschaften stapelweise kopierten, um sie dann in der Menge zu verteilen. Jeder behauptete, am ehrlichen Feedback anderer interessiert zu sein, betet jedoch insgeheim darum, allseits für brillant befunden zu werden. Und jetzt war ich vielleicht bald einer von ihnen.

Die Adresse, die mir die Stimme am Telefon nannte, lag in Ravensburg. Die Treffen sollten die nächsten fünf Wochen stattfinden, im Seminarraum des Organisators und Veranstalter. Herr Pickert, so hieß der Mann am Apparat, teilte mir mit, dass ich der letzte sei, der einen der begehrten Seminarplätze bekommen hätte. Ich tat so, als ob ich ihm das glauben würde.

„Wie viele sind denn in dem Seminar?", wollte ich wissen.

„Nur fünf, damit wir gezielter und intensiver auf den Einzelnen eingehen können", antwortete er. Dann verbesserte er mich. „Ich sehe es lieber als „Kreis", als ein Seminar, das wäre zu Lehrerhaft."

„Und wie viel soll es kosten?"

„Nur fünfhundert Euro, also hundert pro Abend."

Ich musste schlucken, als ich den Preis hörte, sagte aber nichts. Nachdem der Mann, der sich Walter Pickert nannte, aufgelegt hatte, wurde mir bewusst, dass ich vergessen hatte zu fragen, ob ich irgendwas mitbringen sollte. Doch als ich ein weiteres Mal anrief, ging niemand mehr hin.

8

Am nächsten Dienstag fuhr ich um 18.15 Uhr von Isny nach Ravensburg. Gewöhnlich, wenn kein Stau oder sonst was auf der Strecke war, benötigte ich für die Strecke circa dreißig Minuten. Die Adresse, die mir Pickert gab, war im „Gänsbühl", ungefähr hundert Meter vom Mediamarkt entfernt. Ein belebtes Viertel, unmittelbar vor der Fußgängerzone und der schönen Altstadt. Ich sah schon vom Auto aus, das Schild an der Haus-Nr. 8; „Pickert-Kreis". Was für ein ulkiger Name für einen Schreibzirkel. Es war ein älteres Einfamilienhaus in cremefarbenem Anstrich mit veralteten Fensterrahmen, an denen der weiße Rahmenlack schön überall abgeblättert war. Die Eingangstür in schwerem

Eichenholz wirkte leicht versifft, und hatte noch in der Mitte einen Schlitz, wo man die Post und Zeitungen durchstecken konnte. Zwanzig Meter davor wurde ein Parkplatz frei, als eine ältere Frau ihre ganzen Einkaufstüten in ihren Kofferraum schmiss. Ich wartete geduldig bis sie wegfuhr, und stellte dann meinen Focus ab. Ich bemerkte eine blonde Frau mittleren Alters, die mir schon bei der Parkplatzsuche auffiel. Sie hatte auch die richtige Hausnummer entdeckt, und ahnte, dass ich ebenfalls ein Teilnehmer war, weil sie ständig zu mir starrte. Anscheinend sah man mir schon an, dass ich unbedingt ein Buch schreiben wollte. Es war recht kühl und dunkel an diesem Aprilabend, kurz vor sieben.

„Suchen Sie auch den Schreibzirkel?", rief ich, als ich eiligen Schrittes auf sie zulief.

„Ja, wie Sie anscheinend."

„Korrekt."

Sie kam mir zwei Schritte entgegen und streckte ihre Hand zur Begrüßung aus. Da fiel mir erst auf, wie groß sie war. Normalerweise überrage ich mit meinen eins fünfundneunzig, die meisten Frauen um mindestens eine Kopflänge, bei ihr war`s nur ein „halber", deshalb mutmaßte ich, dass sie mindestens eins achtzig war, zumal sie auch flache Schuhe trug. Ich mochte große Frauen, vielleicht weil ich selber überdurchschnittlich groß bin, und bei kleinen Frauen immer Nackenstarre bekam. Auch Julia hatte Gardemaß mit eins neunundsiebzig, und meine Sophie war bereits die Längste in ihrer Schulklasse. Kein Wunder bei ihren großen Eltern, hoffentlich wurde sie deshalb nicht gehänselt.

„Peter Kelly", stellte ich mich vor, und drückte sanft ihre Hand mit den farblosen Fingernägeln.

„Angenehm, Petra Zinth."

Sie trug schwarze Jeans, einen roten Pullover und eine braune Wildlederjacke. Ihre lockigen, blonden Haare hatte sie mit einem Zopf gebändigt. Als ich in ihre blauen Augen blickte und ihren angenehmen Duft spürte, war sie mir auf Anhieb sympathisch.

„Na, dann lassen wir uns mal überraschen, wie der gute Mann uns zu Besteller-Autoren machen will", sagte sie grinsend und läutete an der Klingel. Der Summer öffnete uns die Tür, und wir betraten einen miefigen Hauseingang, wo zwei andere Teilnehmer vor einer weiteren Tür standen, die anscheinend zum „Veranstalter" führte. Die beiden stellten sich als, Maria Kovac und Manfred Will vor.

„Herr Pickert ist noch schnell zum Auto, um eine paar Unterlagen zu holen. Er sagte, wir können uns derweil schon reinsetzen", klärte uns die dunkelhaarige Maria auf. Wir traten in die Wohnung und konnten sehen, dass Pickert gar keinen Seminarraum hatte, sondern uns in seinem Wohnzimmer empfing. Deshalb standen dort auch bereits fünf Gläser und zwei Flaschen auf einem schweren Holztisch. Um den Tisch standen sechs blau gepolsterte Buchenstühle, ich schätzte sie bestimmt schon auf gut fünfzig Jahre. Wir nahmen zögernd Platz und warteten auf den Herrn des Hauses. Es war jetzt genau neunzehn Uhr, an diesem kühlen Aprilabend. In Isny lagen noch letzte, kleine Schneereste, davon war in Ravensburg schon lange nichts mehr zusehen. Trotzdem spürten wir alle die Kälte im Raum. Heizen war bei Herrn Pickert wohl Fehlanzeige, dass konnte ja heiter werden. Um 19.05 Uhr tauchte er endlich zerzaust und verschwitzt am Türeingang auf und meinte, als er uns schon erwartungsvoll sitzen und gaffen sah: „Schönen guten Abend, die werten Herrschaften, ich bitte um Verzeihung für die kleine Verspätung. Aber einer der Teilnehmer hat vor drei Stunden abgesagt, da musste ich jetzt noch drei andere anrufen, den Zettel mit den Nummern hatte ich leider bei mir im Auto liegen. Ich will den Kreis nicht mit mehr als fünf Leuten machen, dass sagte ich euch ja schon am Telefon. Fünf ist erfahrungsgemäß die ideale Anzahl."

Warum begründete er (noch) nicht. Pickert war vielleicht eins siebzig, stark übergewichtig mit schwabbeliger Bierwampe, und hatte eine glänzende Glatze mit einem kreisrunden, grauen Haarkranz. Er war bestimmt schon Ende sechzig, vielleicht sah er aber auch nur so alt aus. Er zog eine dicke Lesebrille aus der Brusttasche seines karierten Hemdes, und sah dann auf einen kleinen Notizblock. Dann las er die Teilnehmer des Kreises vor, und bat jeden Aufgerufenen, sich mit einem lauten „Hier" zu melden. Ich kam mir vor wie bei einem Appell der Polizeischule vor fast zwanzig Jahren.

„Wunderbar, alle da", frohlockte er danach. „Unser letzter Teilnehmer, der Serge, wird hoffentlich in wenigen Minuten hier sein. Er wohnt in der Nähe der Oberschwabenhalle und läuft die drei Kilometer hierher. Ihr könnt euch ja schon mal mit den Getränken bedienen, ich habe auch noch Kekse hier."

Wir schenkten uns die Gläser voll mit Mineralwasser, dem einzigen Getränk, das auf dem Tisch stand. Wo die Kekse waren, verriet er uns nicht, vielleicht gab`s die später als Belohnung. Egal, ich hatte eh keinen Hunger. Um fünfzehn Minuten nach sieben traf der letzte Teilnehmer ein, der sogenannte „Ersatzmann". Ein Deutsch-Russe, der durchaus auch als Türsteher hätte arbeiten können. Erstaunlich, wer so alles vorhatte einen Roman zu schreiben. Er war knapp zwei Meter groß, grobschlächtig mit Stiernacken, breit wie ein eintüriger Schrank, und hatte pechschwarzen Augen in seinem Vierkant-Schädel. Seine Nase war schon etwas krumm, bestimmt durch einen Unfall oder Schlägerei. Bei seinem finsteren Blick, vermutete ich eher, das letztere. Rasieren gehörte bestimmt auch nicht zu seinen Lieblingsbeschäftigungen bei seinem Fünftagebart. Als wir alle komplett um den Tisch saßen, und Pickert erwartungsvoll anstarrten, setzte er endlich fort: „Gut, liebe Teilnehmer, bevor wir ins Detail gehen, bitte ich jeden von euch, sich kurz vorzustellen, mit Alter, Name, Beruf, und was er sich von den nächsten Abenden, hier in unserem elitären, kleinen Kreis so alles erwartet. In den nächsten fünf Wochen werde ich euer Helfer und Führer sein, vielleicht sogar euer Freund. Natürlich duzen wir uns alle, das baut Hemmungen ab und macht das Ganze unkomplizierter. Aber eines werde ich nicht sein, euer Lehrer! Denn schreiben, wahrhaftiges schreiben - und das, nehme ich an, ist es, was wir alle anstreben - lässt sich nicht lehren."

Walter Pickert blickte in die Runde, als wollte er jedem von uns Gelegenheit geben, ihm zu widersprechen. Was aber niemand tat. Er fuhr fort, um die Regeln für die nächsten Treffen darzulegen. Ich glaube, er hatte im Rederausch ganz vergessen, dass er uns alle vor fünf Minuten um eine Vorstellung bat. Jede Woche würde es Hausaufgaben geben, meinte er, denen unbedingt Folge zu leisten wäre, ansonsten dürfte der- oder diejenige, die keine machten, nicht weiter am Kreis teilnehmen. Schöne Aussichten dachte ich mir, und musterte verstohlen die Gesichter der übrigen Teilnehmer. Den größten Teil, fuhr er fort, würden allerdings persönliche Lesungen in Anspruch nehmen, aus den Werken, die jeder Teilnehmer hart erarbeiten müsste, gefolgt von den Kommentaren der anderen, die das kritisch bewerten würden. Vertrauen wäre entscheidend. Kritik an sich selbst, darauf verwies er ausdrücklich, würde nicht geduldet werden. Stattdessen würde es intensive Diskussionen geben. Smartphones, Tablets, Computer oder ähnliches, wären ein Tabu, zumindest während der zwei Stunden. Falls jemand (in Notfällen) telefonieren müsste, hätte er unverzüglich den Raum zu verlassen. Geregelte Toiletten - und Raucherpausen gäbe es keine, jeder sollte, wenn er denn unbedingt „muß", sich kurz entschuldigen und dann einfach gehen. Jeder sollte versuchen, mit seiner eigenen Handschrift die Geschichte aufs Papier zu bringen. Erst daheim sollte die Rohfassung auf den Computer übertragen werden. Die Schrift würde viel über den Charakter des Einzelnen aussagen. Erst wenn die Geschichte fertig, beurteilt und zufriedenstellend war, dürfte der Teilnehmer sie (daheim) digital übertragen.

Meine Güte, dachte ich mir, jetzt muss ich noch mit meiner Sauklaue schreiben, hoffentlich hatten die anderen das gleiche Problem. Als er das alles sagte, sah ich, wie rechts von mir einige Köpfe bestätigend nickten. Ich und der grobschlächtige Russe links von mir, hörten nur stumm und unbeweglich zu. Solange Pickert sprach, konnte ich aus irgendeinem Grund nur ihn ansehen, und fragte mich, ob es vielleicht nur meine Schüchternheit war, die mein Blickfeld begrenzte. Er sprach von Ehrlichkeit, Aufrichtigkeit und Wahrhaftigkeit, dass unser oberstes Gebot sein sollte. Nicht die Struktur oder der Schreibstil wäre das Wichtigste, sondern unsere Geschichte.

„Die Story ist alles", sagte er mit lauter Stimme. „Sie ist unser Glaube, unsere Biographie, unser Selbst. Nur durch die Geschichte können wir hoffen, Erfahrungen zu machen, die nicht unsere Eigenen sein müssen."

Vielleicht übertrieb er ja etwas, und das Ganze, was er da erzählte, war ein bisschen zu dick aufgetragen, aber alle hörten wie hypnotisiert zu. Auch ich. Nun war es an der Zeit für die obligatorische „Erzähl - uns - ein - wenig - von - dir" Runde, und ich hatte schreckliche Angst, dass Pickert mich zuerst aufrief. Aber es kam noch schlimmer, er wählte die blonde Petra, die rechts von mir saß. Was wiederum hieß, dass ich als letzter in der Runde dran war. Davor graute mir schon. Während die ersten redeten, drückte ich heimlich in der Innentasche meiner Jacke auf mein Diktiergerät, und hoffte, dass es keiner mitbekam. Ich hatte es einfach aus der Laune heraus mit, vielleicht erfüllte es später noch einen sinnvollen Zweck. Petra Zinth erzählte, sie wäre seit drei Jahren geschieden, hätte einen zwanzigjährigen Sohn, der momentan in Stuttgart studierte und alle vier Wochen mal heimkam. Sie lebte seit der Trennung mit ihrem Mann allein in einem kleinen Haus bei Wolfegg. Sie wäre viele

Jahre in Konstanz bei „Bodensee-TV", als Lokal-Reporterin tätig gewesen, bis man ihr vor acht Monaten die Kündigung überreichte. Der kleine TV-Sender wurde dann geschluckt vom SWR, und die Hälfte der Mitarbeiter entlassen, wie in vielen anderen Firmen auch. Ihr Alter nannte sie nicht, ich schätzte sie auf Anfang vierzig. Sie erzählte privates aus ihrem Leben, das ich schon als übertrieben empfand, zum Beispiel, dass ihr Mann sie für eine deutlich jüngere Geliebte abserviert hätte. Seitdem wollte sie sich privat und beruflich neu orientieren und ihren größten Traum verwirklichen, nämlich ein eigenes Buch schreiben. Nur wusste sie noch nicht so recht, wie. Deshalb war sie hier. An dieser Stelle hielt sie inne. Und es waren keine Tränen, die ihr die Sprache verschlagen hatten, es war fast Trauer.

„Ich hoffe, ich kann hier meine Geschichte entdecken", sagte sie wehmütig zum Schluss.

„Danke, Petra", sagte Pickert und war anscheinend zufrieden mit ihrem Auftakt.

„Dann zum nächsten, zu dir, Manfred."

Seine kahlen Stellen auf dem Kopf glänzten rosafarben, noch dazu bekam Manfred einen roten Kopf. Er zog die Schultern zur Brust, und war fast zu schmächtig für sein großes Flanellhemd. Einsam war auch er, wie er uns fast rührselig erzählte. Ganz zu schweigen, von seiner Schüchternheit, die ihn daran hinderte, Blickkontakt zu eine der Frauen in der Runde herzustellen. Pickert fragte ihn, was er sich erhoffte im Laufe der nächsten Treffen zu erreichen, und er dachte lange über seine Antwort nach.

„Wenn ich in einem Zug sitze, sehe ich die Gesichter der

Leute auf dem Bahnsteig vorbeihuschen", sagte er. „Ich möchte einfach versuchen, einige von ihnen festzuhalten. Sie in etwas verwandeln, das mehr ist, als bloß Fahrgäste zu sein, die ein - und aussteigen. Ich möchte vollständige Menschen aus ihnen machen. Etwas, an das ich mich halten kann." Langsam hatte ich das Gefühl unter Verrückten zu sein. Sobald er fertig gesprochen hatte, fürchtete er schon, zu viel gesagt zu haben. Er klang auch ein wenig kompliziert, ich spürte, dass ich nicht der Einzige war, der hier was an der Klatsche hatte. Ich musste mich zusammenreißen, um ihm nicht brüderlich eine Hand auf die Schulter zu legen. Dann erst fielen mir seine riesigen Hände auf. Im Gegensatz zu seinem eher schmächtigen kleinen Körper, wirkten sie wie Pfannen, die jetzt auf seinen Oberschenkeln lagen. Irgendwas an diesen Händen vertrieb mir wieder das Gefühl, sich ihm zu sehr zu nähern. Dann stellte sich der Kerl vor, der durchaus bei der Russenmafia sein konnte. Serge erzählte, dass er schon als kleines Kind ein Faible für Horrorgeschichten hatte. Zombies und Werwölfe hätten ihn schon immer fasziniert. Und es wäre jetzt höchste Zeit, dass er jetzt seine eigene Geschichte von Dracula erzählten könnte. Er blickte grinsend in die Runde, als ob sein Name bereits etwas Unartiges implizieren würde.

„Was ich am Lesen und Schreiben mag", erzählte er, „ist, dass man jemand anders sein kann und Dinge machen kann, die man selbst nie tun würde."

Deshalb wollte Serge also schreiben, um jemand anders zu sein. Er war angeblich Metzger von Beruf, wer konnte ihm da verdenken, dass er jemand anders sein wollte?

„Und du, Peter?", fragte mich Pickert, „Was führt dich

hierher?"

„Ich wurde berufen", sagte ich und er sah mich erstaunt an.

„Berufen in dem Sinn, dass du eine Bestimmung verfolgst? Oder ein Ruf im engeren Sinne des Wortes?"

„In meinen Träumen."

„Du wurdest in deinen Träumen gerufen?"

„Manchmal", sagte ich, und es klang wie der Beginn eines vollkommen neuen Gedankens. „Manchmal habe ich Albträume."

„Möchtest du erzählen, was du träumst?"

„Nein, lieber nicht", antwortete ich und schwenkte um auf meine Kindheit. Ich erzählte, dass mein Vater Lehrer war und meine Mutter Krankenschwester. Und das meine Mutter immer gern Gedichte schrieb, und ich sie darum beneidete. Und dann sagte ich, dass ich hier wäre um meine „Blockaden" zu lösen. Dass ich schon immer eine Geschichte schreiben wollte, aber nicht wusste, wie ich damit beginnen sollte.

„Sehr gut, Peter", sagte Pickert. „Ich möchte euch allen für eure Offenheit danken. Ich glaube, dass alle hier sehr fantasievoll sind, und was Interessantes für die Allgemeinheit zu erzählen haben. Jetzt gilt es, das was in euch schlummert zu erwecken, und eure Blockaden zu lösen. Jetzt sage ich euch, wie so eine Geschichte stilvoll aufbereitet wird, vom Anfang bis zum Ende, dass immer das Schwierigste ist."

Nachdem er uns eine gute Stunde erzählte, was für ihn

und die Leser am wichtigsten wäre, beendete er den Unterricht mit den Worten: „Ich hoffe, ihr könnt die nächsten Wochen auch eure Schüchternheit abbauen. Und jetzt wie angekündigt, die Hausaufgabe: Alle werden bis nächsten Dienstag eine Kurzgeschichte mit noch offenem Ende schreiben. Um was es sich bei der Geschichte handelt, ist zweitrangig. Baut sie so auf, wie ich euch es in den letzten sechzig Minuten veranschaulicht habe. Das Thema kann was Alltägliches, Erotisches, Grusliges oder Familiäres sein. Lasst eure Fantasie spielen, und bringt aufs Papier was euch bewegt und am Herzen liegt. Wir werden jede Geschichte im Anschluss gemeinsam besprechen. Ich freue mich jetzt schon auf eure Kreativität und wünsche euch noch einen schönen Abend."

Dann war die Gruppe „entlassen". Ich ging leise die Tür hinaus. Meine Zehen waren eiskalt, ich vermutete den anderen erging es ähnlich. Sollte ihm das keiner sagen, dass man sich hier fast die Zehen abfror? Wie viele von den Teilnehmern wohl nächste Woche noch kommen würden? Ich hatte starke Zweifel, ob diese Abende das viele Geld wert waren. Aber irgendwas trieb mich dazu, wieder zu kommen. Und sei es nur, um die Geschichten der anderen zu hören, falls man selbst keine zu erzählen hat.

9

Am nächsten Morgen hatte ich frei, denn auf eigenen Wunsch arbeitete ich ab jetzt nur noch viermal in der Woche. Alexa bestand auf ihre freien Tage, und wollte auch alle 14 Tage einmal unter der Woche freihaben, um ihre Behördengänge und sonstiges zu erledigen. Außerdem wollte sie unbedingt ihre Eltern in Radolfzell häufiger besuchen, da ihre Mutter einen Schlaganfall erlitten hatte. Hoffentlich bewog sie das nicht, bei uns die Zelte vorzeitig abzubrechen, so eine gute Kraft würde ich bestimmt nicht mehr finden. Ich musste ihr gegenüber tolerant sein, da sie häufiger, ohne zu klagen, zehn - bis zwölf Stundentage zu absolvieren hatte. Sie kümmerte sich nicht nur ums Einkaufen, den Haushalt und Sophie, sondern übernahm auch noch freiwillig die Gartenpflege. Ich beschloss deshalb, ab nächsten Monat ihr Gehalt um zehn Prozent aufzustocken. Gestern im Laufe des Tages, gab es für mich im Verlag eine gute und eine sehr schreckliche Nachricht. Die gute zuerst: Ich bekam meine Stelle als stellvertretender Redakteur „wieder zurück". Unser Chefredakteur hatte anscheinend erkannt, was er von mir hatte, und war auch bei dem Mobbing, dass ich in den letzten drei Jahren leidvoll erfahren musste, immer auf meiner Seite gewesen. Die schlechte Nachricht war eine grauenvolle, die nicht nur unsere Redaktion schockierte, sondern den ganzen Verlag und bestimmt auch die ganze Region. Mein Kollege, oder jetzt Ex-

Kollege, Reinhold Krebs, war tot! Er hatte den Posten inne, den ich jetzt wieder bekam. Krebs kam erst vor zweieinhalb Jahren aus Bad Schussenried zu unserem Verlag, und war zuvor Redaktionsleiter der Biberacher Nachrichten gewesen. Man hatte uns im Verlag wochenlang die Unwahrheit gesagt. Zuerst hieß es, er hätte vor einigen Wochen einen schweren Skiunfall am Grünten erlitten, und läge seitdem schwerverletzt in einer Spezialklinik in Murnau. Dann sickerte aber immer mehr durch, dass es gar kein Unfall gewesen war. Angeblich wollte die Polizei aus „Ermittlungstaktischen Gründen", nicht sofort mit der Wahrheit herausrücken, aber dann kamen immer mehr grauenvolle Details ans Licht: Krebs wurde ermordet! Auf so bestialische Weise, dass selbst einem der Ermittler schlecht wurde, als er die grausam zugerichtete Leiche sah. Gut, dass ich es an diesem Faschingssamstag als das Grauen geschah, vorgezogen hatte, mit Sophie in den Europapark Rust zufahren. Kurzzeitig hatte auch ich im März überlegt, mit meinem Freund Paul Glaser, zum Skifahren zugehen. Paul meinte aber, dass sollten wir uns nicht antun, aufgrund der zu erwartenden Menschenmassen. Paul wusste auch, dass ich eigentlich zu große Menschenansammlungen mied, wie der Teufel das Weihwasser. Gut, dass ich auf ihn gehört hatte. Erstaunlich und sehr merkwürdig war, dass es die Polizei geschafft hatte, den Vorfall solange vor der ganzen Öffentlichkeit geheimzuhalten. Ich versuchte diesen schrecklichen Vorfall, obwohl es mir sehr schwer viel, zu vergessen, und auch Sophie nichts davon zu erzählen. Sie war eigentlich der Hauptgrund, warum ich heute lieber daheim blieb. Weil sie Halsschmerzen hatte, wollte sie heute partout nicht in die Schule, deshalb meldete ich sie telefonisch krank. Es spielte keine Rolle, ob sie mal den einen oder anderen Fehltag hatte, sie war eh die Klassenbeste seit sie in der Schule war. Sie konnte als Siebenjährige besser und flüssiger lesen als viele Erwachsene. Das kommt wahrscheinlich daher, dass sie unheimlich wissbegierig war und sehr viele Bücher verschlang. Nicht nur Malbücher wie die meisten in ihrem Alter. Das hatte sie bestimmt von ihrer intelligenten Mutter oder vielleicht auch von mir. Ich saß am Frühstückstisch und studierte die Zeitung, um zu erkunden, ob Walter Pickert wieder eine Anzeige geschalten hatte. Ich konnte aber nichts entdecken, wobei es mich wunderte, da doch angeblich die Nachfrage nach seinen Seminaren so groß war. Erzählte er zumindest. Aber vermutlich schreckte allein schon sein hoher Preis viele ab. Ich war immer noch in dem festen Glauben, dass mir der Schreibzirkel helfen konnte, meine Schreibblockade zu überwinden. Ich musste endlich mit meinem Roman beginnen, koste es was es wolle.

„Papi, darf ich fernsehen?", fragte mich Sophie und strahlte mich mit ihren süßen Kulleraugen an.

„Ja, aber nur eine Stunde", antwortete ich. „Dann legst du dich wieder etwas hin um zu schlafen."

„Danke, Papi", sagte sie und verzog sich wieder. Meistens schlief sie vor der Glotze sehr schnell ein und ich trug sie dann ins Bett. Dann erregte eine Nachricht aus dem Lokalteil unserer regionalen Zeitung meine Aufmerksamkeit. Eine Vermissten-Geschichte. Die Vermisste, eine gewisse Anna Schwarz, die, so wurde vermutet, von einem Spielplatz in Isny verschleppt wurde. Zeugen der Entführung gab es jedoch keine, auch der Sohn der Frau, der zu der Zeit an den Schaukeln spielte, hatte nichts bemerkt. Der 6-Jährige schrie auf einmal laut nach seiner Mutter, die laut Bericht erst achtundzwanzig Jahre war. Anwohnern wurde geraten, wachsam zu sein, und verdächtige Besucher die häufig um den Spielplatz rumlungerten, sofort der Polizei zu melden. Über unheimliche, aber traurig gewöhnliche Meldungen dieser Art, las ich normalerweise hinweg. Aber es handelte sich um „unsere Stadt", wo ich auch mit Sophie schon häufig beim Spielen war. Zwei Minuten später stand sie auf einmal neben mir. Dass auch ich stand, überraschte mich in dem Moment selbst. „Was machst du, Papi?", fragte mich meine Kleine. Ich blickte nach unten und sah meine Hände am Griff unserer Terrassentür.

„Ich schließe ab."

„Aber diese Türe schließen wir doch sonst nie ab."

„Nie? Bist du sicher?"

Ich sah durch die Scheibe der Terrassentür, auf den noch leicht gefrorenen Garten, ob ich vielleicht irgendwelche Fußabdrücke am Boden entdeckte. Nichts. Dann schloss ich ab. Sophie rannte in die Küche um sich einen Kakao zu machen. Ich holte mir einen Notizblock und schrieb auf:

WICHTIG! So schnell wie möglich Vorhängeschloss für die Terrassentür kaufen.

10

Es war Sonntagmittag und der Dienstag rückte unaufhaltsam näher. Und noch immer hatte ich mein „Werk", also Hausaufgabe, nicht gemacht. Unter der Woche hatte ich ein paar Anläufe unternommen, aber das Ambiente meiner Krypta zu Hause, hatte jeden Anflug von Inspiration verscheucht. Ich musste die richtige Umgebung finden, um meine Story zu schreiben, denn blamieren wollte ich mich auf keinen Fall. Als Alexa, Sophie nach dem Essen mitnahm, zu einer Fahrt ins „Aquaria" nach Oberstaufen, beschloss ich, in die Bücherei zu gehen. Während der Wintermonate bis Ende April, hatte sie auch sonntags geöffnet. Zum Baden und Saunieren hatte ich eh keine Lust, und in dem Vergnügungsbad herrschte bestimmt ein Riesengedränge. Die kleine, aber feine Bücherei hatte noch bis fünfzehn Uhr geöffnet, und ich hoffte, dort endlich Anregungen zu bekommen um meine Geschichte auf die Reihe zu kriegen. Die Bücherei ist im Rathaus integriert und liegt zentral in der Stadtmitte. Als ich sie betrat, war außer einer fünfzigjährigen, molligen Aushilfe am Eingangsbereich, nur eine jüngere Frau anwesend, vermutlich eine Studentin, die auch in den drei Räumen herumstäuberte. Als sie mich sah, lächelte sie und grüßte höflich. Ich erwiderte es, und sah mir die Unmenge von Büchern an, ohne zu wissen, wo ich überhaupt beginnen sollte. Die mollige Aushilfe erklärte mir, dass in der Ecke des großen Eingangsbereichs ein Computer war, der mir helfen konnte, die richtigen Bücher zu finden. Ich setzte mich hin, gab „Walter Pickert" ein, und war gespannt, ob von dem Mann irgendwelche Bücher hier waren. Tatsächlich. Zwei Bücher, einmal unter den Sachbüchern, und einmal unter den Kriminalromanen. Ich ging zuerst in Raum 2, und schnappte mir im siebzehnten Regal sein Sachbuch. Es war mehr eine Familienchronik, die über persönliche - und kulturgeschichtliche Abhandlungen aus den 80er-Jahren berichtete. Bestimmt kein Thema, das die Masse interessierte. Zumal ich beim durchblättern feststellte, dass die Geschichten und Bilder alles andere als hochwertig erschienen. Bei einer weniger prominenten Person wäre das noch einigermaßen nachvollziehbar gewesen, aber bei Pickert? Ein Mann, der Schreibzirkel veranstaltete, und quasi als Lehrmeister auftrat? In seiner Familiengeschichte las ich, dass er Ende der 70er-Jahre, nach Abbruch eines Philosophie-Studiums in München, eine Lehre als Schriftsetzer in Germering begann. In dieser Zeit schrieb er auch sein erstes Buch, dass er noch kurz vor seinem Ausbildungsende veröffentlichte. Geboren wurde er in Niedersachsen, während seiner Studienzeit in München, wohnte er mit drei anderen Studenten in einer WG in Giesing. Als er seine Ausbildung in Germering beendet hatte, siedelte er auf die Schweizer Bodenseeseite um, wo er eine Anstellung in einer Druckerei bekam, und zwei Jahre später sogar Teilhaber der Firma wurde. Dazu verwendete er einen Teil des Honorars, das er für seine Buchverkäufe bekam. Kurz darauf fusionierte die Druckerei mit einem regionalen Verlag in Kreuzlingen. Anscheinend hatte er weder Kinder noch Frau oder er verschwieg dies in seiner Biographie. „Der Richter und sein Killer", hieß der Roman, der es schaffte, was ich bei Google recherchierte, in die internationalen Bestsellerlisten zu kommen. Ein 360-Seiten Roman, der in

Frankreich und Deutschland spielte. Ich las zwei Kapitel durch und war enttäuscht, von dem meines Erachtens, altmodischen Stil und der banalen Story. Ich beschloss, das Buch nicht mitzunehmen, sonst würde ich vielleicht unbewusst versuchen, irgendwas davon zu imitieren, was sicher nicht von Vorteil war. Zumal die Rezensionen, die ich mir übers Internet abrief, eher negativ und sehr gespalten waren. Wieder kamen mir Zweifel, ob es richtig war, bei diesem Mann so einen Schreibzirkel zu besuchen. Bestimmt hätte es in anderen Städten weitaus bessere Seminare gegeben. Zumal auch ein damaliger Kritiker im Jahr 1980 bemerkte: „Walter Pickert schaffte es, mit einem schlichten Roman, Ende der 70er-Jahre einen Achtungserfolg zu erzielen, wobei die Qualität seines Werkes äußerst zweifelhaft war. Der (damals) 29-Jährige konnte auch nie wieder an diesen Erfolg anknüpfen, in der Schlagerbranche hätte man von einer sogenannten „Eintagsfliege" gesprochen. Auch sein Privatleben schottete er ungewöhnlich ab, und verschwand kurze Zeit später im Ausland (Schweiz). Weitere Werke von ihm, fanden keinen Zugang mehr in die Verlage, geschweige denn zu einem größeren Publikum."

Als ich weiter surfte, blieb ich an einem Artikel hängen, der mich schockierte: „Mit ein Grund, warum Pickert in seiner Heimat keine Beachtung mehr fand, lag wahrscheinlich auch daran, dass er Anfang der 80er-Jahre strafrechtlich in Erscheinung trat, als er sich bei einem seiner Auslandsaufenthalte mit Minderjährigen beim Sex eingelassen hatte. Auch wurden bei einem anderen Urlaub in Thailand, Drogen bei ihm gefunden. Nur mit intensiven Bemühungen der damaligen Bundesregierung, unter dem damals amtierenden Außenminister Hans-Dietrich Genscher, konnte Pickert einem Gefängnisaufenthalt entgehen. Seiner Reputation schadete es jedoch sosehr, dass kein Verlag mehr gewillt war, mit ihm je wieder ein Werk veröffentlichen zu wollen."

Weiter wollte ich nicht mehr lesen, das sagte alles. Pickert hatte eine zwielichtige und mehr als fragwürdige Vergangenheit! Er konnte nur hoffen, dass die anderen Teilnehmer seiner Seminare, seine Vergangenheit nicht so durchleuchteten, wie ich es jetzt gerade tat. Aber er setzte wahrscheinlich darauf, dass es genügend Dummköpfe gab, was augenscheinlich auch der Fall war. Ich wollte mir aber aufgrund der Artikel nicht meine Laune verderben lassen, und lächelte die hübsche Studentin an, die mir erneut am Fenster auffiel, als sie in einem dicken Schmöker stöberte. Sie war schätzungsweise Mitte zwanzig, hatte schwarzes Haar und trug einen grasgrünen Pullover mit hautengen Jeans. Sie wirkte leicht pummelig, hatte aber ein bildhübsches Gesicht und eine süße, kleine Stupsnase. Durch die Ausbuchtung ihres enganliegenden Pullovers, konnte man ihre gewaltige Oberweite erahnen. Mir fiel auf, dass ich seit dem Tod meiner Frau keinen Sex mehr gehabt hatte. Eigentlich unnormal für einen Mann meines Alters der noch gesund war. Vielleicht sollte ich doch wieder öfter ausgehen? Nach dem Tod meiner Frau hatte mich keine andere mehr interessiert. Mein Freund Paul meinte, dass könnte doch kein Dauerzustand bleiben, auch Sophie bräuchte endlich eine Mutter. Sollte ich das ändern, oder war der Gedanke an meine verstorbene Ex-Frau womöglich so stark, dass ich bei einer anderen gar keine Erektion mehr bekam?

Ich sah wieder die Studentin an, die ihren Kopf hob, als könnte sie meine Gedanken lesen. Am Cover ihres Buches konnte ich erkennen, was sie gerade brennend interessierte, wobei wir wieder beim Thema waren: „Shades of Grey". Vielleicht sollte ich mich mehr auf dieses Gebiet, auch beim Schreiben begeben?

11

Der Montag brachte eine Kältewelle. Obwohl die letzte Aprilwoche angebrochen war, zeigte das Thermometer tagsüber gerade mal zwischen sieben - und acht Grad plus an. Nachts gab es wieder Frost, auch für das eher mildere Oberschwaben eindeutig zu kalt. Der schneidende Wind ließ alles noch viel kälter erscheinen. Es war kurz vor halb fünf, und ich fuhr von der Arbeit nach Hause. Sophie sah mich schon von der Terrassentür, und kam mir am Eingang bereits freudestrahlend entgegen. Sie fiel mir um den Hals, während Alexa gerade das Abendessen machte.

„Und einen schönen Tag gehabt, Mausi?", fragte ich sie.

„Ja, heute hatten wir einen neuen Lehrer in der Schule. Einen Mann. Herr Hämmerle."

„Einen Mann? Herr Hämmerle? Ist denn Frau Bücheler krank?"

Frau Bücheler war die junge Lehrerin, die Sophie als Klassenlehrerin, seit der Einschulung letztes Jahr, hatte. Sie war bei allen Kindern anscheinend sehr beliebt.

„Frau Bücheler ist krank. Aber Herr Hämmerle sagte, er bleibt auch, wenn sie wieder kommt. Sie würden sich dann häufig abwechseln." Erst später sollte ich erfahren, dass Sophie log. Isny hatte momentan das gleiche Problem wie einige andere Schulen in Baden-Württemberg; Es gab seit einigen Jahren zu wenig Lehrer. Ministerpräsident Kretschmann wollte das zwar seit seinem Wahlsieg ändern, aber in seiner dreijährigen Amtszeit war kaum eine Verbesserung erkennbar. Viele Klassen hatten bis zu vierzig Schüler. Noch schlimmer sah es bei den Erziehern aus, aber da ging es vorwiegend um schlechte Bezahlung. Zwar gingen überall die Kinderzahlen zurück, und einige Dorfschulen wurden aufgelöst, aber trotzdem hatte man den Lehrernachwuchs vernachlässigt. Viele der Pädagogen gingen aufgrund der nervlichen Belastung vorzeitig in Pension. Sophies Lehrerin war mit vierundzwanzig, die mit Abstand jüngste Lehrkraft an der Grundschule in Isny. Der Landkreis Ravensburg bemühte sich deshalb, sogar Langzeitarbeitslose für diesen Beruf zu gewinnen. Ein Versuch, der bei den meisten Eltern auf harsche Kritik stieß.

„Und, wart ihr denn zufrieden mit Herrn Hämmerle?"

„Ja, er war ganz nett und lustig."

Ich nahm sie auf den Arm und wir gesellten uns zu Alexa in die Küche, die gerade Krautkrapfen machte.

„Bin in zehn Minuten fertig", sagte Alexa und legte die ersten Krapfen in die Pfanne.

Wir saßen uns auf die große Küchen-Eckbank, und Sophie holte auf einmal die „Schwäbische Zeitung" von heute.

„Sieht sie nicht aus wie Mami?", fragte sie und zeigte mit ihrer kleinen Hand auf das Bild einer Frau auf der Titelseite.

Ich betrachtete mir das Foto und den Artikel genauer, und bekam eine Gänsehaut. Die hiesige Polizei hatte ein großes Portraitfoto veröffentlicht, von der Frau, die vom Spielplatz verschwand vor einigen Tagen.

„Findest du?", fragte ich, und tat so, als ob ich das Gesicht der Frau auf dem Bild genauer taxierte.

„Ja, genau so."

Sophie kannte das Aussehen ihrer Mutter ausschließlich von Fotos, die ich während unserer Beziehung in allen möglichen Situationen gemacht hatte. Mit Sophie hatte ich oft gemeinsam (seit sie drei war) diese Bilder häufiger angesehen. Eigentlich hatte sie recht, mit ein klein wenig Fantasie bestand durchaus eine gewisse Ähnlichkeit. Sie hätten durchaus Schwestern sein können.

„Ich erinnere mich an sie", meinte Sophie.

„Wirklich? Woher?", fragte ich verblüfft.

„Ich hab sie öfter gesehen beim Bäcker, neben unserer Schule. Und am Spielplatz, wo sie verschwand. Da warst du doch auch manchmal dabei, Papi."

„Stimmt, du hast recht. Allerdings war deine Mutti noch schöner."

„Hat jemand der Frau was angetan?"

„Ich weiß es nicht, Sophie. Bisher ist sie nur spurlos verschwunden. Aber vielleicht taucht sie ja die nächsten Tage wieder auf."

„Vielleicht kann sie zaubern und hat sich weggezaubert?"

„So, das Essen ist fertig", sagte Alexa, und stellte Salat und Pfanne auf den Tisch. „Greift zu, und lasst es euch gut schmecken."

Ich schnappte mir den ersten Krapfen, und hoffte, dass der jungen Frau nichts passiert war. Sonst würde in einer so kleinen Stadt wie Isny, die Furcht einziehen in der Bevölkerung. Nach dem Essen las ich Sophie noch was erfreulicheres aus einem Märchenbuch vor. Hänsel & Gretel. Wobei, wenn man die Geschichten der Märchen oft genauer betrachtete, waren sie gar nicht mehr so harmlos. Danach begab ich mich noch ins Büro, und zermarterte mir den Kopf an meiner Geschichte. Mir war immer noch nicht der entscheidende Durchbruch gelungen, aber ich hoffte, dass es den anderen vielleicht ähnlich erging. Ich sollte mich täuschen.

12

Walter Pickerts Wohnung war nicht unbedingt heller als letzte Woche, und miefte auch nach wie vor. Aber das entscheidende hatte sich verbessert: Es war warm. Vermutlich hatte sich jemand aus dem Kreis beschwert, oder er hatte vielleicht selber gefroren. Alle, die letzte Woche kamen, waren auch dieses Mal hier, was mich wirklich erstaunte. Ich vermutete, dass es bei allen der letzte Rettungsanker war, endlich ein gutes Buch zu veröffentlichen. Alle waren überpünktlich und warteten auf den großen Meister, der diesmal sogar Tee, Kaffee und Kekse bereitgestellt hatte. Als er die Kannen und Tassen auf den Tisch stellte, meinte er: „Wunderbar, alle vollzählig. Bedient euch, dann geht's auch gleich los. Ich bin schon ganz gespannt auf eure Geschichten."

Alle gossen sich was ein, und er fuhr fort: „Der Spielplan sieht vor, dass jeder von euch maximal zehn Minuten aus seiner Geschichte vorliest. Danach können die anderen ein kurzes Statement dazu abgeben, in maximal zwei Minuten. Wenn einer nichts dazu sagen will, auch okay, es wird hier keiner zu was gezwungen. Falls Kritik geäußert wird, sollte sie sachlich und konstruktiv sein, nicht beleidigend."

Alle fingerten nervös an ihren Blöcken und Zetteln rum, wie Katzen die am Boden scharrten.

„Ihr seid die Kinder im Garten Eden", erklärte er uns. „Unschuldig, unberührt von Erfahrung, Vergangenheit oder Scham. Es gibt nur die Geschichte, die ihr mitgebracht habt. Und wir werden sie hören, als wäre es die erste, die je erzählt worden ist."

Dann ging es los.

Gott sei Dank musste ich nicht beginnen. Die ersten Vorträge beruhigten mich ein wenig. Mit jeder Stimme und neuen Geschichte ging meine Nervosität zurück. Als Pickert zur Halbzeit eine Zigarettenpause verkündete, ermutigte mich die Gewissheit, dass unter uns (bisher) kein neuer Dan Brown, Steven King, Ken Follet oder John le Carre schlummerte. Aber zwei waren ja noch dran, einer davon war ich. In der Raucherpause standen alle auf, auch die die nicht rauchten, und das waren immerhin drei. Pünktlich kehrten alle nach zehn Minuten wieder an den Tisch zurück. Jetzt begann der Ernst des Lebens. Ich war an der Reihe und las meinen Text ganz langsam vor, mit einigen kleinen Pausen. Ich kann mich auch jetzt noch an einige Satzfetzen von den Reaktionen der anderen erinnern. Einer meinte, die Erzählung in der ersten Person würde gut zu mir passen, andere sagten, sie glaubten verborgenen Kummer rauszuhören. Serge meinte, meine Geschichte hätte ihn nicht „gefangen", was er sich auch immer darunter vorstellte. Maria fand die Geschichte „ gar nicht so schlecht."

Also, um es auf den Nenner zu bringen: Meine Geschichte war, wie ich befürchtet hatte; beschissen!

Alles, was mir aus der zweiten Hälfte des Seminares im Gedächtnis blieb, war Maria. Mit ihren schwarzen Haaren und ihrer hellbraunen Haut, wirkte sie eher wie eine „weiße" Südamerikanerin. Ihr Alter war schwer zu schätzen, irgendwo zwischen Mitte dreißig und Anfang vierzig. Als sie das schwarze, mit deutlich sichtbaren Gebrauchsspuren versehene, DIN-A4-Buch, auf ihren Knien aufschlug, und langsam spürbar zögernd auf den Tisch legte, dachte ich zunächst, dass sie jünger war, als ich sie in der vergangenen Woche noch geschätzt hatte. Doch in dem Moment wo sie zu lesen begann, schlug der Eindruck von Mädchenhaftigkeit in etwas anderes um. Es war jetzt schwer, ihren Gesichtsausdruck von damals zu beschreiben, sich daran zu erinnern, es zu sehen, weil es gar kein Gesicht war. Es war wie eine Maske, die nie ganz scharfe Züge annahm - wie eine unfertige Skulptur, die man zwar schon als Abbild eines Menschen erkennen konnte, die jedoch je nach Perspektive praktisch jeder sein konnte.

Dann galt meine ganze Aufmerksamkeit dem, was sie vorlas. Wir hörten zu, ohne auf unseren Stühlen zu rutschen, zu räuspern oder zu husten. Selbst unser Atem beschränkte sich auf das Allernötigste. Es war nicht die stilistische Virtuosität die uns faszinierte, denn ihre Sprache war schlicht wie von einem Kind. Das Ganze wirkte eher wie ein sonderbares Märchen, das einen eine Weile einlullte, um den Zauber dann mit der Andeutung lauernder Bedrohung zu durchbrechen. Es war die Stimme der Jugend, die die letzte Kurve in die Welt erwachsener Verderbtheit, und reifen faulen Begehrens annahm. Wie beim ersten Abend hatte ich mein Diktiergerät in meiner Jackentasche. Nach der anfänglichen Wärme, hatte es jetzt nach einer Stunde, deutlich abgekühlt. Ich weiß nicht, ob es daran lag, dass Pickert die Heizung wieder drosselte, oder an Marias Geschichte, dass das Frösteln bei mir hervorrief. Außer Serge, zogen alle wieder ihre Jacken und Pullover an, sodass es nicht auffiel, dass auch ich meine Strickjacke anbehielt und unbemerkt mein Gerät einschaltete. Als sie nach zehn Minuten innehielt, dachte ich mir nur noch: Ich werde nie wieder schreiben. Im Vergleich zu ihrer Geschichte, strotzte „meine" nur so von Banalität und Langeweile. Mir war klar, dass ich trotzdem die weiteren Stunden hier besuchen würde, allein schon deshalb um ihre Geschichte vollends zu hören. Marias Geschichte verdunkelte jedes kreative Licht in mir, das ich glaubte, bis dahin zu haben. Es war kein Neid der mich dessen so sicher machte. Nicht die Weigerung eines schlechten Sportmanns, der nicht mehr mitspielen wollte, weil er nicht mehr gewinnen kann. Ich wusste, dass ich es noch einmal versuchen würde, hier mein Buch zu schreiben, aber nicht weil ich an mich glaubte, sondern nur um ihretwillen. Einfach deshalb, weil ich jetzt mehr Leser und Zuhörer als Schreiber sein wollte. Nur um zu erfahren, ob ihre Geschichte, die alle faszinierte, wahr war oder nur erfunden.

13

Nach dem Lesezirkel ging ich mit Manfred, der Einzige, der nicht gleich heimwollte, noch ins „Extrablatt", einem Bistro, das nur dreißig Meter von Pickerts Haus entfernt lag. Wir sagten zwar (vor Marias Geschichte) in der Runde, dass wir uns noch einen Drink genehmigen wollten, was aber allgemein zum Schluss doch keiner mehr machen wollte, außer Manfred. Jeder hatte es auf einmal eilig. Vielleicht hatte aber auch nur Marias Geschichte dazu beigetragen, dass die anderen sehr nachdenklich oder sogar verstört waren.

In dem Bistro, gegenüber von Pickerts Wohnung, waren um einundzwanzig Uhr dreißig, kaum noch Gäste. Eigentlich nur „Eine". Außer dem glatzköpfigen Barkeeper und einer aufgetakelten sechzigjährigen Lady, die mich stark an

Angela Merkel erinnerte, war niemand zu entdecken. Wir saßen uns an einen kleinen Tisch gegenüber der Bar und warteten bis „Meister Propper" kam. Fünf Minuten später, als Manfred sein Cola und ich mein alkoholfreies Weißbier hatten, brach Manfred das Schweigen.

„Gefällt dir der Kurs bis jetzt?", fragte er mich.

„Eher weniger, außerdem ist es arschkalt", entgegnete ich.

„Das stimmt, mir frieren auch nach einer Stunde die Zehen ab. Keine Ahnung warum das so kalt wird. Entweder muss er Heizkosten sparen, oder er hält uns für so abgehärtet."

„Hast du schon andere Workshops dieser Art besucht?", fragte ich ihn.

„Der Fünfte, mein letzter war vor zwei Jahren in Ulm."

„Dann bist du ja schon ein richtiger Profi."

„Na ja, wäre ich gern. Ich habe aber noch nie was veröffentlicht. Und bei dir?"

„Der erste Kurs dieser Art. Ich hoffe, ich kann mir hier den entscheidenden Kick holen, um mit einem eigenen Buch zu starten. Hoffentlich klappt`s. Und dann erst mal einen Verlag finden, das ist ja der nächste Schritt, und bestimmt der Schwierigste."

„Ja, da liegst du richtig, das war auch bei mir das Problem. Ich habe mein Manuskript an achtzehn Verlage geschickt, und keiner zeigte bisher Interesse. Die kriegen zigtausend Geschichten jeden Tag auf den Tisch geschissen."

„Und im Vergleich zu deinen ganzen anderen Schreibzirkeln, wie bewertest du diesen hier?"

„Wir haben ja erst zwei Abende hinter uns. In Ulm und bei den ganzen anderen Seminaren, hatten wir fast immer um die zwanzig Teilnehmer, da konnte keiner wie hier, seine Geschichten solange erzählen und beurteilen lassen."

Auf Marias Geschichte kamen wir noch nicht zu sprechen, sondern schwenkten ab auf unsere Berufe. Er erzählte mir, dass er als freier Mitarbeiter eines regionalen Wochenblattes, hier in der Region auf Provision arbeiten würde. Das er davon nicht leben könne, dass er hohe Unterhaltsverpflichtungen hätte und allerlei privates, dass ich jetzt hier nicht alles wiedergeben will. Nach einer Stunde, kurz bevor wir zahlten, kamen wir dann aber doch noch auf einen der anderen Teilnehmer zu sprechen.

„Dieser Typ ist doch echt merkwürdig, oder?"

„Wen meinst du? Pickert?", fragte ich.

„Nein, dieser Serge. Ein unheimlicher Typ. Ich frag mich, was der auf so einem Seminar will? Der kann ja noch nicht mal vernünftig Deutsch sprechen. Und was ist mit dir?"

„Mit mir?"

„Ist er dir nicht unheimlich?"

„Serge?"

Ich wusste zuerst nicht, was ich über Serge sagen sollte. Dann gab ich Manfred den entscheidenden Tipp: „Du solltest ihn in deine Geschichte einbinden."

„Warum, wie kommst du denn da drauf?"

„Ich dachte mir, als ich deine Geschichte hörte, du magst gern Verbrechergeschichten."

14

Marias Geschichte. Mitschnitt vom Diktiergerät:

„Es war einmal ein kleines Mädchen, das wurde verfolgt von einem Geist. Es war ein schrecklicher Mann dieser Geist, der böse Dinge tat. Er suchte sie heim in seinen Träumen. Sie versuchte den anderen zu glauben, wenn sie ihr sagten, dass es keine Geister gibt, wenn sie ihre Geschichte erzählte. Doch sosehr sie auch betete und wünschte er käme nie wieder, ließ er sie nicht mehr in Ruhe.

Er sah anders aus als all die anderen. Und immer wieder war es Winter, und es war sehr kalt wenn sie ihn traf. Immer war alles weiß um sie herum wenn er kam. Er selbst war immer ganz Schwarz wenn er auftauchte. In den ersten Begegnungen sah sie die große dunkle Gestalt nur, wenn sie aus dem Fenster sah. Und jedes Mal wenn sie schrie, war er blitzschnell weg. Bis zu dem einen Tag, als er sie unentwegt am Fenster anstierte, dann konnte sie seinem Blick nicht mehr ausweichen, obwohl das was sie sah, furchtbar war.

Der Mann hatte ein komisches Gesicht, mit einer langen Nase und blauen Lippen. Sein Gesicht hatte eine ungewöhnlich rote Farbe, und er besaß pechschwarze große Augen. Am meisten erschreckte sie jedoch, was er oben am Kopf hatte: Zwei Hörner! Da wusste sie, dass es der Teufel war. Und weil es immer Winter war, wenn er sie aufsuchte, gab sie ihm ab sofort den Namen

„SCHNEETEUFEL".

Auch Figuren aus Geschichten haben eine Vergangenheit. Das Mädchen zum Beispiel war ein Waisenkind. Die Leute sprachen nie darüber, woher sie kam, obwohl sie häufig fragte. Und deshalb war ihre Herkunft und Sein, ungewiss. Anderen war sie genauso ein Rätsel wie sich selbst, ein Problem, das gelöst werden musste.

Es gab Bücher, die das Mädchen gelesen hatte, in denen Waisen wie sie, zusammen mit anderen Waisen im Heim lebten. Und obwohl diese Heime häufig grausame Orte waren, von denen man sich wegsehnte, wünschte sich das Mädchen, sie könnte in einem solchen Heim leben, damit sie nicht mehr die Einzige ihrer Art war.

Stattdessen schickte man sie in Pflegefamilien, die nicht sind wie Waisenheime in Büchern, sondern einfach normale Familien mit Leuten, die dafür bezahlt wurden, auf Kinder wie sie, aufzupassen.

Im Alter von neun Jahren, war sie schon dreimal umgezogen. Mit elf noch zweimal mehr. Mit zwölf Jahren zog sie ein Jahr lang, jeden Monat um. Und der Schneeteufel folgte ihr überall hin, und zeigte sich jetzt nicht nur im Winter. Er zeigte ihr Dinge, die er tun würde, wenn er real wäre, und tat diese Dinge weiterhin in ihren Träumen.

Mit dreizehn wurde das Mädchen auf einen Bauernhof, in die dunklen Wälder vom Hintersteiner Tal geschickt, soweit in die Einöde, dass man meinen konnte, hier würde es gar keine anderen Menschen mehr geben. Ihre Pflegeeltern waren älter als alle, die sie bis dahin gehabt hatte. Die Frau hieß Gundula und ihr Mann Martin. Sie hatten keine eigenen Kinder, nur ihren kleinen Bauernhof, der gerade noch genug abwarf, damit sie sich in den langen kalten Wintern, noch ernähren konnten. Vielleicht war das der Grund, warum sie so glücklich waren, als das Mädchen zu ihnen kam.

Sie war noch immer ein Rätsel, nach wie vor ein Problem. Aber Gundula und Martin liebten sie mehr, als wenn sie ein leibliches, eigenes Kind gehabt hätten. Es war das Leid, dass das Mädchen gesehen hatte, das ihre Liebe weckte, denn in dem Land, das sie beackerten, mussten sie buchstäblich jeden Bissen hart erkämpfen. Gundula und Martin kannten das Leid seit ihrer Kindheit selbst, und hatten eine Ahnung davon, was es einem einsamen, kleinen Mädchen antun konnte.

Eine Zeitlang war das Mädchen glücklich oder näher daran, als sie es je gewesen war. Die Güte, mit der sie ihre Pflegeeltern behandelten, war ein großer Trost.

Sie hatte ein Zuhause, in dem sie vielleicht nicht nur Wochen, sondern womöglich viele Jahre leben konnte. In der kleinen Gemeinde gab es eine Schule, zu der sie jeden Tag mit dem Bus hinfuhr, und dort gab es Bücher zum Lesen, und Mitschüler, die vielleicht sogar eines Tages ihre Freunde werden konnten. Eine Zeitlang war das Leben, wie sie sich ein normales Leben vorgestellt hatte. Ihre Zufriedenheit war so groß, dass sie den schrecklichen Mann, der schreckliche Dinge tat, beinahe vergessen hatte.

Es war schon eine Weile her, dass er ihre nächtlichen Gedanken mit seiner Anwesenheit gestört hatte. Deshalb war sie zutiefst erschrocken, als sie eines Nachmittags von der Schule kam, und hörte, wie Gundula und Martin von einem kleinen Mädchen aus dem Dorf sprachen, das verschwunden war. Es war dreizehn Jahre alt, genauso wie sie. Eben hatte es noch im Garten gespielt, im nächsten Moment war es verschwunden. Die Polizei und freiwillige Feuerwehr aus dem Ort, hatten überall gesucht, doch das Mädchen blieb drei Tage lang spurlos verschwunden. Die Behörden mussten davon ausgehen, dass es sich um ein Verbrechen handelte. Es gab aber keine Verdächtigen. Die einzige Spur war ein Fremder, der bemerkt worden war, als er nachts über die rissigen Gehsteige strich. Ein großer Mann mit hängenden Schultern, eine Gestalt, die sich im Schatten aufhielt. „Ein Mann ohne Gesicht", hatte ein Zeuge ihn beschrieben. Ein anderer meinte, es habe ausgesehen, als hätte der Mann etwas gesucht, doch dies sei nur ein flüchtiger Eindruck gewesen. Darüber hinaus war nichts über ihn bekannt.

Aber das Mädchen wusste mehr. Sie ahnte, wer die dunkle Gestalt war, obwohl sie ihn noch nicht gesehen hatte. Sie glaubte zu wissen, wer das Mädchen aus dem Dorf verschleppt hatte, das genauso alt war wie sie. Es war der SCHNEETEUFEL. Nur, dass er jetzt die Grenzen der Träume überschritten hatte, und die reale Welt betrat, wo er all die schrecklichen Dinge tun konnte, die er tun wollte.

Und das Mädchen war sich sicher: Sie wusste, wonach der Schneeteufel suchte, wenn er im Schatten der Nacht unterwegs war.

ER SUCHTE NACH IHR!

15

Schreibe über das, was du weißt und kennst. Eine der wichtigsten Regeln für Schriftsteller, wenngleich eine überflüssige, da die meisten sowieso zunächst zum Biografischen neigen. Vor allem die „Prominenten", oder die, die glauben prominent zu sein. Die Einbildungskraft kommt später, wenn sie sich überhaupt einstellt, nachdem alle Seiten des Familienfotoalbums durchgeblättert, Liebesbeziehungen obduziert, Schlüsselmomente des Erwachsenwerdens und häusliche Tragödien auf dem Papier wieder aufgewärmt wurden. In der Regel finden Leute ihr eigenes Leben interessant genug, um sich nie mit dem Problem auseinandersetzen zu müssen, sich etwas auszudenken. Aber was ist, wenn man das Leben das man führt, nicht besonders prickelnd oder interessant findet?

Ich war der festen Überzeugung, dass mein Leben nicht genügend Substanz und Unterhaltungswert bot, um darüber einen Roman zu schreiben. Sonntagnachmittag besuchte ich meinen besten Freund Paul, in Buchenberg. Als ich ihm von meinem Vorhaben, dass ich ein Buch schreiben will, überraschte, meinte er spontan, wie er nun mal ist: „Warum glaubst du, das jemals jemand dafür bezahlt, was du da schreibst?" Ich hatte ihm lang und breit von dem Schreibzirkel erzählt, von dem er nicht allzu viel hielt. Er meinte, entweder hat jemand das Talent zu schreiben oder nicht. Einen Grobmotoriker könnte man ja auch nicht als Chirurg auf die Menschheit loslassen. Bei so viel Motivation verabschiedete ich mich frühzeitig. Wie ich mir schon gedacht hatte, waren Männer nicht feinfühlig genug, um bei einem so wichtigen Thema nützliche Hilfe leisten zu können.

Nachdem ich abends um einundzwanzig Uhr, Sophie ins Bett gebracht hatte, schnappte ich mir nochmals mein Skript und ging die letzten Seiten durch. Die letzten 10 Tage, kurz nach Anbeginn des Schreibzirkels, beunruhigte mich noch was anderes, außer meiner unvollständigen Story; Immer häufiger quälten mich Albträume, wobei ich nicht wusste, ob das mit dem Schreibzirkel, oder den merkwürdigen Vorfällen in meinem Umfeld in einem Zusammenhang stand. Manchmal fing ich an Stimmen zu hören, anfänglich von meiner verstorbenen Frau, dann auch andere. Ich dachte an den Film „The sixt Sense" mit Bruce Willis. Konnte man wirklich Stimmen aus dem Jenseits hören und Tote sehen, oder waren meine Sinne und Nerven so daneben, dass ich nicht mehr Realität und Träume unterscheiden konnte? Als ich abends auf dem Bett lag und mein Manuskript las, drehte ich die Musik in meinem Zimmer leiser, da ich glaubte was zu hören. Die Stimmen kamen immer beim Einschlafen zu mir. Der große

Unterschied zu den vergangenen Nächten war ein anderer: Bisher überkamen mich die Stimmen, wenn ich träumte oder in meinen Schlaf verfiel. An diesem Abend hörte ich sie, als ich noch wach war.

16

Am Dienstagmittag gegen zwölf, ungefähr sieben Stunden bevor das Seminar begann, kam auf einmal ein Anruf von Walter Pickert. Er hatte umdisponiert, wie er merkwürdigerweise mitteilte. Der Schreibzirkel würde heute kurzfristig bei Maria Kovac in Wangen stattfinden. Bei ihm gäbe es angeblich Handwerksarbeiten, die nicht bis zum Abend fertigwerden würden. Mir sollte das nur recht sein, Wangen lag näher zu mir, und bestimmt würde Maria im Gegensatz zu ihm, vernünftig heizen. Vermutlich dachten die anderen Teilnehmer das gleiche, und keiner hinterfragte irgendwelche weiteren Umstände.

Es war jetzt Anfang Mai, und nur noch oberhalb von 1400 Metern Höhe, waren die Berge schneeweiß. Die Temperaturen lagen auch am frühen Abend noch bei angenehmen sechszehn Grad, und nur eine leichte Schleierbewölkung, trübte die gute Fernsicht auf die Allgäuer und Vorarlberger Alpen.

Als ich gegen achtzehn Uhr nach Wangen fuhr, war Alexa mit Gartenarbeit beschäftigt und Sophie winkte mir vom

Garagentor eifrig hinterher. In Wangen angekommen, machte ich noch einen kleinen Bummel durch die historische Altstadt und kaufte mir einen neuen Schreibblock, bevor ich Marias Haus ansteuerte. Wangen hat 26.000 Einwohner und hat für mich den schönsten Innenstadtbereich aller Allgäuer Städte. Die prächtige Altstadt bildet ein malerisches, geschlossenes Ensemble mit Gebäuden vom frühen Mittelalter bis zum späten Barock. Zehn vor sieben stand ich vor Marias Wohnung in der Bergstrasse. Beim Anblick der vielen Neubauten wurde mir gleich bewusst, dass Maria etwas besser situiert sein musste. Sie wohnte in keiner Wohnung, sondern besaß anscheinend, vom äußerlichen Anschein her, eine prachtvolle Villa, mit zwei hübschen, kleinen Erkern die gen Himmel reckten. Fast schon wie ein Schloss mit ihrer Prinzessin darin! Ich kam mir fast vor wie im Märchen. Manfred und Serge dachten vermutlich ähnlich, als ich sie staunend vor dem Anwesen spazieren gehen sah.

„Ihr Mann muss ja viel Kohle verdient haben, oder hat sie bei der Glücksspirale gewonnen?", fragte Manfred, während sie auf mich zuliefen, als ich meinen Focus abstellte. Im Vergleich zu Petra, ging Maria am ersten Abend nicht näher auf ihr Privatleben ein. Sie erzählte nur kurz von einer 22-Jährigen Tochter, die angeblich in Konstanz studierte. Von ihrem Mann war sie seit acht Jahren geschieden, und nach dem Auszug ihrer Tochter, hatte sie eine kleine Anliegerwohnung an eine junge Lehrerin vermietet. Den Rest um das große Grundstück mit dem riesigen Garten, erledigte bestimmt ein Gärtner oder Hausmeister. Wir fragten uns wahrscheinlich alle, was für ein Anwesen wohl jetzt ihr

Mann bewohnen würde, falls er denn wirklich die Ex-Frau so großzügig abgefunden hatte. Bestimmt würde sie uns noch mehr darüber erzählen. Unter ihrem hölzernen Carport stand ein knallroter Mercedes SLK. Aus finanziellen Beweggründen würde sie bestimmt nicht ein Buch veröffentlichen wollen, dahinter steckte bestimmt ein anderes Motiv. Außer, alles was wir hier sahen, war nur eine schöne Fassade, und sie konnte das nicht mehr lange aufrechterhalten?

Als Maria uns öffnete, bat sie uns, ihr ins Kaminzimmer zu folgen, wo an einem runden Tisch bereits Walter Pickert und Petra saßen. Um den prasselnden und knisternden Kamin, waren schon sechs schwarze Ledersessel aufgestellt. Wenigstens mussten wir heute bestimmt nicht frieren, es war bestimmt um die achtundzwanzig Grad warm. „Schlecht" für meine Grobstrickjacke mit dem Diktiergerät darin. Auf dem großen Marmortisch standen schon Karaffen von Tee, Glühwein, Kaffee, Kuchen und einer Knabberbox. Es war fast schon wie an Weihnachten und Ostern an einem Tag. In dieser Kulisse von Wohlstand wirkten wir alle, außer Maria natürlich, wie Tagelöhner, die sich heimlich einen netten Abend gönnten und wahrscheinlich hofften, bald selbiges zu haben. Ich war heute mit vorlesen als Erster dran, was mich erleichterte, denn je schneller ich meine bescheidene Geschichte hinter mich bringen konnte, desto eher konnte ich mich auf den Glühwein und die Leckereien stürzen. Außerdem war ich ohnehin nur aus einem Grund hier: Ich wollte Marias Geschichte zu Ende hören.

Die Meinungen über meine Geschichte möchte ich hier

jetzt nicht konkret wiedergeben. „Bemüht", war vermutlich noch der mildeste und freundlichste Ausdruck den ich zu hören bekam. Die anderen Geschichten waren, meines Erachtens, aber auch nicht viel besser. Manfred erzählte irgendwas, das stark an Harry Potter erinnerte, und Serge hatte anscheinend zu viele traumatische Erlebnisse in seiner Erziehung. Seine Horrorgeschichten waren blutig und endeten dann in einem Gefangenlager für Schwerstkriminelle. Einzig die Geschichte von Petra, wirkte etwas schwermütig und fast poetisch, aber sehr stilvoll. So äußerte sich zumindest Walter Pickert über sie.

Dann war es endlich soweit: Maria begann. Sie berührte mich wieder mit dem ersten Wort das sie sprach. Das sage ich, obwohl ich gar nicht richtig zuhörte. Ich achtete mehr auf die Art wie sie vortrug, als auf die Wahl ihrer Worte. Mein Diktiergerät hatte ich in meiner Jacke stecken, und konnte es wieder unbemerkt einschalten, wobei sich bestimmt alle wunderten, warum ich bei der Bullenhitze das Ding nicht auszog. Nachdem sie fertig war, herrschte bestimmt zwei - bis drei Minuten absolute Stille, ehe sich Walter Pickert als Erster wieder zu Wort meldete, und ich mich schwitzend meiner Jacke entledigte.

Manfred knackte nur mit seinen Fingern, und die anderen hatten fast Tränen in den Augen. Serge starrte nur wie apathisch in die züngelnden Flammen des lodernden Feuers.

„Wunderbar Maria, wahrhaft wundervoll!", sagte Pickert am Ende und hob das Glas in die Höhe, als wollte er auf einen runden Geburtstag anstoßen. Die anderen Vorträge waren damit nahezu bedeutungslos geworden. Verschämt sahen sich die anderen Teilnehmer an, lediglich Serge hatte einen finsteren Blick auf, als wolle er die, so „Hoch-Gelobte", im nächsten Moment niederstechen.

Pickert fragte in die Runde, wo denn das nächste Treffen stattfinden sollte. Einhellig stimmten wir alle wieder für Marias „nobles Ambiente". Trotz der zunehmenden Temperaturen hatte bestimmt keiner Lust auf Pickerts kalte und bescheidene Wohnung. Als wir das Haus verließen, fiel mir auf, dass nicht alle Teilnehmer, Maria Anwesen verlassen hatten. Einer blieb länger. Pickert! In mir keimte der Verdacht, dass er Maria vielleicht bei ihrer Geschichte unterstützte, oder die beiden sogar ein Verhältnis pflegten. Wobei ich mir das ehrlich gesagt, wirklich nicht vorstellen konnte. Ein Mann, der, so wirkte es zumindest, kaum Geld hatte, beschissen aussah, und dann noch mindestens dreißig Jahre älter war. Oder war es nur eine „Väterliche Beziehung", die sich hier abspielte?

Als ich mit meinem Auto losfuhr, versuchte ich diese abstrakten Gedanken zu verwerfen, und es damit zu erklären, das er ihr nur beim Aufräumen half. Schließlich hatte sie ihm die Arbeit abgenommen, und er musste sich keine Gedanken über seine Heizkosten machen. Während der Fahrt, machte ich mir immer wieder Gedanken, über einzelne Passagen und Wörter ihrer Geschichte. „Blutige Hände". Schon diese beiden Wörter machten mir Angst. Oder ihren Satz: „Furcht hieß sie die Stadt, die Welt auf eine Art sehen, wie sie sie nie zuvor gesehen hatte."

Ich versuchte, diese Sätze im verwehenden Dunst meines beschlagenen Atems hinter mir zu lassen, und meine Gedanken auf aktuelle Sorgen zu richten. Sophie hatte seit einigen Wochen, häufiger als mir lieb war, Fieber - Kopf - und Magenschmerzen. Wobei es mir manchmal so vorkam, als hätte sie nur keine Lust in die Schule zu gehen. Sie hatte deshalb einige Fehlzeiten, und ich bat Alexa, wenn ich nicht daheim war, immer in ihrer Nähe zu bleiben. Hätte ich damals den Erlös aus der Lebensversicherung meiner Frau nicht bekommen, wären Alexas Dienste für mich unbezahlbar. Aber irgendwann waren auch die Gelder der Versicherung aufgebraucht, was dann? Mit meinem Verdienst bei 32 Stunden wöchentlich, und dem Kindergeld, kam ich nur auf knapp 2350 Euro im Monat. Netto natürlich, aber auf Dauer doch zu wenig. Nach meiner groben Einschätzung, waren meine Reserven in maximal einem Jahr aufgebraucht.

Als ich heimkam, kurz nach halb zehn, saßen Alexa und Sophie noch im Wohnzimmer auf der Couch. Ich nahm meinen Schatz in die Arme und fragte sie:

„Warum bist du denn noch auf, Mausi?"

„Ich kann nicht schlafen."

„Warum?"

„Ich habe Angst vor dem Schlafen."

„Warum das denn? Wovon träumst du denn?"

„Von einem Mann?"

„Was für ein Mann?"

„Ein böser Mann, manchmal sehe ich ihn sogar vor dem

Schlafen."

"Hier gibt es keinen bösen Mann, Sophie", versuchte ich sie zu beruhigen. "Einen bösen Mann würde ich niemals hereinlassen."

"Er ist nicht in unserem Haus, er ist dort drüben." Dabei zeigte sie mit ihrem Arm auf das Haus gegenüber.

"Aber da ist doch auch kein böser Mann. Dort wohnen die alten Richters, die haben dir doch schon oft was geschenkt."

"Aber ich habe manchmal von meinem Fenster einen schwarzen Mann gesehen, der mich böse anstierte."

"Das hast du bestimmt nur geträumt, Sophie", schaltete sich jetzt auch Alexa ein. "Wir haben nur nette, liebe Nachbarn."

Ich nahm Alexa zur Seite, und bat sie, heute Nacht bei Sophie im Zimmer zu schlafen. Normal schlief Alexa in unserer Anlieger-Wohnung, einem fünfundvierzig Quadratmeter großen Appartement, an der Ostseite des Hauses. Wenn ich aber länger als einen Tag außer Haus war, gab ich ihr das Gäste-Klappbett, das sie dann in Sophies Zimmer aufstellte, und bei ihr schlief. Manchmal nahm ich sie auch zu mir ins Bett, da ich aber in letzter Zeit selbst oft schlecht schlief, war mir lieber, sie war auch nachts mit Alexa zusammen. Als ich Sophie noch einen Gute-Nacht-Kuss gab, und ihr über Kopf und Rücken streichelte, fühlte ich, dass sie einen schweißnassen Körper hatte. Als sie mit Alexa im Zimmer verschwand, ging ich in mein Schlafzimmer und wollte die Vorhänge zuziehen. Da gefror mir das Blut in den

Adern, als ich hinüber zu meinen Nachbarn sah. Ich entdeckte einen großen Schatten in ihrem Garten! Ein Mann stand in dunkler Kleidung, neben der Gartenlaube. Wie, als ob er gewartet hätte, bis ich zu ihm sah, starrte er mich an. Diese Gestalt war nicht mehr von dieser Welt. Der Halbmond leuchtete ihn an, und er hielt etwas in seinen Händen, nein, es waren keine Hände, sondern Klauen. Ich sah das rötliche Gesicht, die übernatürlich großen schwarzen Augen, die mich zu verschlingen drohten. Und einen großen Schädel mit Hörnern an der Schläfe, der Teufel hatte uns heimgesucht!

17

Marias Geschichte, zweiter Mitschnitt:

Das Mädchen erzählte niemandem, was es vom Schneeteufel und den schrecklichen Dingen wusste, die er getan hatte. Denn sie wusste im Grunde ja nichts über das verschwundene Mädchen, nichts, was es je beweisen konnte. Ganz zu Schweigen davon, dass man es nach einer solchen Äußerung, ein für alle Male für verrückt erklären würde. Man würde sie Gundula und Martin wegnehmen, und an einen Ort bringen, weit schlimmer als jede Pflegefamilie und jedes Waisenhaus.

Aber noch fürchterlicher als dieser Gedanke war die Vorstellung, Gundula und Martin wehzutun. Die beiden hatten sich immer nur um ihr Wohlbefinden gesorgt. Dass sie an dunkle Gestalten aus ihren Träumen glaubte, an ein Monster, das vom dunkelsten aller Orte gekommen war, um sie zur Strecke zu bringen, würde den beiden das Herz brechen.

Dass Mädchen beschloss, Gundula und Martin um jeden Preis zu schützen.

In den darauf folgenden Tagen funktionierte es sogar. Das Mädchen tat, als wäre alles in Ordnung. Keine weiteren Kinder waren mehr verschwunden. Seine Träume waren jetzt nicht mehr grausam, ganz ohne schreckliche Gestalten, die böse Dinge tun.

Es war, als wäre der schwarze Mann mit den Hörnern auf dem Kopf, den sie Schneeteufel nannte, aus ihren Träumen verschwunden.

Dann jedoch, kurze Zeit später, erblickte ihn das Mädchen wieder. Nicht in ihren Träumen, sondern durch das Fenster ihres Klassenzimmers. Sie saß an ihrem Tisch über einer Klassenarbeit. Als sie einen Moment nicht weiter wusste, sah sie aus dem Fenster auf den Pausenhof. Er stand im Schatten einer Ulme und sah zu ihr. Er war so groß, dass er bis zu den Ästen hochragte, die für sie noch einen Meter zu hoch wären. Sein Gesicht war zum größten Teil von einem Schattenstreifen bedeckt, trotzdem konnte sie sein Grinsen und seine zwei Hörner auf dem Schädel erkennen. Obwohl sie stark zitterte, beugte sie sich wieder über ihre Aufgabe. Sie wusste, wenn sie wieder aus dem Fenster sah, würde er sie wieder anstieren. Der Lehrer spürte, das mit dem Mädchen was nicht mehr in Ordnung sein konnte. Er stellte sich neben sie, um zu beobachten, warum sie so stark zitterte.

Als sie später in der letzten Reihe des Schulbusses saß, versuchte das Mädchen seine Gedanken zu ordnen. Wie konnte sie erkennen, dass „Er" sie angelächelt hatte, ohne, dass sie sein Gesicht sah? Waren das wirklich Hörner auf seinem Kopf? Er musste doch auch anderen aufgefallen sein, wenn er dort eine Weile bei dem Baum stand?

Hatte sie ihn sich nur ausgedacht, so wie sie manchmal glaubte, ihr ganzes Leben wäre erfunden? War der schreckliche Mann mit den Hörnern, der schreckliche Dinge tat, nur ein Produkt ihrer Fantasie?

Auf einmal war er wieder da, als sie aus dem Schulbus blickte. Er saß auf einer Schaukel am Spielplatz, und grinste sie teuflisch an. Unweit des Platzes hielt der Busfahrer, um zwei Schüler rauszulassen. Das Mädchen stand auf und versuchte sie zu warnen, vor dem schrecklichen Mann der auf der Schaukel saß. Aber sie lachten sie nur aus, und keiner wollte zuhören was sie sagte. Wie dumm sie nur waren, wahrscheinlich würde der Schneeteufel bald einen von ihnen holen.

Der Busfahrer legte einen Gang ein und fuhr wieder weiter. Der schreckliche Mann schaukelte immer noch und grinste. Sie sah seine riesigen Hände, die mehr den Pranken eines Tieres ähnelten. Seine großen, wulstigen, und dicke Finger, die voller Dreck waren. Als der Bus um die Ecke fuhr, und sie ihn besser sah, merkte sie, dass sie sich getäuscht hatte: Nicht Schmutz und Dreck war auf den Fältchen und Härchen der Klauen, sondern ganz was anderes: Blut war es!

Am nächsten Tag, fand man das zwei Wochen zuvor verschwundene Mädchen. Tot. Sie lag an einer Sandbank in der Nähe des Illerursprungs bei Oberstdorf. Grausam verstümmelt und bestialisch abgeschlachtet. Die junge Frau, die sie oberhalb des Ufers beim Joggen entdeckte, musste psychologisch betreut werden, weil sie beim Anblick der Leiche einen Schock bekam.

Wegen des Leichenfundortes richtete sich der Verdacht auf einen 16-Jährigen Jugendlichen aus Rubi, der an gleicher Stelle, drei Monate zuvor, eine Spaziergängerin vergewaltigen wollte. Nur ein Urlauber mit Hund konnte den Angreifer damals in die Flucht jagen. Zeugenaussagen führten aber zwei Tage später zu dem Jugendlichen. Die schockierten Eltern konnten es nicht glauben, als die Polizei mit einem Team von Spurensicherern vor ihrem Anwesen in Rubi auftauchten. In dem Zimmer des Jungen, konnte die Polizei Diebesgut und mehrere Waffen vorfinden. Trotzdem war es für die Eltern, Nachbarn und seine Mitschüler unvorstellbar, dass er zu so einer Tat wie dem Mord fähig wäre. Die Leiche des Mädchens sah aus, als wäre sie von einem Raubtier angefallen und danach aufgeschlitzt worden, von den Schamlippen bis zum Hals. Der Schädel war bis zur Unkenntlichkeit zertrümmert und die Haut hatte offene, abgerissene Hautfetzen, wie von scharfen Krallen aufgerissen.

Die Nachricht des toten Mädchens verbreitete sich wie ein Lauffeuer in der gesamten Region. Die örtliche Polizei und die Kripo aus Kempten, bekamen für die Untersuchung des Falles, Unterstützung vom Landeskriminalamt. Es wurde sogar eine Sonderkommisson eingerichtet. Die meisten bezweifelten sofort, dass der Junge, obwohl er eine kriminelle Ader hatte, zu solch einer Tat fähig war. Zwar hatte der Jugendliche zum Tatzeitpunkt kein plausibles Alibi, allerdings fand man auch keine konkreten Spuren, um ihm die Tat auch nachweisen zu können.

Es trat eine inoffizielle Ausgangssperre in Kraft. Alle Bürger der Region wurden gebeten, nach Einbruch der Dunkelheit gewisse Stellen zu meiden, oder nur noch in Begleitung anderer, etwas zu unternehmen. Alleinstehenden Personen, Kranken und Alten, wurde geraten, sich nur noch in stark belebten „Zonen" aufzuhalten. Die Polizei verdoppelte die Anzahl der Kameras an Bahnhöfen, Busstationen und Taxiständen um das dreifache. Von vier Gemeinden im Oberallgäu wurde eine privat organisierte Zivilstreife auf Rundgänge geschickt. In vielen Häusern und entlegenen Höfen brannten von früh bis spät Mahnwachen. Auch die örtliche Polizei bekam Angst, weniger von dem Täter, als vielmehr von Aktionen, möglicher Selbstjustiz.

Die Bürger und Polizei hatten überhaupt keine Ahnung, nach wem sie eigentlich Ausschau halten sollten. Solange der Täter nicht gefasst war, misstraute jeder, jedem.

Eine Woche später, nachdem die Leiche gefunden worden war, verschwand in Vorderhindelang, zwanzig Kilometer vom anderen Tatort entfernt, ein weiteres Mädchen. Sie wurde, laut späterer Rekonstruktion, von ihrem Bett weg, in einem Zweifamilienhaus auf dem Land verschleppt, ohne das jemand was gehört oder gesehen hatte. Die Vorhänge waren mit Blutspritzer verschmiert, und die Polizei entdeckte später Fußabdrücke auf dem schneebedeckten Vorgarten des Hauses, von einer Person mit einem „außergewöhnlich großen Fuß".

Es war an einem Dienstagabend, als Martin und Gundula mit dem kleinen Mädchen Karten spielten, Bratäpfel backten, und um ihren wohligen Kamin im Wohnzimmer saßen. Das Mädchen hatte das Gefühl, dass ihre Adoptiveltern noch viel intensiver auf sie aufpassten, als vor diesen grausamen Vorfällen.

In selbiger Nacht, nachdem das Mädchen um zweiundzwanzig Uhr ins Bett ging, konnte es nicht mehr schlafen. Um Mitternacht, als der Vollmond die Umgebung des Hofes wie mit Scheinwerfern bestrahlte, ging sie zum Waschbecken in ihrem Zimmer und trank warmes Wasser. Ein seltsames Gefühl hatte sie schon im Laufe des Abends ergriffen, so als würde die nächsten Stunden was Schreckliches geschehen. Ihren Eltern sagte sie nichts von ihrer Vorahnung, sonst würden sie sich noch mehr Sorgen machen.

Dann erschrak sie, und ließ das Glas auf den Boden fallen. Jemand hatte einen Schneeball an ihr Fenster geworfen. Schon als sie zum Fenster ging, wusste sie, dass sie einen Fehler gemacht hatte. Was sie antrieb, war auch nicht allein die Neugier, sondern Pflichtgefühl. Sie musste das dunkle Unfassbare, das sie an diesen Ort gebracht hatte, davon abhalten, Gundula und Martin was anzutun. Als sie mit ihren nackten Füßen und ihrem Nachthemd über die Dielen ihres Zimmers huschte, ächzte das Haus, als ob es sie warnen wollte. Als sie aus dem Fenster sah, klammerten sich ihre zitternden Hände an die Fensterbank. Dann holte sie aus einer Kommode einen metallenen Gegenstand hervor, der im Mondlicht blitzte. Ein Brotmesser! Sie hatte es vor kurzem aus der Küche heimlich mit, und keiner der beiden hatte es bisher bemerkt.

Als sie aus dem ersten Stock ihres Zimmers auf den Hof blickte, knallte ein weiterer Schneeball gegen die Scheibe. Jetzt sah sie, woher er kam. Der Schneeteufel stand unten und sah zu ihr rauf. Dann drehte er sich um und ging um den Stall. Obwohl sie große Angst hatte, zog sie Schuhe und eine Jacke an. Dann steckte sie das Messer in die Innentasche der Jacke und lief die Treppen runter zur Haustür. Erst zögerte sie und wusste nicht ob es richtig war, aber dann trat sie entschlossen ins Freie. Ein leichter Wind wehte und eine eisige Kälte umgab sie. Sie vernahm den Geruch des Schneeteufels, und folgte seinen riesigen Fußabdrücken zum Stall. Ein Geruch den Soldaten und Chirurgen nur allzu gut kannten, den ein Mädchen wie sie, zuvor aber noch nie wahrgenommen hatte.

Sie kämpfte gegen die Angst und das Ekelgefühl, und ging zu der Rinderbox am Ende des Stalles. Das wusste „Er", als ob er sie bei der Hand genommen hätte. Nachdem sich ihre Augen an die Dunkelheit gewöhnt hatten, sah sie, was sich im Stall befand.

Da war ein Mädchen, das sah aus wie sie!

Sie kannte es von der Schule. Einen kurzen Moment lang glaubte sie, es wäre ihre eigene zerstückelte Leiche, die vor ihr auf dem blutbesudelten Strohballen lag. Dann wäre sie aber auch nur ein Geist. Den Schneeteufel konnte sie auf einmal nirgends mehr sehen, hoffentlich ging er nicht ins Haus. Dann schnappte sie sich eine Schaufel, die an der Wand stand, und fing an zu graben. Sie musste die Leiche des anderen Mädchens verscharren, sonst würde der Verdacht vielleicht auf Gundula und Martin fallen. Der Schneeteufel hatte sie dazu verführt, sodass es eigentlich nicht ihre Entscheidung war. Lieber war sie die Komplizin von ihm, als das ihre Eltern für den Rest ihres Lebens für ein Verbrechen büßen mussten, das sie gar nicht begangen hatten. Als sie das Loch ausgegraben und die Leiche hineingelegt hatte, kam ein starker Luftzug in den Stall. Er stand wieder vor ihr, grinste diabolisch und zufrieden, als hätte er nichts anderes von ihr erwartet. Sie klopfte das Erdreich fest, und sah sich danach wieder um. Sie konnte ihn nirgends mehr entdecken, klopfte den Dreck von ihrer Jacke und ging langsam zurück ins Haus. Sie hoffte, dass sie jetzt schlafen konnte, und dass er sie in Ruhe lassen würde, auch in ihren Träumen.

Aber sie täuschte sich, das Grauen in dieser Nacht war noch lange nicht zu Ende.

18

Drei Tage nach dem letzten Treffen in Marias Haus, berichtete unsere Lokale Zeitung und auch der Rundfunk, von einer weiteren vermissten Person. Ein Krankenpfleger aus Neutrauchburg, wurde seit zweiundsiebzig Stunden vermisst. Die Polizei in Isny, hatte bereits zwei Tage zuvor, die Vermisstenmeldung seiner Freundin aufgenommen, aber nach Absprache mit ihr, noch zwei Tage gewartet, bis sie damit an die Öffentlichkeit gingen. Laut Statistik, tauchen fünfundneunzig Prozent der verschwundenen Personen, innerhalb von drei Tagen wieder auf. Bei Robert Zeller war dies aber nicht der Fall. Der geschiedene vierzigjährige Mann, wurde zuerst von seinem Arbeitgeber, den Waldberg - Feil - Kliniken, und wenige Stunden später auch von seiner Freundin Ines, als vermisst gemeldet. In der Klinik „Bergblick", einem der fünf Reha-Kliniken in Neutrauchburg, hatte er seit Beginn seiner Tätigkeit vor zwölf Jahren, bisher nicht einen einzigen Tag gefehlt.

Nicht nur sein unübliches Fernbleiben, sondern auch beunruhigende Äußerungen, die er gegenüber von Kollegen gemacht hatte, nährten öffentliche Befürchtungen an einem weiteren Verbrechen. Offenbar war Zeller in den vergangenen Wochen, ein paarmal von einer anderen Person beobachtet worden. In dem Bericht, den die Polizei veröffentlichte, versuchte der Behördensprecher, den Fall zu verharmlosen und zu beschwichtigen, um jegliche neue Spekulationen die manche äußerten, gleich zu zerstreuen. Bei immer mehr Leuten aus der Bevölkerung, machte der Begriff eines „Serienmörders", die Runde. Es war der zweite Fall in diesem Jahr, und der vierte in den letzten Jahren. Allerdings fand man bis dato, von den letzten beiden Verschwundenen noch keine Leiche, im Gegensatz zu den anderen Fällen, wo die Opfer sofort bestialisch abgeschlachtet wurden. Sollte sich in dem neuen Fall ein Mord bestätigen, hatte nicht nur die Polizei, sondern auch die ganze Allgäuer Region, erstmalig in diesem Jahrhundert „ihren Serienkiller". Nicht nur für die einheimische Bevölkerung ein großes Problem, sondern auch für die gesamte Touristikbranche. Die Übernachtungszahlen würden in erheblichem Maße einbrechen. Bei beiden Fällen der letzten Wochen, bestand keinerlei Zusammenhang, meinte die ermittelnde Kriminalpolizei aus Ravensburg. „Serienmörder", so meinte ein erfahrener Polizeisprecher, arbeiteten immer nach einem gewissen „Strickmuster", das auch Fallanalytiker (Profiler) und auch Psychologen immer wieder betonten. In dem aktuellen Fall konnten die Kriminologen noch keinerlei Profil erstellen, weil es noch keine verwertbaren Spuren gab. Trotzdem ich mir sicher, dass „das" was die beiden Opfer „verfolgt" hatte, in beiden Fällen dasselbe war. Ebenso, wie ich mir sicher war, das keiner der beiden noch lebte. Trotz der Erklärungen der Profiler, erschien mir Unberechenbarkeit, zumindest manchmal, ein ebenso wahrscheinliches Motiv, wie jedes andere auch. Vielleicht war es ja genau dass, was der Täter erhoffte? Scheinbar kein Zusammenhang, und demzufolge auch kein plausibles Motiv? Wenn man nicht weiß, warum ein Mörder das macht, was er mit den Opfern tat, macht ihn das noch umso bedrohlicher, weil es dann noch viel schwieriger wird ihn zu fassen. Aber es waren nicht nur die hypothetischen Motive des „vermeintlichen" Täters, die mich überzeugt hatten. Ich glaubte vielmehr, dass der Schatten, den ich erst neulich bei uns gegenüber gesehen hatte, für die beiden Fälle auch hier verantwortlich war. Ich war mir auch sicher, dass die Geschichte, die Maria in dem Schreibzirkel erzählte, viel Wahres enthielt. Das der Schneeteufel, der jetzt auch vor meiner Tochter, und vor meinem Zuhause auftauchte, die nackte Realität war, was mir immer größere Panikattacken Angst einjagte. Es gab mit Sicherheit Zusammenhänge, zwischen dieser Geschichte aus der Vergangenheit und dem jetzt. Aber sollte ich mich mit meinen abenteuerlichen Vermutungen jemandem anvertrauen, zum Beispiel der Polizei? Würde man mich nicht für verrückt erklären und sofort in eine Klapsmühle stecken? Ich hatte eine große Verantwortung gegenüber meiner Tochter. Jemand musste sie behüten und beschützen, allein schon deshalb, weil sie keine Mutter mehr hatte. Was würde aus ihr werden, wenn auch noch ihr Vater fehlen würde? Zweifelsohne gab es nämlich schon eine große Gemeinsamkeit, die die Opfer aufwiesen: Die Personen waren nämlich alle in nächster Umgebung meines Wohnorts verschwunden oder getötet worden.

19

Als ich am nächsten Tag zur Arbeit fuhr, holte ich mir zuvor beim Bäcker ein paar Nussschnecken. In der Bäckerei mit Stehcafe, keine fünfzig Meter von unserem Verlagsgebäude entfernt, holten viele Kollegen ihr Frühstück nach. Als ich zehn Minuten später an meinem Schreibtisch stand, war Paula Muth schon an ihrem Computer und schaute krampfhaft auf den Monitor. Paula war seit drei Wochen die neue Praktikantin, und diese Woche bei mir zur Einarbeitung. Wir teilten uns (vorübergehend) gemeinsam, ein dreißig Quadratmeter großes Bürozimmer im 1. Stock.

„Guten Morgen, Paula. Na, alles klar mit dem Bericht von gestern, wegen der Allgäu-Rundfahrt?"

„Morgen, Peter. Ja, passt soweit alles. Wissen Sie schon das Neueste?"

„Was denn?"

„Man hat eine der beiden Vermissten gefunden?"

„Welche Vermissten?"

„Na die, die unter diesen mysteriösen Umständen verschwunden sind."

„Ach so, die. Wen hat man denn gefunden?"

„Die Frau Uhl wurde an den Argen bei Kleinweiler-Hofen gefunden. Das war die Frau, die vor einigen Wochen verschwand, vor dem Pfleger aus Neutrauchburg."

Katja Uhl war die erste Vermisste, kurz nach unserem

ersten Workshop-Abend. Sie war Mitte dreißig, und als Medienberaterin beim „Allgäuer Anzeigeblatt" in Immenstadt tätig gewesen. Ich wusste, von dem Bericht vor einigen Wochen, dass sie einen behinderten Mann daheim zu pflegen hatte. Er hatte sich bei einem Snowboard-Unfall vor drei Jahren so schwer verletzt, dass er seitdem im Rollstuhl saß. Die Familie wohnte nicht weit von uns entfernt, in Kleinhaslach. Ich sah sie häufig am Wochenende, wenn sie den Rollstuhl ihres Mannes beim Spazieren schob. Wer sollte sich jetzt um den Mann, und vor allem um das kleine Kind kümmern?

„Weiß man schon, wie sie gestorben ist?"

„Im Internet-Bericht der Allgäuer Zeitung steht, ihr wurde die Kehle aufgeschlitzt, dann hat sie der Täter anscheinend in die Argen geschmissen. Dort trieb sie eine Weile im Wasser, bis sie zwei Kinder beim Radeln gesehen haben. Der Radweg liegt oberhalb des Flusses."

„Mein Gott, dass ist ja grauenvoll", erwiderte ich. „Wer macht so was Abscheuliches?"

„Im Augenblick heißt es, sie würden allen möglichen Spuren nachgehen."

„Das heißt soviel wie: Sie haben keinen blassen Schimmer wer das war."

„Solche Typen gehören echt auf den elektrischen Stuhl. Was meinen Sie, Peter?"

„Typen? Sie glauben, das war ein Mann?"

„Natürlich, was denken Sie denn? Oder ist Ihnen ein Fall

bekannt, wo eine Frau eine andere aufschlitzt und sie dann ins Wasser schmeißt? Eine Frau hätte sie vielleicht vergiftet."

„Sie haben recht, aber heutzutage ist fast alles möglich."

„Männer sind doch die gewalttätigen, kriminellen Elemente in unserer Gesellschaft. Wenn es wesentlich mehr Frauen gäbe, dann wäre auch die Verbrechensrate umso niedriger."

„Eine gewagte These, Paula."

„Aber eine realistische."

Paula hatte nicht ganz Unrecht, die meisten Straftaten waren auf Männer zurückzuführen. Vor allem Serienkiller und Mörder waren zu neunundneunzig Prozent männlich, das besagten weltweit alle Statistiken.

Wieder sah Paula angestrengt auf ihren Bildschirm. Sie musste eine interessante Quelle entdeckt haben.

„Der Profiler der Polizei glaubt, dass sich hinter der Art wie die Leiche „präsentiert" wurde, eine Botschaft verbirgt."

„Eine Botschaft? Welche Botschaft?"

„Keine Ahnung, das steht hier nicht detaillierter. Wahrscheinlich steht`s morgen in der Zeitung."

„Möchten Sie eine Nussschnecke, Paula?"

„Nein, danke. Sagen Sie mal, wohnte die Familie Uhl nicht bei euch in Burkwang?"

„In Kleinhaslach, circa sechshundert Meter von uns."

„Sie hatten auch ein Kind?" *Eine aggressive Göre, die einmal meine Sophie am Spielplatz schlug und ausraubte.*

„Ja, das Mädchen ist ein Jahr älter als Sophie", sagte ich.

„Furchtbar, was wird jetzt mit dem Mädchen?", fragte Paula.

„Das wird sehr schwierig, zumal der Ehemann seit einigen Jahren im Rollstuhl sitzt." *Sie kommt ins Heim, wo sie hingehört. Die Eltern haben bei ihr versagt.*

„Mein Gott! Das Kind kommt bestimmt ins Heim", meinte Paula.

Das klingelnde Telefon unterbrach unsere Konversation. Unser Ressortleiter und mein unmittelbarer Vorgesetzter, Norbert Ferch, bat mich dringend, ihn in seinem Büro, das einen Stockwerk über mir war lag, aufzusuchen. Ich sah kurz meine Mails an, und gab dann Paula Bescheid, dass ich nach oben ging.

Norbert Ferch, ein untersetzter, silbergrauhaariger Endvierziger mit Nickelbrille, die schon lange aus der Mode war, erwartete mich schon und sah mich mit ernstem Blick an.

„Setzen Sie sich, Herr Kelly." *Mach ich glatt, Fettsack.*

Sein Tonfall gefiel mir überhaupt nicht, irgendwas lag in der Luft. Das Verhältnis mit ihm war öfters angespannt.

„Herr Kelly, wie macht sich unsere Praktikantin?"

„Gut. Wollen Sie eine Bewertung von mir?"

„Nein, eigentlich nicht, das reicht am Ende ihres Praktikums. Schön, dass Sie mit ihr so gut auskommen."

„Deshalb bin ich aber nicht hier, oder?"

„Nein", sagte er zögerlich.

„Sondern, weshalb?"

„Herr Kelly, um es kurz zu machen. Ich habe leider sehr schlechte Nachrichten für Sie."

Ich bekam einen Kloß im Hals. „Welche?"

„Wie Sie wissen, sind unsere Umsätze im Zeitungsgeschäft schon seit drei Jahren stark rückläufig."

„Aber das Freizeitmagazin ist nach wie vor beliebt."

„Ja, die Auflage ist im Gegensatz zur Tageszeitung stabil geblieben. Das liegt aber daran, dass das Magazin nichts kostet. Es wird durch die Werbeanzeigen der Kunden und durch Quersubventionierungen der Tageszeitung mitfinanziert. Der Zeitung geht's aber auch nicht mehr so gut, und ein Viertel der Anzeigenkunden sind die letzten fünfzehn Monate weggebrochen. Diese ganzen Tablets, E-Books, Smartphones und sonstiger Mist, machen unserer Zeitung schwer zu schaffen. Fast alle Verlage haben im Printmediengeschäft starke Einbußen. Nach neuester Mediaanalyse, sind die aktuellen Abonnentenzahlen in den letzten fünf Jahren, um gut fünfundzwanzig Prozent eingebrochen. Auch beim täglichen Verkauf stellt sich ein ähnliches Bild dar. Kurzum, wir haben fast ein Drittel unserer Leserschaft verloren in den letzten Jahren."

Ich wusste, worauf es hinauslief.

„Das heißt, es muss Personal eingespart werden?"

„Richtig, Herr Kelly. Bei einer Krisensitzung letzte Woche haben wir leider beschlossen, dass sie gehen müssen!"

„Das ist nicht ihr Ernst, Herr Ferch", sagte ich erregt.

„Doch, leider", antwortete er mit gequältem Gesicht.

„Bin ich der Einzige?" *Das wird er bitter büßen müssen.*

„Nein. Von den achtundfünfzig Angestellten müssen dreizehn gehen. Hören Sie, Herr Kelly. Ich weiß, das wird sehr schwer für Sie, aber bei den anderen ist es ähnlich. Die Entscheidung ist uns bei der Besprechung bestimmt nicht leicht gefallen. Aber es kam mir auch von einigen ihrer Kollegen zu Ohren, dass sie bei der Arbeit unkonzentriert und nachlässig waren. Das hat auch mit dazu beigetragen, dass Sie bei den Entlassenen sind." *Verlogenes Arschloch.*

Ich musste mich extrem zurückhalten, dass ich ihm nicht an die Gurgel ging. Ich konnte mir schwer vorstellen, dass andere Kollegen meine Arbeit bemängelten, ich vermutete, das war eine Erfindung von ihm, um ein Argument zu haben. Dieser Typ war schon immer eine verlogene, widerliche Ratte. *Du wirst ihn bestrafen!",* hämmerte eine Stimme in mein Hirn.

„Wann muss ich gehen?", fragte ich zornig.

„Wie üblich, im Rahmen der gesetzlichen Kündigungsfrist. Sie bekommen eine Abfindung, und können sich in aller Ruhe nach einer anderen Stelle umsehen. Und bedenken Sie: Wenn der Verlag wirklich mal in Insolvenz geraten sollte, was trotz der Entlassungen immer möglich ist, bekommen die noch vorhandenen Mitarbeiter keinerlei Abfindungen aus der Insolvenz-Masse, sofern dann überhaupt noch eine vorhanden ist."

Ich wusste, dass er log. Jetzt versuchte der schleimige Typ, es noch so aussehen zulassen, als könnte ich „von Glück sprechen", dass ich gehen kann. In mir brach eine Welt zusammen, wie sollte ich das Sophie und Alexa erklären?

„Tut mir leid. Haben Sie noch Fragen, Herr Kelly?"

„Nein", presste ich mühsam hervor. „Nur noch einen Herzenswunsch, der hoffentlich bald in Erfüllung geht."

„Und der wäre?"

„Der Teufel soll dich holen, Ferch!"

20

Am letzten Seminartag kam ich ein paar Minuten früher als sonst. Das Treffen fand diesmal wieder in Walter Pickerts Haus statt. Es war Mitte Mai, und nur noch in Lagen oberhalb von sechzehnhundert Metern war Schnee auf den Bergen zu sehen. Heutiger Seminar-Inhalt war die Erstellung eines niveauvollen Exposes, das als Vorlage den Verlagen und Lektoren zum Testlesen geschickt wurde. Schließlich wurden die vielen eingesandten Manuskripte der ganzen Hobby-Autoren sehr kritisch beäugt. Weiterer Agenda-Punkt war der systematische Story-Aufbau und eventuell laufende Nebenhandlungen, die später mit der eigentlichen Story wieder verknüpft werden. Und, das war mir natürlich das Wichtigste: Das Finale unserer ganzen Kurz-Geschichten.

Ich fragte Pickert beiläufig, ob er denn mit seinen „Schützlingen" im bisherigen Verlauf zufrieden war. Er antwortete diplomatisch, das würde später im „Ermessen" des Lesers liegen. Aber er hob hervor (was wir eh schon alle ahnten), dass die Geschichte von Maria, die besten Aussichten auf einen größeren Erfolg hätte.

„Deine Geschichte, Peter", sprach er mir Mut zu, „hat aber durchaus Außenseiter-Chancen."

Ich tat so, als würde ich das glauben. Über die anderen Geschichten hielt er sich noch bedeckt, betonte aber, in seiner Schlussrede würde er alle ausführlich kommentieren.

Um neunzehn Uhr waren alle pünktlich da und lauschten den Worten des Meisters. Pickert erläuterte, was außer der eigentlichen Story noch alles zu beachten wäre. Er meinte, dass 99 % der Hobby-Autoren an der Umsetzung scheitern würden, und das Schreiben eigentlich nichts anderes als Handwerk wäre. Er sprach allen Mut zu, und betonte immer wieder, dass das alles erlernbar wäre. Auch in reiferem Alter kämen immer wieder neue „Talente" hervor. Wichtig wäre es, ungewöhnliche Geschichten zu schreiben, da viele Lektoren, die die Manuskripte lasen, voreilig die Texte als unqualifiziert und langweilig aussortieren würden.

Dann war es soweit, und er bat mich den Rest meiner Geschichte vorzulesen. Als ich zehn Minuten später fertig war, sah ich die anderen erwartungsvoll an, danach setzte ein zögerliches Klatschen ein. Bestimmt aus Mitleid, ich selbst fand meine Geschichte nämlich „bescheiden". Nach mir kam Serge, der seine Horror - und Zombiegeschichte mit vielen Fehlern vortrug. Sollte er Erfolg haben, würde ich mich an den nächsten Baum hängen, da seine Grammatik - und Deutschkenntnisse wirklich unter aller Sau waren. Auch er bekam, wie alle anderen auch, einen „Höflichkeits-Applaus".

Dann war Maria an der Reihe, und ich stellte wieder heimlich mein Diktiergerät an. Als sie mit leiser Stimme begann, hätte man eine Stecknadel gehört, wenn sie denn wirklich auf den Boden gefallen wäre.

Marias Geschichte. Das Finale:

„In der nächsten Woche wurde die Schule wieder geöffnet, obwohl das zweite Mädchen verschwunden blieb, und keine Spur zur Entdeckung des Täters führte. Gundula musste sich in einem Krankenhaus in Kempten, wegen eines Darm-Verschlusses operieren lassen. Sie beabsichtigte nach der Entlassung, die bereits einen Tag nach der OP war, noch bei ihrer Schwester in Durach zu verweilen. Daheim wäre das Risiko zu groß, das sie ungewollt arbeiten würde. Ihr Mann Martin hatte nichts dagegen, da wie er meinte, der Hof auch von ihm alleine drei Tage betrieben werden könnte. Er bestand sogar auf ihre Genesung bei ihrer jüngeren Schwester. Auch wenn das Mädchen von der Aussicht auf Martins alleinige Aufmerksamkeit begeistert war, bereitete es ihr trotzdem Sorge, da sie nun nicht mehr zu dritt, sondern nur noch zu zweit waren, wenn auch nur für einige Tage. Vielleicht hatte das unsichtbare Band, das sie als

Familie verbunden hatte, auch als Zauber – und Kraftfeld gedient, um den schrecklichen Mann von ihnen fernzuhalten. Gundulas Fehlen könnte vielleicht eine geheime Tür öffnen.

Um ihrer Pflegeeltern willen, hatte das Mädchen ein schändliches Geheimnis bewahrt. Sie hatte in der Nacht einen Menschen begraben und die Albträume ertragen können. Aber sie war sich nicht sicher, ob sie die Tür vom Schneeteufel schließen konnte, wenn sie erst einmal geöffnet war. Bald konnte man die Sorge mit jedem Blick und jeder Geste des Mädchens erkennen. So sehr sie sich auch bemühte, ihre Last zu verbergen, sie trug ihre Furcht wie einen Mantel. Martin kannte das Mädchen mittlerweile, glaubte er, zu gut, um es nicht zu bemerken. Und als er sie danach fragte, löste diese schlichte Frage eine Flut von Tränen aus. Sie erzählte ihm fast alles. Von dem schrecklichen Schneeteufel, der diese grausamen Dinge tat, und der früher nur in ihren Träumen lebte. Jetzt war er jedoch als schrecklicher Mörder in der realen Welt angekommen. Und sie sagte ihm ihre Vermutung, dass der Teufel die beiden Mädchen aus der Stadt nur geholt hatte, weil sie ihr ähnlich waren und genauso aussahen wie sie.

Sie erzählte ihm aber nicht, was sie im Stall gesehen hatte, und was sie dann damit machte. Nachdem das Mädchen fertig mit erzählen war, sagte Martin lange Zeit nichts. Als er schließlich seine Worte wieder fand, erklärte er ihr überraschend, dass das was sie gesehen hatte, nicht sein konnte.

Später beim Essen verblüffte er sie: „Ich habe ihn auch gesehen", sagte er auf einmal. Das Mädchen konnte es kam glauben. Wie sah er dann in Martins Augen aus? Wo hatte er ihn gesehen?

„Ich könnte ihn dir genauso wenig beschreiben, wie ich sagen könnte, welche Gestalt der Wind hat", sagt er ihr. „Es ist etwas, was ich gespürt habe. Er streicht um unser Haus, als ob dass, wonach er sucht, hier drinnen ist. Er kann jedoch nicht eindringen. Noch nicht."

Das Mädchen grübelte. Vielleicht sollte sie „zu ihm" gehen? Wenn der Teufel nur sie wollte, warum sollte sie riskieren, dass er weiteren Mädchen etwas antat? Oder, vielleicht sogar – Gundula und Martin?

„So darfst du nicht reden", flehte Martin sie an. „Verstanden? Niemals! Solange ich und Gundula leben, wird er dich nicht bekommen. Und wenn ich nicht mehr da bin, musst du ihm trotzdem widerstehen. Versprichst du mir das?"

Das Mädchen versprach es, aber was blieb ihr übrig? Sie konnte sich nicht vorstellen, etwas gegen den Schneeteufel bewirken zu können. „Wie kann man etwas töten, was vielleicht schon tot ist?", fragte sie.

„Ich weiß nicht, ob er noch lebt oder tot ist", sagte Martin. „Aber ich glaube, ich kann dir sagen, wer der schreckliche Mann ist."

Martin fasste das Mädchen an den Schultern an, als wollte er sie vor einem Sturz bewahren.

„Es ist dein Vater!", sagte er.

Drei Tage später.

Nachdem Martin seine Frau nicht bei ihrer Schwester in Durach abgeholt hatte, fuhr Gundula am Sonntagabend mit dem Taxi nach Hause und fand das Bauernhaus leer vor. Die Hintertür stand weit offen. Wenn jemand dort hinein – oder hinausgegangen wäre, ließe sich das nicht mehr feststellen. In den letzten achtundvierzig Stunden war die ganze Region unter einer siebzig Zentimeter dicken Schneedecke versunken. Ein gewaltiger kalter Tiefausläufer, der mit aller Macht den bevorstehenden Winter ankündigte. Es war die letzte Novemberwoche und die ersten Räumfahrzeuge versuchten verzweifelt, die gewaltigen Schneemassen an die Seiten zu schieben. Mögliche Spuren wären längst verweht. Gundula befiel eine dunkle düstere Vorahnung, zumal bei mehreren Anrufen, die sie von ihrer Schwester aus tätigte, weder Martin noch das Mädchen an das Telefon gingen. Bevor sie mit dem Taxi losfuhr, rief sie deshalb die Polizei in Sonthofen an. Als das Taxi ankam, war die Polizei bereits vor Ort und erwartete sie. Gundula beschwor sie voller Panik das Mädchen zuerst zu finden. Sie mussten nicht lange suchen, sie saß zusammengekauert in der letzten Box des Kuhstalls. Sie hatte glasige, apathische Augen und war schon blau gefroren. Sie zitterte vor Unterkühlung, weil sie vermutlich viele Stunden in der Kälte verbracht hatte. Man fragte das Mädchen, wo denn ihr Adoptiv-Vater wäre, worauf sie in Ohnmacht fiel.

Man schätzte ihre Überlebenschancen auf „fifty-fifty". Zwei schwarze erfrorene Zehen mussten ihr amputiert werden. Während sie schlief im Krankenhaus, wurden ihre Gehirnströme gemessen, um festzustellen, welche Regionen im Kopf vielleicht dauerhaft geschädigt blieben. Aber das Mädchen starb nicht und regenerierte zum Erstaunen der Ärzte erstaunlich schnell. Fünf Tage nach ihrer Einlieferung war sie wieder fast vollständig genesen. Jedoch benahm sie sich den Ärzten und Pflegern gegenüber merkwürdig, und wollte mit niemandem sprechen. Nur Gundula offenbarte sie sich zögerlich. Aber auch ihr gegenüber, erzählte sie wenig über die Geschehnisse der letzten Tage. Die Ärzte sprachen von „traumatischen Erlebnissen", die die Psyche des Kindes wahrscheinlich angegriffen hätten. Gundula schirmte das Mädchen gegen die Fragen der Polizei ab, und stellte die Sorge um ihren Mann, hinter das Schutzbedürfnis des Mädchens zurück.

Die Polizei musste deshalb ohne die Hinweise des Mädchens nach Martin suchen. Nachdem feststand, dass Martins Auto das ganze Wochenende auf dem Hof geparkt hatte, und es weder Spuren eines Kampfes noch einen Abschiedsbrief gab, konzentrierte sich die Suche der Polizei auf die angrenzenden Waldstücke. Das unaufhörliche Schneetreiben erschwerte die Suche zusätzlich. Auch der Polizeihubschrauber hatte mit Sichtproblemen zu kämpfen, und sah nur große Felder, die wie weiße Schneewüsten aussahen und die Region verwandelt hatten. Auch die eingesetzte Hundestaffel konnte nichts wittern und keine Spuren finden. Am fünften Tag wurde die Suche, aufgrund der Hoffnungslosigkeit der Lage, eingestellt. Der Einsatzleiter meinte, dass wenn er wirklich noch irgendwo da draußen wäre, er unmöglich überlebt haben könnte.

Nach einer Woche beruhigte sich der Schneefall und die befürchtete Schreckensmeldung kam. Ein anderer Landwirt, der zweihundert Meter von ihnen entfernt sein Gehöft hatte, entdeckte den Leichnam. Er lag zwei Kilometer von ihrem Anwesen entfernt. Martin lag auf dem Bauch und hatte beide Arme zur Seite ausgebreitet. Außer Schnittwunden an den Armen, Beinen und dem Gesicht, wurden keine nenneswerten Verletzungen festgestellt. Die Wunden stammten laut Gerichtsmediziner nicht von einem Messer, sondern von Ästen, an denen er streifte. Er trug Gummistiefel und einen Anorak mit Kapuze. Die Todesdiagnose lautete offiziell:

„Tod durch Erfrieren nach einem Zusammenbruch, infolge von Erschöpfung."

Der Gerichtsmediziner war sehr erstaunt, dass ein Mann mit Anfang siebzig, überhaupt so weit gekommen war. Ein Zweikilometer-Lauf bei Eiseskälte und starkem Schneefall, der die Sicht noch zusätzlich erschwert hatte. Dazu könnte nur jemand in der Lage gewesen sein, der sich in einem Zustand größerer Panik befunden hatte. Die Polizei stellte sich deshalb nur eine Frage:

War Martin hinter jemanden hergelaufen, oder wurde er womöglich zu Tode gejagt? Wäre er der „Verfolger" gewesen, welche Beute hätte ihn, bekleidet wie er war, bei diesem heftigen Schneefall in den Wald gelockt? Und wenn er der „Verfolgte" war, was hatte ihn so extrem erschreckt, soweit zu laufen, dass er schließlich zu Boden sank ohne das jemand Hand an ihn gelegt hatte?

Sie ahnten, ohne die Hilfe des Mädchens würden sie die Antwort wahrscheinlich nie bekommen. Bei der Polizei war man sich schlussendlich einig, dass es entweder das perfekte Verbrechen war, oder Martin jagte jemandem hinterher, den es gar nicht gab. Außer seinen eigenen, wurden keinerlei weitere Spuren gefunden. Die Spurensicherer meinten, dass wenn es wirklich noch jemanden gab, hätte man trotz des nachfolgenden Schneefalls noch Spuren entdeckt.

Und das Mädchen sprach nie mehr darüber, trotz des Einsatzes von Therapeuten. Ein extrem emotionales Trauma, mit eventuellen Gedächtnislücken, meinte der behandelnde Arzt. So etwas könnte ein Mädchen aber auch für immer sprachlos machen. Ihr Therapeut meinte sogar, die Erfolgsaussichten, dass das Mädchen was Brauchbares sagt, läge so hoch, wie wenn man die verschneiten Bäume im Wald fragen würde.

Sie täuschten sich aber alle!

Das Mädchen hörte nicht nur alles, sondern verstand auch sehr genau was sie gefragt wurde. Sie tat, als ob sie taub und traumatisiert wäre. Sie entschied, dass es Dinge auf der Welt gab, über die man nicht sprechen konnte. Aber sie beschloss, alles was sie wusste, in anderer Form genau festzuhalten. Sie würde es irgendwann einmal aufschreiben. Später, wenn sie älter und alleine war, würde sie die Wahrheit erzählen, und sei es nur für sie selbst.

Sie wusste sogar schon, wie der Anfang lauten würde, wenn sie einmal ein Buch schreiben würde:

„Es war einmal ein kleines Mädchen, das wurde verfolgt vom Schneeteufel."

21

„Bevölkerung in Panik!", so lauteten die Schlagzeilen der regionalen Tageszeitungen. Und sogar die bundesweit erscheinende, Süddeutsche Zeitung, titelte: **„Das Grauen hat jetzt auch die Allgäuer Provinz erfasst!"**

Anlass war, der Fund der zweiten Leiche innerhalb weniger Wochen im Landkreis Ravensburg. Zur Erklärung: Isny zählt zwar zum westlichen Allgäu, gehört aber zum Landkreis Ravensburg, was wiederum zu Oberschwaben zählt. Der größte Teil des Allgäus liegt in Bayern, ein kleinerer Teil des westlichen Allgäus, gehört zu Baden-Württemberg, wie auch Isny und Leutkirch. Die zuständige Kripo für den Landkreis Ravensburg, sitzt auch in der Stadt Ravensburg, die in der Region ermittelt in solchen Fällen. Ich las vormittags den Artikel, während ich mir die dritte Tasse Kaffee an meinem Schreibtisch genehmigte. Mir blieb fast der Bissen von meinem leckeren Quarkstreusel im Halse stecken, als ich die grauenvollen Details las.

Zwei Wochen war es jetzt her, das unser letzter Autoren-Zirkel, nachträglich mit einem Abendessen im „La Perla" in Weingarten endete. Kaum zu glauben, aber Walter Pickert hatte, nachdem das offizielle Seminar zu Ende war, alle Teilnehmer noch zum Italiener eingeladen, vier Tage später. Alle kamen, bis auf einen. Serge. Er entschuldigte sich, wie er per SMS mitteilte, aufgrund einer starken Erkältung. Ehrlich gesagt, ich glaube niemand bedauerte es. Ich hatte bewusst darauf verzichtet, den anderen mitzuteilen, das ich einige Tage zuvor meine Kündigung erhalten hatte. Nicht einmal Sophie oder Alexa erzählte ich es, nur meinem besten Freund Paul Glaser, der es auch nicht fassen konnte.

An dem letzten Abend hatte ich das Gefühl, Maria würde sich stärker als bisher für mich interessieren. Sie sah mir häufig tief in die Augen, und legte ungewöhnlich oft ihre zarte, weiche Hand auf meinen Unterarm. Damit nicht jeder am Tisch mitbekam, dass ich ihre Nummer wollte, folgte ich ihr einmal auf die Toilette, wobei ich am Tisch sagte, ich müsse dringend mein Kindermädchen daheim anrufen, ob auch alles in Ordnung wäre. Ich wusste nicht, ob es noch eine weitere Gelegenheit an diesem Abend gab. Mir war zwar bekannt, dass Pickert alle unsere Nummern hatte, aber den Knilch wollte ich bestimmt nicht nach Marias Nummer fragen. Bei Recherchen zuvor, hatte ich weder über die Auskunft, noch über Google eine Nummer von ihr herausbekommen. Erstaunlich bei ihrer Villa, aber viele besser situierte, hatten sehr häufig eine Geheimnummer. Und Maria war, zumindest vom äußeren Anschein her, gut situiert.

„Kann ich deine Handynummer haben, Maria?", fragte ich,

nachdem ich sie am Eingang der Damentoilette abgepasst hatte.

„Natürlich, Peter", antwortete sie, als wäre es das üblichste der Welt. Noch nie im Leben bekam ich so schnell eine Nummer von einer Frau die mir gefiel, was natürlich befürchten lässt, dass sie das bei anderen Typen genauso handhabt. Ich speicherte ihre Nummer auf meinem Samsung ab, und gab ihr im Gegenzug meine.

„Ich wollte nicht, dass es jeder am Tisch mitbekommt", klärte ich sie auf.

„Warum? Wäre es so schlimm, wenn die anderen wüssten, dass wir in Zukunft noch Kontakt halten wollen?"

„Eigentlich nicht, aber du weißt ja, es wird einem immer gleich ein Verhältnis angedichtet."

„Na, wenn du meinst. Dann gehen wir jetzt besser zügig zurück, sonst geraten wir noch in Verdacht", meinte sie ironisch lächelnd und gab mir noch ein Bussi auf die Wange.

Sie werden es sich denken können, dass dies der Beginn einer Affäre war, denn jetzt, vierzehn Tage später, sind wir bereits schon viermal bei ihr im Bett gelandet. Zuletzt gestern Abend. Alexa erklärte ich, das ich jetzt häufiger im Fitnessstudio wäre, aufgrund der bevorstehenden Sommersaison, was sie mir wahrscheinlich auch glaubte. Es war für mich, das erste intime Verhältnis mit einer „Anderen", seit dem Tod meiner Julia. Aber Paul, mein bester Freund, redete schon seit vielen Monaten auf mich ein, mir mal wieder was „fürs Bett" zusuchen, zuviel Selbstbefriedigung könnte der Psyche schaden. Ich weiß zwar nicht, ob das stimmt, aber Paul Glaser lag sehr häufig richtig mit seinen Ansichten. Im Gegensatz zu mir, war er, wenn er liiert war, häufig fremdgegangen. Vielleicht gab er aber auch nur damit an. Die meisten dieser Affären, waren mir gar nicht persönlich bekannt, nur aufgrund, seiner zugegebenermaßen, ausführlichen „Erläuterungen".

Bei Maria verzichtete ich darauf, sie vorschnell mit zu mir zunehmen, solange ich mir nicht hundert Prozent sicher war. Ich hatte immer das Gefühl, wenn ich bei ihr war, dass sie eigentlich mehr Vergnügen suchte, als eine feste Partnerschaft. Eigentlich würde sie besser zu Paul passen.

Als ich am Vormittag den Fernseher einschaltete, zuckte ich zusammen. Nicht nur bei uns in der Presse, sondern mittlerweile auch NTV, der SWR und das Bayerische Fernsehen, berichteten vor Ort, von einer dritten, toten Person. Und das Unglaubliche; die Leiche war diesmal ein Mann, und wurde auf dem gleichen Spielplatz entdeckt wie die Frau vor einigen Wochen! Nur, das er nicht entführt, sondern gleich irgendwann in der Nacht abgeschlachtet wurde! In einer Art und Weise, die fast unbeschreiblich ist. Der Typ, der das getan hatte, musste wirklich schwer gestört sein. Der Tote hatte keine Augen mehr, und der abgetrennte Kopf lag zwei Meter neben dem Rumpf auf der Rutsche. Der hiesige Polizeisprecher sagte, dass die Frau die die Leiche entdeckte, einen Zusammenbruch erlitt und womöglich monatelang, psychologisch betreut werden müsse. Mein Appetit auf Quarkstreusel wurde dadurch wieder angeregt, als ich hörte, dass der tote Mann „Ferch" hieß. Wenigstens hatte es diesmal den „Richtigen" erwischt.

Ich schaltete den Fernseher und Radio aus, und schrieb Alexa einen Zettel, dass ich versuchen würde zu schlafen, und nicht mehr gestört werden wolle. Die letzten Nächte hatte ich verdammt schlecht geschlafen, da half auch der Sex mit Maria nichts dagegen. Außerdem hatte ich heute frei, und abgesehen davon, eh keinen Bock mehr zur Arbeit zu gehen. Schließlich hatte man mir gekündigt, und seitdem war das Arbeitsklima, gelinde gesagt, beschissen.

Mit einer Schlaftablette gelang es mir fast sechs Stunden zu schlafen, sodass ich um 17.00 Uhr, Sophie noch etwas bei den Hausaufgaben helfen konnte. Danach drückte ich mir noch einen Müsliriegel hinter die Kiemen, und fuhr ins Fitnessstudio. Ich hatte tatsächlich vor einigen Tagen wieder zu trainieren angefangen, schließlich wollte ich im Sommer eine attraktive Figur haben. Es war nicht allzu viel los im Studio. Ich absolvierte das Krafttraining, machte erstmals „Zumba" mit, und ging dann noch eine Stunde in die Sauna. Kurz nach zwanzig Uhr dreißig, schmiss ich meine Sporttasche ins Auto und fuhr nach Hause. Das Studio lag im Gewerbegebiet von Isny, und mit einer Chip-Karte konnte man rund um die Uhr trainieren. Es war noch nicht ganz dunkel und die Temperaturen lagen jetzt endlich im angenehmen Bereich, sodass ich nur ein T-Shirt anhatte. Auf dem „Hochgrat", auf knapp 1800 Meter Höhe, sah man noch eine hauchdünne Schneeschicht und das beleuchtete Bergrestaurant.

Als ich meinen Wagen vor der Garage abstellte und zur Haustür lief, sah ich, als die Beleuchtung anging, dass jemand auf dem Rasen herumgetrampelt war, der bis kurz vor den Hauseingang führt. Ich hatte gestern erst gemäht, und das Gras sah stellenweise aus als wäre eine Kuh unterwegs gewesen. Nur waren es keine Hufe die man auf dem Gras sah, sondern stark profilierte Stiefel. Es waren große, feste Abdrücke, dem Anschein nach von einer sehr großen, schweren Person. Der Mann oder Frau, musste mindestens ein Gewicht von hundert Kilogramm haben. Ich kannte (außer mir) nur Paul Glaser, der in dieser „Gewichtsklasse" unterwegs war. Paul war, wie ich, über eins neunzig, und dürfte auch zwischen 93 - und 100 Kilo wiegen, aber der schlich sich hier bestimmt nicht heimlich rum. Als ich mit meinen Puma-Sportschuhen in die Spur trat, stellte ich fest, dass der Mann vermutlich Schuhgröße 48 - bis 50 haben musste, weil ich schon 47 hatte. Wer lief mit so großen Füßen auf unserem Rasen? Ich versuchte zu verfolgen, wohin die Spur führte. Mein Haus hatte zwei Eingänge: Einen vorne zur Hauptstraße, und einen Hintereingang, der neben der Einliegerwohnung von Alexa lag. Hier war auch der rückseitige Eingang zum Keller. Ich merkte, wie ich eine Gänsehaut bekam und meine Hände zu zittern begannen. War hier ein Fremder eingedrungen oder hatte Alexa vielleicht einen neuen Freund, der sehr groß war und von dem ich noch nichts wusste?

Ich schlich zur Kellertür und drückte ruckartig die Klinke. Verschlossen! Hier war niemand rein, ich hatte spätnachmittags von innen abgeschlossen. Ich ging wieder ums Haus, stellte meinen Wagen in die Garage und sah mich um in meiner Gartenlaube, wo mein ganzes Werkzeug lag. Von meinen Gartenwerkzeugen nahm ich eine kleine Axt mit, damit ich für den Notfall gewappnet war. Als ich fest den Griff umschloss, ging mein Puls wieder spürbar runter. Das

Teil hatte eine durchaus blutdrucksenkende Wirkung, zumindest bei mir. Von meinem Naturell her, war ich ein sehr gutmütiger, sanfter Mensch. Aber sollte sich ein Fremder, Alexa, oder vor allem meiner kleinen Tochter nähern, um ihnen Böses zu tun, war ich zu allem entschlossen. Und wenn ich ihm den Kopf abhacken müsste! Ich schlich zur Eingangstür, sollte sich jemand im Eingangsbereich bewegen, schaltete sofort die Lampe über der Tür ein. Erst jetzt sah ich was Beunruhigendes, als der Lichtschein auf die Klinge des Beils fiel.

Die Klinge war an der Spitze rot. Blut!

Jemand hatte die Axt während meiner Abwesenheit benützt, es gab keine andere Erklärung. Als ich mich mit meiner Hand der Türklinke näherte, merkte ich, dass ich wieder zu zittern begann. Die These mit dem Beil in der Hand zur nervlichen Beruhigung, setzte erstmal aus. Ich musste versuchen die Ruhe zu bewahren und die Nerven nicht zu verlieren. Wer weiß, was mich im Haus erwartete?

Oder litt ich aufgrund der schrecklichen Vorkommnisse und der vielen furchtbaren Nachrichten in letzter Zeit, schon unter Paranoia? Ich hielt die Axt auf Kopfhöhe, jederzeit zum Schlag mit der rechten Hand bereit. Mit der linken fasste ich an die kalte Türklinke, und merkte erst jetzt, dass die Tür leicht offen stand.

In meiner Jeans steckte mein Handy. Sollte ich die Polizei anrufen, bevor ich mein eigenes Haus betrat? Ich verwarf den Gedanken wieder, schlich auf Zehenspitzen in den Flur, und versuchte so lautlos wie möglich zu sein. Als ich im Gang stand, machte ich das Licht an und registrierte einen

Schatten hinter mir, den ich auf dem spiegelnden Boden wahrnahm. Ich holte mit dem Arm weit nach hinten aus, und drehte meinen Oberkörper blitzschnell zur Seite. Ich erschrak, als ich sah, wer in der Ecke stand. Mit weit aufgerissenen Augen und die Hände vor dem Gesicht, stand Sophie vor mir und zitterte vor meinem Anblick.

„Papi, bitte tu mir nichts", presste sie mühsam hervor.

„Mein Gott, Sophie! Was machst du hier? Du hättest mich beinahe zu Tode erschreckt!"

„Ich wollte dich doch nur überraschen und hab mich hinter der Garderobe versteckt", antwortete sie und begann zu weinen.

Ich legte die Axt auf den Boden und nahm Sophie in meine Arme. „Sophie, mein Schatz. Ich war nur in Sorge, weil ich Spuren sah und die Tür offen stand. Ich hatte Angst, dass ein Einbrecher im Haus ist."

Sie presste sich an mich und ihre Tränen befeuchteten meine Wangen. Ich strich über ihr Haar und fragte sie: „Wo ist Alexa?"

Als sie sich wieder gefangen hatte, erwiderte sie: „Alexa hat sich im „Aquaria" mit dem Bademeister angefreundet, der vor einer Stunde kam."

22

Vier Monate später, Anfang September 2014. Stadtkrankenhaus Ravensburg, Zimmer 38

Ich schlug meine Augen auf, und sah zuerst nur etwas verschwommenes als ich nach oben blickte. Es war eine weiße Zimmerdecke, die sich zögernd klarte. Langsam kam ich wieder zu Sinnen und fragte mich; Was mach ich hier? Was ist passiert?

Als ich mich aufrichten wollte, durchzuckte ein stechender Schmerz meine Brust und meinen Kopf. Ich tastete mit meiner rechten Hand zur Stirn und fühlte einen Verband. Auch rund um meinen Oberkörper spannte sich ein breiter Verband um meinen Brust - und Rippenbereich. Ich sah mich um und entdeckte niemanden mehr im Zimmer. Gegenüber von mir stand ein unbenutztes Bett, ich lag allein in einem Zweibettzimmer. Auch um meinen linken Oberarm und das Handgelenk war ich bandagiert. Solche Verletzungen konnten nicht von einem Überfall stammen, ich hatte bestimmt einen Unfall. Krampfhaft versuchte ich mich an die letzten Stunden und Tage zu erinnern. Wie lang lag ich schon hier? Blackout! Keine Erinnerung. Mein Gott, was war bloß geschehen?

Als ich aus dem Fenster blickte, versuchte sich die Sonne gegen eine milchige Wolkendecke durchzusetzen. Dann sah ich auf die Wanduhr oberhalb der Tür. Zehn Minuten vor neun am frühen Morgen. Verzweifelt versuchte ich mich zu erinnern was die letzten Stunden, Tage, Wochen und Monate geschah. Alles weg. Welcher Tag und Monat war heute?

Fünf Minuten später ging die Tür auf, als ich gerade die Schublade meines Schrankcontainers durchsuchte, um mein Handy zu suchen. Ein schlanker Mann mit weißem Kittel, Ende vierzig, und eine vollschlanke Frau, halb so alt, betraten das Zimmer.

„Guten Morgen, Herr Kelly. Ich bin Dr. Schäpe und das ist Schwester Nicole. Wie fühlen Sie sich?" Beide sahen mich an wie ein seltenes Tier im Zoo.

„Morgen, Herr Doktor", antwortete ich zögerlich. „Mein Kopf und Brust schmerzt. Was ist geschehen? Wo bin ich hier?"

„Sie wurden vor vier Tagen eingeliefert, seitdem waren Sie bis heute bewusstlos. Sie sind im St. Elisabeth Krankenhaus in Ravensburg. Man hat Sie aus einem Autowrack geborgen. Erinnern Sie sich an gar nichts?"

„Was?", entgegnete ich perplex. „Aus einem Auto? Wo?"

„Anscheinend befanden Sie sich auf einer Fahrt am Bodensee, irgendwo auf der Bundestrasse zwischen Bodman und Ludwigshafen."

„Sophie!", schrie ich. „Was ist mit meiner Tochter?"

„Beruhigen Sie sich, Herr Kelly. Soviel ich weiß, geht's ihrer Tochter gut. Keine Sorge, sie war nicht im Auto. Ihr Kindermädchen wurde gleich bei ihrer Einlieferung informiert, die Nummer fanden wir in Ihrer Brieftasche. Sie hat dann Ihre Tochter unterrichtet, dass sie einen Unfall hatten.

Vermutlich werden Sie die beiden in Kürze besuchen, sie rufen alle paar Stunden an."

„Was habe ich für Verletzungen?"

„Eine mittelschwere Gehirnerschütterung, die aber keine bleibenden Schäden verursachen wird, sowie zwei Rippenbrüche, Schulterprellung, verstauchtes Handgelenk und einige, kleinere Schnittwunden."

„Wie lange muss ich noch hierbleiben, Doktor?"

„Hängt vom Genesungsverlauf ab. Ich schätze mal noch sechs bis acht Tage."

„Was ist mit dem Fahrzeug passiert?"

„Totalschaden. Ein Kran musste es am Ufer bergen. Es steht anscheinend momentan in einer Werkstatt in Ludwigshafen."

„Ich kann mich an den Unfall und die letzten Tage überhaupt nicht erinnern."

„Das ist nicht ungewöhnlich. Viele Unfälle dieser Art haben einen Gedächtnisverlust zur Folge. Aber keine Angst, in 97 Prozent der Fälle kommt die Erinnerung wieder. Manchmal schon nach wenigen Tagen, in selteneren Fällen nach einigen Monaten."

„Was hab ich für Sachen dabei gehabt?"

„Bei Ihrem Unfall meinen Sie?"

„Ja."

„Die Bekleidung, die hier im Schrank hängt, sowie Handy, Geldbörse, Uhr und eine Sonnenbrille."

„Was haben wir heute für einen Tag, in welchem Monat?"

„Es ist Donnerstag, der 4. September 2014."

„September?", fragte ich ungläubig.

Er runzelte die Stirn „Ja, September. Was dachten Sie denn, Herr Kelly?"

„Ich kann mich an den ganzen Sommer nicht mehr erinnern, nur an ein Treffen im Mai."

„Im Mai? Dann haben sie eine gewaltige Lücke von einigen Monaten. Aber wie gesagt, keine Sorge, die Erinnerungen werden ziemlich sicher wieder kommen."

Die vollschlanke Schwester betrachtete meine Verbände und meinte: „Herr Kelly, da, wo sie vorher die Schublade aufgezogen haben, liegen vier Tabletten. Nehmen Sie sie, wenn die Schmerzen nicht mehr erträglich sind. Ich werde dann in einer Stunde die Verbände wechseln."

Dr. Schäpe wendete sich ab und ging Richtung Tür. Als er eine Hand auf die Klinke legte, fragte er: „Morgen werden wir nochmals eingehend den Kopf und die Rippen begutachten. Ich muss jetzt ins nächste Zimmer. Haben Sie noch einen Wunsch? Mit dem Fernseher und Radio hier, kennen Sie sich ja bestimmt aus. "

„Wo ist meine Handy?"

„Wie mir der Pfleger erzählte, der Sie hereinbrachte, ist es zertrümmert worden bei dem Aufprall. Benutzen Sie das Tischtelefon hier. Vielleicht können Sie ihrem Kindermädchen sagen, dass Sie Ihnen ein anderes Handy bringt."

„Letzte Frage noch, Dr. Schäpe?"

„Ja, fragen Sie."

„War ich alleine im Auto?"

„Nein, es war noch jemand im Fahrzeug."

„Wer? Was ist der Person passiert?"

„Tja, diese Person kam leider nicht so glimpflich davon wie Sie. Übrigens war es eine Frau. Vermute mal Ihre Freundin."

„Liegt die Frau hier im Krankenhaus?", fragte ich irritiert.

Er kratzte sich an seinem grauen Haarscheitel und sah kurz zur pummeligen Krankenschwester.

„Das Krankenhaus hätte für diese Person leider nichts mehr genützt. Sie wurde tot aus dem demolierten Wrack geborgen. Übrigens, nicht Sie sind gefahren, sondern ihre Begleiterin. Sie hieß nach unseren Unterlagen, Maria Kovac, und war vermutlich schon tot, bevor der Rettungsdienst und Notarzt eintrafen."

23

Einen Tag später

Ich lag entspannt auf meinem Krankenbett und las aus den „Bodensee - Nachrichten", die mir Schwester Nicole mit dem Frühstück gebracht hatte. Es war neun Uhr dreißig, und beim Blick aus dem Fenster, sah ich auf einen grauschwarzen Himmel. Am Abend zuvor hatte mir Schwester

Nicole beim Verbandwechsel erklärt, dass ich bei meiner Einlieferung einige, kleinere Glassplitter in der Haut stecken hatte. Nachdem man sie mit einer Pinzette entfernt hatte, wurden die Wunden gesäubert, und dann der Rest meiner ganzen anderen Blessuren untersucht und bandagiert. Vermutlich war ich im Wagen gegen die Scheibe gestoßen bei dem heftigen Aufprall.

Gott sei Dank war mittlerweile ein Teil meiner Erinnerungen wieder zurückgekehrt, deshalb wusste ich wieder wer Maria war. Mir war es aber schleierhaft, was wir beide vorhatten. Planten wir einen Ausflug? Über ihr Buch, das Verhältnis zu ihr, und die erotischen Stunden, konnte ich mich wieder entsinnen. Aber sonst fiel mir über die letzten Monate herzlich wenig ein. Was hatte ich den ganzen Sommer über gemacht?

Schwester Nicole meinte bei meiner Nachfrage, das würde sich vermutlich heute klären, da sich Besuch um elf Uhr bei mir ankündigt hatte. Sie verriet mit nicht, um wen es sich handelte, keine Ahnung, was die Geheimniskrämerei zu bedeuten hatte.

Kurz nach elf Uhr wusste ich es, als jemand an meine Zimmertür klopfte. Ein Mann und eine Frau, beide Anfang bis Mitte vierzig, betraten mein Zimmer. Zögerlich gingen sie auf mein Bett zu, bevor der hagere Mann das Wort ergriff.

„Guten Morgen, Herr Kelly. Mein Name ist Kleinheinz und das ist meine Kollegin Wintergerst. Wir sind beide Kommissare von der Mordkommission in Ravensburg. Man hat „Ihren Fall" an die Kripo weitergeleitet. Wir würden Sie gern ein paar Minuten sprechen."

Verwundert rieb ich mir die Augen. Dann der Schreck, hoffentlich war Sophie nichts passiert? Was wollte die Polizei von mir, und dann auch noch die Mordkommission? Vage kamen mir die Erinnerungen an die düsteren Vorfälle, die sich in den letzten Jahren in der Region abgespielt hatten.

„Gut, schnappen Sie sich die beiden Besucherstühle am Fenster. Ich weiß ja nicht, wie lange es dauert?"

„Das wird sich gleich zeigen", meinte Kommissarin Wintergerst und blickte mich mit grimmigem Blick an. Sie trug einen dunkelblauen, eleganten Hosenanzug und ihr langes Haar hatte sie zu einem Zopf gebunden. Sie erinnerte mich an Eva Mattes, die seit vielen Jahren im Bodensee-Tatort, die Kommissarin spielt, nur fünfzehn Jahre jünger.

„Na, dann bin ich mal gespannt. Ihre finsteren Blicke verheißen ja nichts Gutes."

„Zuerst mal das Wichtigste, wie geht's Ihnen heute?", fragte ihr Kollege Kleinheinz, und versuchte damit bestimmt eine freundliche Atmosphäre zu schaffen.

„Gut, wobei mir bei Ihrem Besuch wieder der Puls und Blutdruck in die Höhe geht."

„Unser Besuch lässt sich leider nicht vermeiden. Es geht um Ihren Unfall", setzte die Wintergerst das Gespräch fort. „An was können Sie sich noch konkret erinnern, zu dem Hergang des Geschehens?"

„Leider an gar nichts. Als ich gestern hier aufwachte, hatte ich einen Filmriss, nicht nur zu dem Unfall, sondern zu den letzten vier Monaten."

Beide musterten mich, als wollten sie dieser Aussage keinen Glauben schenken. Sabine Wintergerst zog einen Notizblock aus ihrer Tasche und fragte weiter: „Das heißt, Sie können sich auch nicht an die Dame erinnern, die mit Ihnen im Auto saß?"

„Doch, mittlerweile schon. Der Arzt hier, Dr. Schäpe, sagte mit ihren Namen."

„In welchem Verhältnis standen Sie zu der Frau? Woher kannten Sie sich?"

Im letzten Moment, ich wusste nicht warum, vermied ich es anzusprechen, das wir uns über den Schreibzirkel kannten. Ich entschied mich für eine andere Variante.

„Wir kennen, beziehungsweise „kannten" uns, erst seit ein paar Monaten. Wir hatten uns im Winter beim Langlaufen in Isny kennengelernt", log ich.

„Und Sie wissen nicht mehr, was sie gemeinsam am Bodensee vorhatten?"

„Nein, sagte ich doch schon. Vermutlich einen Ausflug, das ist ja am Wochenende nicht so ungewöhnlich, oder?"

„Nein, natürlich nicht", entgegnete Kleinheinz. „Und ihre Bekanntschaft zu Frau Kovac war von intensiver Natur?"

„Ich weiß nicht, was bei Ihnen „intensiver Natur" sein soll? Wir waren häufiger gemeinsam im Bett, aber pflegten auch anderen Freizeitinteressen, falls Sie es genau wissen wollen."

„Es gibt einige mysteriöse Aspekte zu dem Unfall, deshalb sind wir eigentlich hier, Herr Kelly."

„Mysteriöse Aspekte? Mein Gott, was war an dem Unfall so seltsam?"

„Zum Beispiel", antwortete die Wintergerst, „dass sie angeschnallt waren und die Fahrerin nicht."

„Fahrerin? Ich wusste nicht mal mehr wer gefahren ist, ich schwör`s."

„Hatten Sie jemals größeren Streit mit Frau Kovac?"

„Hören Sie, wie oft soll ich noch sagen, dass ich mich an die letzten Monate nicht mehr erinnern kann. Vielleicht hatte ich mal Streit mit ihr, vielleicht auch nicht. Glauben Sie etwa, ich bin schuld an dem Unfall, weil wir im Fahrzeug gestritten haben?"

„Möglich ist alles, Herr Kelly", antwortete Kleinheinz. „Wir müssen allen Möglichkeiten nachgehen. Die Polizeiinspektion hat den Fall an die Kripo weitergegeben."

„Warum an die Kripo? Das ist doch Sache der Verkehrspolizei? Es handelt sich doch hier nicht um ein Verbrechen, oder?"

„Nein, aber es könnte mit einem zutun haben."

„Wie meinen Sie das? Mit welchem?" Langsam gingen mir die beiden auf den Sack. *„Bleib ruhig",* sprach auf einmal eine innere Stimme zu mir.

„Wissen Sie noch, in welchem Haus Frau Kovac wohnte, und wenn ja, hielten Sie sich dort vor der Abfahrt auf?", fragte Kleinheinz.

„Ja, ich erinnere mich an das Haus. Ob wir vor der Abfahrt dort waren, kann ich Ihnen aber nicht mehr sagen."

Nachdenklich betrachteten mich beide und schienen zu überlegen, was sie als nächstes fragten.

Schwester Nicole kam fast lautlos und unbemerkt ins Zimmer. „Herr Kelly muss in zehn Minuten zur Physiotherapie. Das ist wichtig, ich begleite ihn dorthin", meinte sie.

„Alles klar, wir sind gleich fertig", antwortete Kleinheinz. „Eigentlich nur noch zwei Fragen an Sie, Herr Kelly."

Mir fiel ein Stein vom Herzen, endlich wurde ich die beiden gleich los. Ich befürchtete nur, das war nicht ihr letzter Besuch. Irgendwas kam noch.

„Sie wissen also nicht mehr, ob Sie im Haus von Frau Kovac vor Ihrer Abfahrt waren?"

„Sagte ich bereits, Sie wiederholen sich."

„Na, wenigstes weiß es ein Nachbar."

„Ein Nachbar von Maria?"

„Ja. Er hat Sie um zehn Uhr dreißig, vom Balkon aus gesehen, wie sie gemeinsam ins Auto stiegen."

„Na, das ist ja nichts Neues. Sie wissen doch bereits, das wir gemeinsam auf Tour waren."

„Nur, waren Sie nicht zu zweit im Haus, sondern zu dritt. Daran können Sie sich bestimmt auch nicht mehr erinnern, oder?"

„Nein, wer soll das gewesen sein? Hat das auch dieser Nachbar gesehen?"

„Nein, aber wir haben den Dritten gefunden."

„Na prima, dann können Sie ja den fragen, was wir zu Dritt im Haus so getrieben haben. Vielleicht einen flotter Dreier."

„Wir würden ihn liebend gern fragen."

„Und warum tun Sie`s dann nicht, anstatt mir hier ein Loch in den Bauch zu fragen?"

„Er kann nicht mehr reden."

„Warum nicht? Ist er krank?"

„Nein, tot! Er lag mit aufgeschlitzter Kehle am Boden."

24

Frankfurter Buchmesse, Mitte Oktober 2014. Sieben Wochen vor Sophies Verschwinden

Es war das fünfte Interview, dass ich in den letzten zwei Tagen auf der Messe gab, und ich war mir nicht sicher, ob das was ich von mir gab, noch Sinn ergab. Es war Samstagnachmittag an einem strahlend schönen Oktobertag. Ein Mitarbeiter der „Frankfurter Allgemeinen" wollte ein dreiseitiges Portrait von mir machen. Eine Film-Crew aus Frankreich plante, einen Dokumentarfilm mit mir zu drehen. Die Los Angeles Times wollte wissen, an welchem „Projekt" ich momentan arbeitete. Ein bekannter deutscher Produzent, wollte partout mit mir über Filmrechte sprechen und verhandeln. Und zwei Meter vor mir auf dem Messestand, stand ein Mitarbeiter des „Spiegels", allein schon deshalb, weil ich seit drei Wochen auf der Spiegelbestseller-Liste stand. Mitte September, kurz nach Erscheinen meines Romans, hatte ich den neuen Allgäu-Krimi „Grimmbart", von Platz 1 verdrängt! Der Mann vom „Spiegel" hieß Bernd Reitberger und sprach mich an, während ich schwungvoll ein Autogramm auf die dritte Seite meines Buches setzte, um eine hübsche Autogrammjägerin zu befriedigen.

Ich genehmigte ihm ein zehnminütiges Gespräch, obwohl ich dazu eigentlich gar keine Lust hatte.

„Herr Kelly", begann er, „Sie stehen jetzt seit drei Wochen unangefochten auf Platz 1 der Bestseller-Listen. Seit letzte Woche auch in England, Frankreich und Nordamerika. Das gelingt nur sehr wenigen deutschen Schriftstellern. Waren das Ziele, die Sie sich gesetzt haben, oder nur der berühmtberüchtigte Zufall und einfach Riesenglück?"

„Alles. Also, ich meine von allem etwas. Sicher ist so was nicht kalkulierbar, aber hoffen tut das natürlich jeder wo einen Roman schreibt. Jeder Autor hofft, dass sein Werk möglichst viele Leser findet."

„Wie würden Sie Ihr Werk einordnen? Ist das wirklich ernsthafte Literatur?"

War der Kerl ein Spinner oder wollte er mich provozieren? Kurzzeitig überlegte ich, ihn links liegen zulassen. Ich besann mich aber, da um unseren Messestand viel Trubel herrschte, und schon wieder eine Horde kam, die bestimmt eine Signierung wollte.

„Selbstverständlich nicht. Das Buch, wie auch Ihr Interview, hat mit Ernsthaftigkeit nichts zu tun. Es ist, in gewissem Sinne, ein modernes Märchen für ein erwachsenes Publikum, wenn Sie es so wollen."

Reitberger schnaubte wie ein Pferd und meinte: „Glauben Sie wirklich, dass Sie diesen Erfolg verdient haben? Ein bluttrünstiges Märchen für Erwachsene, mit unglaubwürdiger Story und fragwürdigem Finale?"

Bevor ich antworten konnte, hielt mir ein höchstens zwanzigjähriger Typ, seinen Stift und ein Buch von meinem Stapel unter die Nase. Dann sah er Reitberger an und erwiderte, bevor mir was einfiel: „Also, im Vergleich zum Spiegel, ist das Buch Weltklasse! Euer Magazin lesen doch eh nur noch Rentner, die sonst nur die Tagesschau und Maybrit Illner anschauen. Das Heft ist doch nicht die Hälfte von den vier Euro wert, die ihr da verlangt. Eine angestaubte Altherren-Lektüre für linksgerichtetes Publikum."

„Hören Sie mal, junger Mann, unser Heft ist seriös und unabhängig, sowie erstklassig rech……"

Bevor er zu Ende sprechen konnte, zeigte ihm der junge Mann den Stinkefinger, und machte sich mit meinem signierten Buch auf und davon.

„Sie sehen, Sie sollten sich gut überlegen, was Sie sagen und fragen. Sie könnten sich sonst den Zorn vieler Leser zuziehen", meinte ich spöttisch. „Feuchtgebiete" war auch kein anspruchsvolles Werk aber ein Mega-Erfolg, dass sogar verfilmt wurde."

Ich verkniff mir zu sagen, dass mein Buch, vier Wochen

nach Erscheinen, schon mehr als zehnmal so viele Käufer gefunden hatte wie „Feuchtgebiete", und auch international ein Renner war. Wütend sah mich Reitberger an, und überlegte, ob er noch was einwenden sollte, aber ich kam ihm zuvor.

„Und hiermit erkläre ich das Gespräch für beendet. Ich muss in drei Stunden nach Köln fliegen, zur Aufzeichnung von „Menschen bei Maischberger", und hab noch einige Vorbereitungen zu treffen. Das ist für mich wichtiger, als mit Ihnen hier meine wertvolle Zeit zu vergeuden."

Seine Lippen schmatzten weiter, obwohl keine Worte mehr kamen. Ich beobachtete noch kurz, wie er in dem Bemühen, die gemeinste Beleidigung zu finden, die er mir an den Kopf schmeißen konnte, die Stirn in dicke, rote Falten legte. Doch da mich eine große Anhängerschar umlagerte, und ihn immer mehr zur Seite drängte, verzog er sich. Er sprach noch ein paar Worte in ein Diktiergerät, dann sah ich ihn nicht mehr. Wenn er eine neue Kritik in seinem Magazin verfassen sollte, wusste ich schon, dass sie mich zerreißen würde.

Aber das war mir ehrlich gesagt, auch ziemlich egal. Dabei hatte der Mann natürlich nicht ganz unrecht, schließlich war es kein Meisterwerk, aber noch viel schlimmer: Die Story meines Buches, war nicht von mir!

Die Talkshow bei der Sandra Maischberger, war zwar erst eine Woche später, aber im Foyer des Sheraton-Hotels, wo ich auch übernachtete, hatte ich in zwei Stunden noch eine kleine Pressekonferenz, vor ausgewählten, vorwiegend ausländischen Journalisten, die mein Verlag eingeladen hatte.

Ich schrieb noch hunderte von Autogrammen, und ging fünfundvierzig Minuten vor Beginn der Konferenz ins Hotel, das direkt neben dem Messegelände lag. Dort hatte ich auch Sophie, meinen kleinen Engel, bei der Kinderbetreuung abgegeben. Heute früh war sie auf der Messe dabei gewesen, bevor es ihr am Nachmittag dann doch zu langweilig wurde, zumal das Angebot neuer Kinderbücher in diesem Jahr geringer als sonst war. Und zudem nervte sie das Gedränge und viele Gequatsche am Stand.

Ich hatte ihr vor der Messe noch ein Handy geschenkt, obwohl ich wusste, dass das für so ein kleines Kind noch viel zu früh war. Aber ich fühlte mich wohler, wenn ich die Kleine immer erreichen konnte, schließlich konnte ich nicht ständig ein Auge auf sie werfen. Als ich den Messestand verließ, sendete ich ihr eine SMS, das ich gleich da bin. An der Rezeption fiel sie mir schon um den Hals, als ich zehn Minuten später vor ihr stand.

„Bist du schon nervös, Papi?"

„Nervös, wegen der Konferenz gleich?"

„Ja, kann ich da mitgehen?"

„Na, wenn du bei mir bist, bin ich nicht mehr nervös. Du bist doch mein Glücksengel."

„Kann ich da einen Malblock mit reinnehmen? Ich male dich dann, wenn du vorne am Pult stehst."

„Klar, mein Schatz. Aus dir wird mal eine bedeutende Künstlerin." Sie malte wirklich erstklassig. Seit einigen Wochen war sie in der dritten Klasse, und konnte schon besser lesen, schreiben und rechnen als manch Erwachsener. Meine Sophie war für ihr Alter unheimlich intelligent, und ihren Altersgenossen um mindestens ein - bis zwei Jahre voraus. Und, sie wurde immer hübscher, die Ähnlichkeit zu ihrer wunderschönen (verstorbenen) Mutter, war wirklich außergewöhnlich.

Es war achtzehn Uhr fünfzig, und ich ging mit ihr, frisch rasiert und parfümiert, in Konferenzraum A des Hotels. Dieser Seminarraum war der größte unter den Vieren im Haus, und hatte eine Kapazität für gut vierhundert Personen. Kurz bevor ich den Saal betrat, schweiften meine Gedanken nochmals kurz ab, und gingen einige Monate zurück, als unser letzter Abend bei dem Schreibzirkel stattfand. Ich erinnerte mich, an die verzweifelten Versuche eine gute Geschichte zu kreieren, und die anschließenden Kommentare der anderen Teilnehmer, die allerdings, außer Maria, auch nichts Besseres zu bieten hatten. Zumindest nichts, um es einem Verlag anbieten zu können und es wert war, einer größeren Leserschaft vorzustellen. Mein Traum, einen Roman zu schreiben, war damals für geraume Zeit ausgeträumt. Und irgendwie war ich dankbar, nahezu befreit. Wenn einem die Last eines unerreichbaren Ziels von den Schultern genommen wird, ist das ein Segen, auch wenn es zugegebenermaßen einen Zweifel hinterlässt. Dann kam der Unfall, der bei mir auch jetzt, knapp zwei Monate später, noch einige Erinnerungslücken hinterließ. Aber immer mehr kam die Erinnerung zurück, mit ihr meine Albträume, und eine innere Stimme die mich quälte.

Und jetzt war ich hier mit Sophie, und konnte das alles noch gar nicht richtig begreifen. Ich reiste in ferne Länder, in deren Sprachen meine Wörter übersetzt worden waren.

Ich speiste und trank mit berühmten Autoren - nein, Kollegen - die ich schon seit langem bewundert hatte. Ich wurde gebeten, Lesungen zu halten, Buchbesprechungen für Publikationen zu schreiben, von denen ich zuvor nur geträumt hatte.

Und selbst an diesem heutigen Tag, bei dem mir nichts, was ich mir je hätte erträumen können, verwehrt blieb, wusste ich, dass nichts von dem real war. Sogar die Kripo ließ mich in Ruhe, und die Ermittlungen aufgrund des Vorfalles mit Maria, verliefen (bis jetzt) im Sande.

„Wir sind da. Papi, es geht los", sagte Sophie und holte mich zurück in die Gegenwart. Wir standen vor dem Rednerpult und der Saal war brechend voll. Das Pult stand in der Mitte des rechteckigen Raumes, wo mich hunderte von erwartungsvollen Gästen bereits anstarrten. Der Autoren-Betreuer unseres Verlages, Herr Eichinger, (mit „unsere" meinte ich den Verlag, der sich getraut hatte, mein Manuskript zu veröffentlichen) stand schon am Pult und gab mir die Hand. Ich bekam auf einmal Gewissensbisse und befürchtete ein Schrei würde erfolgen und mich des Plagiats bezichtigen, aber die Pressemeute begann zu klatschen. Mir steckte ein Kloß im Hals, und Max Eichinger, der sich neben mich stellte, sprach mir mit Blicken aufmunternd zu.

„Ist alles in Ordnung, Herr Kelly?", rief die Hotel-Direktorin, die in der ersten Reihe saß und das Spektakel auch verfolgte. Nicht nur ihr fiel mein Zögern und Zaudern auf, sondern auch den meisten anderen. Wenn sie wüssten, dass ich in Wahrheit versuchte, meine Scham lange genug in Schach zu halten, um das nächste Lächeln, das nächste „Danke-Schön", die nächste Signatur zu überstehen, in einem Buch, das zwar meinen Namen trug, aber eigentlich gar nicht von mir war.

Neben meinem Rednerpult stand eine Flasche Wasser, eine Schale Obst und Erfrischungstücher. Ich nahm hastig einen Schluck Wasser, sah auf Sophie, die jetzt neben der Hotel-Direktorin saß, und mich aus der ersten Reihe anstrahlte. Vielleicht hatte auch meine Tochter Angst, ich würde stumm bleiben und mich zu ihr setzen. Max Eichinger trat noch näher an mich heran, flüsterte mir ins Ohr, dass er mich jetzt in einer Minute vorstellen würde. Seine sanfte, beruhigende Stimme nahm mir mein Unbehagen. Er tätschelte mich auf die Schulter und räuspert sich ins Mikrophon um Aufmerksamkeit zu bekommen.

„Schönen guten Abend, meine Damen und Herren! Mein Name ist Max Eichinger, und ich bin für die Betreuung der Autoren in unserem Verlag aus dem Süddeutschen Raum zuständig."

Er kratzte sich am Kinn und sah mich erwartungsvoll an.

„Ohne weitere lange Vorreden, möchte ich Ihnen den Shootingstar des Buchhandels im Jahr 2014, vorstellen: Peter Kelly, aus Isny im Allgäu!"

Applaus brandete auf. Unglaublicher Applaus.

„Kein anderer Autor in unserer bisherigen 72-Jährigen Verlagsgeschichte, hat jemals so viele Bücher in einem so kurzen Zeitraum verkauft wie er. Heute sind im Saal auch viele Pressevertreter aus anderen Nationen und Kontinenten, wo das Buch in diesen Tagen erscheinen wird. Ich überreiche ihm jetzt das Mikrofon, und wünsche Ihnen allen noch einen schönen Abend und einen angenehmen Aufenthalt in Frankfurt."

Alle ausländischen Gäste hatten einen Kopfhörer für die Übersetzung bekommen.

Ich hörte nur auf einem Ohr zu, während die Meute wieder tosenden Applaus spendete. Ich dachte in diesem Moment an meine verstorbene Frau Julia. Ich wünschte mir nichts sehnlicher, als das sie in diesem Moment hier wäre. Ein Klumpen Trauer, der mir fast im Hals stecken blieb, sodass ich kaum noch Luft bekam. Als der Orkanartige Beifall, der den Raum erzittern ließ, sich beruhigte, holte ich noch einmal tief Luft und bedankte mich für den überwältigenden Applaus. Kaum hatte ich den Satz zu Ende gesprochen, erneut lautes Klatschen. Ich hob die Hände und legte einen Zeigefinger auf meine Lippen um gegen allzuviel „Zuneigung" zu protestieren. Gleichzeitig musste ich mich beherrschen um mich nicht zu übergeben.

Dann zwei Minuten Schweigen.

Nach Absprache mit meinem Verlag, sollte ich, bevor die Journalisten mich befragten, die ersten Zeilen aus meinem Buch in Deutsch und Englisch vorlesen. Ich kratzte mich an der Nase und räusperte mich. Rückte meinen Krawattenknoten zurecht der sich gelockert hatte. Strich mir mit der schweißnassen Hand durch mein Haar und begann:

„Es war einmal ein kleines Mädchen, das wurde, nicht nur in seinen Träumen, von einer großen, düsteren Gestalt verfolgt. Der schreckliche Mann, der wie ein Monster aussah und grausame Dinge tat, hatte nichts mehr Menschliches an sich. Er hatte Klauen statt Hände und trug Hörner wie ein ………………………"

25

Eine Woche später

Samstag, kurz nach elf Uhr, kam unser Briefzusteller und warf einen Packen Briefe in meinen Postkasten. Da die vielen Sendungen nicht mehr reinpassten, läutete er nicht, sondern steckte einen Teil in die Zeitungsbox. Das war er mittlerweile seit einigen Wochen so gewohnt. Trotz E-Mail, WhatsApp und diesen ganzen Mist, schrieben noch unheimlich viele Leute mit dem guten altmodischen Brief. Die meisten Briefe waren Fan-Post und sonstige Autogramm-Anfragen. Ich kam mir schon vor wie ein großer Popstar. Als der Briefzusteller wieder weiterfuhr, lief ich raus um den ganzen Stapel zu holen. Ich hatte mir schon überlegt beim Postamt in Isny ein Postfach einzurichten. Da aber Alexa meistens da war wenn ich unterwegs war, verzichtete ich bisher darauf. Als ich den Stapel auf meinen Küchentisch schmiss, fiel mir sofort ein bräunlicher Umschlag auf. Es war nämlich der Einzige ohne Absender. Ich hatte schon beim Öffnen ein merkwürdiges Gefühl und zerriss fast den Inhalt. Es befand sich ein ausgeschnittener Zeitungsartikel darin, der schon zerknittert war. Ich betrachtete den Ausschnitt genauer. Oben am Rand konnte ich sehen um welche Zeitung es sich handelte. Es war ein Artikel des Tiroler Tagblattes aus dem „Außerfern". Eine sehr beliebte touristische Ecke, zwischen Reutte und dem Lechtaler - und Tiroler Zugspitzgebiet. Ich kannte mich in der Ecke aus, weil ich mit Paul schon häufig beim Wandern und Biken dort war. Datiert war die Zeitung von vorgestern, also Donnerstag. Ich las gebannt:

„Zwei Tote auf der B 197 im Außerfern. Schriftsteller und Begleiterin sterben bei rätselhaftem Autounfall." von B. Segger

Reutte/Tirol. - Bei einem tragischen Autounfall auf der B 179, kamen zwei Personen zwischen Heiterwang und Bichlbach am späten Mittwochabend ums Leben. Ihr Ford Mondeo kam aus noch ungeklärten Gründen von der Fahrbahn ab, durchbrach die Leitplanke und knallte mit hoher Geschwindigkeit gegen eine Felswand. Der Wagen fing sofort Feuer, und für die beiden Insassen kam jede Hilfe zu spät. Walter P. (68) und Petra Z. (41), starben vermutlich zwischen 21. - und 22.Uhr, als ihr Fahrzeug gegen den Fels prallte. Der Wohnsitz und die Familie von Petra Z. konnten bisher noch nicht ermittelt werden. Walter P. wohnte in Arbon, auf der Schweizer Bodenseeseite. Ob die beiden einen Ausflug planten, oder warum sie sich zu dem Zeitpunkt in der Region aufhielten, muss noch geklärt werden. Walter P., Autor zweier Romane, die in den 80er-Jahren mit internationalem Erfolg gekrönt waren, hatte zuletzt fast zwanzig Jahre in Frankreich gelebt, bevor er sich letztes Jahr in der Bodenseeregion wieder sesshaft machte. Bisher konnte die ermittelnde Polizei aus Reutte, noch keine Angehörigen ausfindig machen. Wer nähere Angaben über einen der beiden machen kann, wird gebeten, sich mit der Polizeidienstelle in Reutte oder auf deutscher Seite, in Füssen, in Verbindung zu setzen. Die Klärung der genauen Unfallursache durch die Polizei und einen hinzugezogenen Sachverständigen, ist noch nicht abgeschlossen, und wird vermutlich noch einige Zeit in Anspruch nehmen.

„Ein rätselhafter Unfall", erklärte Werner Lochbihler, von der Polizei in Reutte. „Es waren keine weiteren Fahrzeuge darin verwickelt, und Brems - oder Schleuderspuren wurden auch nicht entdeckt. Es wird ausgeschlossen, dass eine weitere Person oder womöglich Radfahrer in den Unfall verwickelt waren. Möglich wäre, dass der Fahrer vielleicht von einem Wild aufgeschreckt wurde, oder dass gesundheitliche Ursachen eine Rolle gespielt haben. Beide Leichen, die fast bis zur Unkenntlichkeit verbrannten, bevor die Feuerwehr eintraf, wurden zur rechtsmedizinischen Untersuchung nach Innsbruck ins Klinikum gebracht. Der hinzugezogene Sachverständige erklärte, dass der Wagen mit einer Geschwindigkeit von mindestens 100 km/h in die Felswand gerast ist, obwohl an diesem Streckenabschnitt nur 60 km/h erlaubt waren. Aufgrund der Geschwindigkeit und der Straßenführung, scheint auch die Möglichkeit ausgeschlossen, dass Walter P. am Steuer eingeschlafen ist. Ob Drogen oder Alkohol eine Rolle spielten, wird noch eingehend untersucht, sofern dies an den Leichen möglich ist."

Ich trank einen Schluck Kaffee und las weiter.

„Bei jedem zehnten, solcher oder ähnlicher Unfälle, findet man die konkrete Ursache häufig nie", erläuterte der erfahrene Sachverständige Theo Kunz, der seit über zwanzig Jahren solche oder ähnlich gelagerte Vorfälle untersuchte.

Mein erster Gedanke, nachdem ich den Artikel gelesen

hatte, galt nicht den beiden Opfern, sondern vielmehr der Frage, wer hatte mir den Zeitungsausschnitt zugeschickt? Ich war mir ziemlich sicher, dass es nur einer von unserem damaligen Schreibzirkel sein konnte, da meine Kontakte zu Pickert und Petra sonst niemand kannte. Aber wenn es einer von ihnen war, was bezweckte er damit? Wollte der Zusender irgendwas Bestimmtes damit bewirken? Beabsichtige der Unbekannte, mich damit etwa einzuschüchtern oder vielleicht sogar zu erpressen? Einer der anderen Teilnehmer vermutete mich als „Täter", es gab eigentlich keine andere Schlussfolgerung.

Nur wer? Viele standen ja nicht mehr zur „Auswahl". Maria war tot und Pickert und Petra jetzt ebenfalls. Blieben eigentlich nur noch Serge und Manfred. Vielleicht hatte einer der beiden geplaudert im unmittelbaren Umfeld oder Freundeskreis? Ich befürchtete, beide wussten oder ahnten bereits, dass mein Roman ein Plagiat war. Schließlich stand ich bestimmt schon hundertmal in allen möglichen Zeitungen in den letzten zehn Wochen, ganz zu schweigen von den Rundfunk - und Fernseh-Interviews. Sie hatten das Buch bestimmt schon gelesen und die Ähnlichkeit zu Marias Geschichte erkannt. Natürlich hatte ich die Story von Maria umgetitelt und an zahlreichen Stellen deutlich verändert. Trotzdem konnte jemand der die Geschichte kannte, gewisse Rückschlüsse ziehen und mich damit entlarven. Mir wurde übel, als ich die vielen Möglichkeiten durchdachte. Eigentlich war es nur Serge zuzutrauen, er wirkte eh wie von der Russenmafia. Aber Manfred? Obwohl es ja häufig die „Unscheinbaren" sind, denen man die üblen Taten nicht zutraute. Vielleicht hatte Manfred ähnliches geplant wie ich, weil die Geschichte von Maria ihn genauso faszinierte? Seine Vorliebe für Thriller, Horror - und mysteriöse Geschichten, verstärkten meinen Verdacht. Und er war der Einzige der Gruppe, der mit mir im Anschluss der Abende noch was trinken ging. Vielleicht wollte er mich nur aushorchen? Aber mir drängten sich noch weitere Fragen auf: Was machten Walter Pickert und Petra gemeinsam im Außerfern? Wo wollten sie hin, und noch dazu um die späte Zeit? Wie ich an den Abenden raushören konnte, hatte eigentlich keiner der beiden sonderlich großes Interesse für Wandern oder sonstige Aktivitäten, zumindest nicht in den Bergen. Hatten sie ein Verhältnis? Ein 68-Jähriger, der alles andere als attraktiv war, und eine ansehnliche Frau im besten Alter? Sicher, solche Beziehungen gibt es, aber meistens aus materiellen Gründen. An Pickert`s Aussehen konnte es auf keinem Fall liegen; Sein Gesicht, Größe und sein dicker Bierbauch wirkten eher abstoßend, dass Outfit mit uralten Cordhosen, Karohemden und verschlissenen Schuhen wie bei einem Asozialen. Dazu roch er noch unangenehm und hatte kein Geld. Wobei ich letzteres doch korrigieren möchte. Es heißt zwar oft, „Kleider machen Leute", aber umgekehrt tragen manche Leute, Klamotten vom Rot-Kreuz-Laden und hatten dann daheim ein teures Auto und eine Villa. Da hatte ich mich vor Jahren auch schon mal getäuscht, als ich für eine Freizeitreportage einen Großgrundbesitzer und Industriellen interviewte, der aussah, man möge mir verzeihen, wie der größte Penner.

Erst Stunden später, als ich abends auf der Couch saß und in den Fernseher starrte, traf es mich mit unerwarteter Wucht. Ich ließ die Programmzeitschrift sinken und spürte wie mein Herz bis zum Hals schlug. Vom Hinterkopf lief mir der Schweiß über den Nacken den Rücken runter, und mein Arschwasser dampfte wie ein Wasserkocher. Wie eine Art Panikattacke, wie ich sie meistens nur bekam, wenn ich länger über meine Exfrau Julia nachdachte.

Aber diesmal war es doch anders. Mein Schock galt zweier Menschen, die ich eigentlich doch kaum gekannt hatte. Warum? Was machte ich denn an dem Abend?

Abends sah ich aus dem Fenster und blickte in den dunklen Nachthimmel. Sophie schlief bereits und Alexa war vor einer Stunde ausgegangen. Ich hatte das Gefühl, als würde sich aus der dunklen, düsteren Wolkenfront ein Gesicht bilden, das eher einer teuflischen Fratze glich, die mich nun höhnisch anstarrte. Ich hoffte und betete, dass mich das Gesicht später nicht in meinen Träumen verfolgen würde.

26

Am Montagmorgen, nachdem ich Sophie in die Schule gebracht hatte, fuhr ich zum Kurhaus-Parkplatz und bummelte durch die Fußgängerzone in Isny. Es war mild und sonnig, und erstmalig fiel mir auf, wie viele Leute mich auf einmal beim Spazieren anlächelten und grüssten. Vermutlich lag es daran, dass mein Verlag in meinem Buch auf der letzten Umschlagseite, ein farbiges Portrait von mir veröffentlicht hatte. Im Nachhinein bedauerte ich das jetzt, so wurde ich unweigerlich oft zum „Stadtgespräch", und war schlagartig bekannter, als mir eigentlich lieb und recht war. Zuvor hatte ich kaum Kontakt zu den Einheimischen gehabt. Auch in den beiden Buchhandlungen von Isny hingen in den Schaufenstern große Plakate über meinen Bücherstapeln. Nachdem ich mir in der „Kaffeebohne" am Obertor zwei Cappuccino genehmigt hatte, und der sechzigjährigen Bedienung ein Autogramm gab, kaufte ich mir noch zwei neue Seidenhemden, und fuhr wieder in mein trautes Heim nach Burkwang zurück. Als ich um die Ecke bei der Montfortstrasse bog, sah ich schon von fünfzig Meter Entfernung, dass mir jemand mit seinem Wagen meine Garageneinfahrt blockiert hatte. Ich parkte meinen neuen Audi TT, fünf Meter hinter ihm und sah nach dem Fahrer, um ihn zurechtzuweisen. Ich holte tief Luft, doch mein angedachter Schrei blieb mir im Halse stecken, als ich sah, von wem der BMW stammte. Zwei Personen, die mich grimmig anstarrten, und ein kaum hörbares „Grüß Gott", sagten, als sie mich vor meiner Haustür bereits erwarteten. Es waren die beiden Kriminalkommissare, die mich schon einmal im Krankenhaus in Ravensburg aufgesucht hatten.

„Guten Morgen, die Herrschaften", sagte ich gespielt freundlich und reichte beiden die Hand.

„Hallo, Herr Kelly. Freut uns, Sie so gesund und munter wiederzusehen", erwiderte Kommissarin Wintergerst und nahm ihre Sonnenbrille ab.

Ob sie sich wirklich freuten, bezweifelte ich, aber ich tat so, als glaubte ich ihnen das.

„Wollen Sie mich sprechen oder unser idyllisches, kleines Örtchen hier erkunden?" Die Antwort wusste ich natürlich, aber mir fiel nichts anderes ein.

Kommissar Kleinheinz ergriff das Wort und meinte: „Es wäre besser drinnen, Herr Kelly, es könnte eine Weile dauern."

Ich ging mit ihnen ins Wohnzimmer und bot nur Mineralwasser an, denn Kaffee hatte ich ja heute schon reichlich getrunken. Außerdem stand die Flasche schon so einladend auf dem Tisch, sodass ich nur noch zwei kleine Gläser aus der Vitrine holte.

„Was verschafft mir die Ehre ihres Besuches?", fragte ich beiläufig als ich die Gläser auf den Tisch stellte.

„Wie lebt es sich so als Bestseller-Autor?", stellte Kleinheinz gleich eine Gegenfrage.

„Sind Sie nur gekommen um das zu fragen? Das hätten Sie auch am Telefon machen können."

„Tja, so sehen wir mal, wie Sie hier leben."

„Und zufrieden?

„Ja, schön haben sie`s hier. Aber wir wollen Sie nicht länger auf die Folter spannen. Sind ihre Gedächtnislücken immer noch vorhanden, in Bezug auf Ihren Unfall, vor fast zwei Monaten am Bodensee?"

„Sind Sie immer noch mit dem Fall beschäftigt? Haben Sie sonst nichts anderes zu tun?"

„Beantworten Sie bitte die Frage, Herr Kelly", erwiderte Kleinheinz in scharfem Ton. Wir können Sie auch vorladen nach Ravensburg. Erinnern Sie sich noch an die Geschehnisse im Sommer?", wiederholte der Kommissar.

„Nein, keine Ahnung", log ich."

„Ihnen sind also keine weiteren Details von dem Unfall wieder eingefallen? Sie wissen nicht mehr, warum Sie am Bodensee waren und was Sie zuvor in Maria Kovac Haus machten?"

„Wie ich schon sagte, ich kann mich beim besten Willen nicht mehr entsinnen."

„Und von dem Toten mit der aufgeschlitzten Kehle, haben Sie natürlich auch noch nie was gesehen und gehört?"

„So ist es."

„Wissen Sie was, Herr Kelly?" meinte Kleinheinz mit jetzt lauterem Tonfall. „Wir glauben Ihnen kein Wort!"

„Sie spinnen doch", sagte ich erregt. „Vermutlich war es Maria, die den Typ umbrachte. Ich kannte ihn gar nicht."

Beide sahen mich an mit einem Blick an, als wollten sie jeden Moment über mich herfallen, um etwas heraus zu prügeln, damit ich ein Geständnis ablege. Allerdings hatte ich wirklich noch Erinnerungslücken, nur teilweise konnte ich mich an das Geschehene mit Maria erinnern. Nur Bruchstückhaft fiel mir wieder in den letzten Wochen ein, was damals passierte. Ich wusste, dass ich ein (vorwiegend) intimes Verhältnis zu Maria Kovac pflegte, dass kurz nach dem Schreibzirkel und dem Abendessen in Weingarten begann. Sporadisch machten wir auch was anderes, wie zum Beispiel ins Kino oder Musical gehen. Der Tote, den die

Polizei später in ihrem Haus fand, sagte mir weder vom Namen noch Aussehen etwas. Ich bekam die Bilder erst später präsentiert, denn nach meiner Entlassung aus dem Krankenhaus, wurde ich zwei Tage später nach Ravensburg zur Kripo vorgeladen. Dort stellten sie mir weitestgehend die gleichen Fragen wie jetzt. Ich vermutete, dass der tote Mann, der Dieter Wedel hieß, ein weiterer Liebhaber von Maria war. Vermutlich war sie doch ein größeres Luder, als ich anfänglich angenommen hatte. Dann bekam womöglich dieser Liebhaber heraus, dass sie ein Verhältnis mit mir hatte und stellte sie zur Rede. Dann kam es zu einem heftigen Streit mit Handgemenge und Maria schlitzte ihn auf, absichtlich oder unabsichtlich, wie auch immer. Bestimmt plante sie dann, mir den Mord in die Schuhe zu schieben. Nette Idee, aber nicht mit Peter Kelly. Soweit meine vermutlich eigene Ansicht des Ablaufes. Die Polizei betrachtete das natürlich aus einem anderen Blickwinkel und sah in mir den Täter, der nur keine Spuren hinterließ. Oder ein geplantes Komplott, das ich mit Maria gegen Wedel ausgeheckt hatte, um einen Nebenbuhler zu entsorgen. Uns später entledigte ich sie mir, bei diesem mysteriösen Unfall am Bodensee. Über eines war ich mir aber relativ sicher: Die Polizei stellte noch keinen Zusammenhang her, zwischen den Mitgliedern des „Pickert-Kreises" und diesem Vorfall, außer, einer der noch „lebenden" Teilnehmer hatte ihnen einen Tipp gegeben. Deshalb musste ich extrem genau aufpassen, was sie fragten, und ich darauf antwortete, um mich nicht unnötig in Bedrängnis zu bringen.

„Vermutlich heißt, Sie wissen es nicht sicher", riss mich die Wintergerst aus meinen Gedankengängen.

„Hören Sie, dass ist doch alles Wortklauberei. Sie finden keinen Mörder oder anderen Verdächtigen, und jetzt soll ich das berühmte Bauernopfer spielen, damit Sie ihre miese Statistik aufbessern können."

„Es gibt keine eindeutigen Indizien, dass Frau Kovac den Mord begangen hat. Wir haben auch noch keine Spuren von der Tatwaffe, das nach Aussage unseres Rechtsmediziners mit Sicherheit ein Steakmesser war. Wir haben das ganze Haus von ihr auf den Kopf gestellt."

„Vermutlich liegt`s tief auf dem Grund der Argen, oder irgendwo in den unendlichen Weiten des vierundsechzig Kilometer langen Bodensees", erwiderte ich kess.

„Oder bei Ihnen?"

„Sie können ja gleich zum Suchen anfangen, sofern Sie einen Durchsuchungsbefehl haben. Aber auch wenn Sie ein Messer finden sollten, so blöd wird ja kein Täter sein, dass er die Spuren nicht vorher beseitigt."

„Der Schnitt an seiner Kehle war nicht alles, es hat ihm nur den Rest gegeben."

„Wie meinen Sie das?"

„Er hatte auf dem Hinterkopf zwei weitere Wunden, an denen er allerdings noch nicht starb. Unser Mediziner meinte, er hat zwei dumpfe Schläge bekommen und wurde dadurch bewusstlos. Erst danach hat man ihm den Hals aufgeschlitzt."

„Und was schließen Sie daraus?"

„Das er sich ganz normal im Wohnzimmer mit jemand

unterhalten hat, und ein Dritter hat ihn von hinten niedergeschlagen, wahrscheinlich mit der bloßen Faust. Und das war bei der Stärke des Schlages bestimmt keine Frau. Wobei wir wieder bei Ihnen wären. Sie haben ja später mit Frau Kovac des Haus verlassen."

„Alles recht und schön, aber wo bleibt das Motiv, wenn's überhaupt eines gibt."

Geld und Eifersucht sind die häufigsten Mord-Motive. Vielleicht hat Wedel Sie und Frau Kovac erpresst, aus einem Grund den wir nur noch nicht kennen? Als wir Sie kurze Zeit später, nach unserem Krankenhausbesuch, einluden, nach Ravensburg zu kommen, sagten Sie aus, Sie würden beide vom Sehen her kennen. Ich betone, B E I D E", sagte Kommissarin Wintergerst mit starker Betonung auf dem Wort. „Bleiben Sie bei dieser Aussage?"

Ich begann zu schwitzen, da ich mir nicht mehr ganz sicher war, was ich bei meinem Verhör in Ravensburg gesagt hatte. Ich musste mich aus der Nummer irgendwie rausmogeln.

„Also, ich will`s etwas relativieren. Ich dachte, der Mann wäre mir vom Sehen her bekannt, egal ob von der Arbeit, dem Einkaufen oder sonst irgendwoher. Ich hatte die letzten Jahre sehr viel mit Leuten zu tun. Da kommt einem der ein oder andere, schon mal irgendwo her bekannt vor. Ich kann aber nach wie vor nicht genau sagen, woher. Und dass ich mit Frau Kovac ein intimes Verhältnis pflegte, sagte ich ja bereits mehrfach. Ich war bestimmt nicht der Einzige."

Es entstand eine Pause von gut zwei Minuten, wobei sie mich sehr genau taxierten. Wussten sie mehr als sie zugaben? Wollten sie mich in eine Falle locken?

Dann stellte Hauptkommissarin Wintergerst eine Frage, die mir am ganzen Körper meine Schweißporen öffnete, was ihnen bestimmt nicht verborgen blieb.

„Herr Kelly", begann sie fast leise und sanft. „waren Sie jemals in psychotherapeutischer Behandlung?"

Die Frage traf mich wie ein Hammerschlag in die Hoden. Irgendwann musste sie ja kommen, ich musste doch damit rechnen, dass sie mein ganzes Leben recherchierten. Eine innere Stimme drang in mein Gehirn. *Atmen. Ruhig bleiben. Kontrolle wahren. Sie will dich provozieren.*

„Ja", sagte ich, nach Fassung ringend. „Was hat dass mit dem Fall zu tun?"

„Oh, noch nichts", meinte Kleinheinz fast spöttisch. „Vielleicht aber sehr bald, wer weiß. Aber Sie müssen wissen, als Kriminologen müssen wir alles hinterfragen. Und glauben Sie mir, was denken Sie denn, bei wie vielen Motiven psychische Probleme heutzutage eine Rolle spielen, vor allem bei Mord und Totschlag?" *Atme langsam. Ein. Aus. Ein. Aus.*

„Meine sind beseitigt, ich bin seit Jahren nicht mehr in Behandlung."

„Was hatten Sie denn für Symptome?" *Atmen. Ein. Aus.*

„Nach dem Tod meiner Frau wurde ich stark depressiv, deshalb hab ich drei Monate später einen Therapeuten aufgesucht. Das ist bestimmt nichts Ungewöhnliches, oder? Wahrscheinlich hatten Sie noch nie so einen Schicksalsschlag, und mussten auch kein kleines Baby allein aufziehen wie ich?"

Wut stieg langsam in mir hoch. Maßlose Wut. Was wussten denn diese Scheißbullen über meine Gefühlslage damals, gar nichts. Aber saublöde Fragen stellen. *Atme langsam. Ein. Aus. Du wirst ruhiger.* Sie hatten keinen blassen Schimmer, wenn die Kleine immer häufiger, je älter sie wurde, nach der Mutter fragte, und ich bestimmt hundertmal die Geschichte vom lieben Gott erzählte, der die Mama vorzeitig zu den Engeln geholt hat. *Denk nach. Langsam. Sie können dir nichts beweisen.*

Aber Kommissar Kleinheinz legte den Finger noch tiefer in die Wunde, obwohl er spürte, dass er ein sensibles Thema angesprochen hatte. Nach einer kurzen Pause legte er wieder los. Bei seinen Worten hätte ich am liebsten ein Beil geholt und seinen Kopf abgeschlagen. *Verdammt, bleib ruhig! Lass dich nicht provozieren. Atmen.*

„Es gab große Überlegungen damals, Ihnen das Kind wegzunehmen, nur mithilfe eines guten Anwaltes konnten Sie das verhindern. Wir haben die damalige Geschichte in Hintersee recherchiert. Auch da gab`s bereits einige Ungereimtheiten, sogar aus dem aktiven Polizeidienst hat man Sie entlassen!" *Atmen. Ein. Aus. Denk nach was du sagst.*

„Ja, das stimmt. Das hing aber nicht nur mit meiner Depression zusammen, sondern weil das Amt befürchtete, ich könnte als berufstätiger Vater meinen Erziehungsverpflichtungen nicht mehr nachkommen. Dann fand ich, Gott sei Dank, Alexa, und das Problem war beseitigt. Dem Kind geht's prima und Alexa gefällt es auch sehr gut bei uns. Ich habe aus meinen bestehenden Möglichkeiten das Beste daraus gemacht." *Prima. Konzentrier dich weiter. Atmen.*

Dann übernahm Kommissarin Iris Wintergerst wieder das Kommando und wechselte das Thema. Kurzzeitig senkte sich mein Pulsschlag.

Einatmen. Ausatmen. Ruhig bleiben. Kontrolle behalten.

„Ich habe ihr Buch gelesen, Herr Kelly."

„Ich hoffe, Ihnen hat`s gefallen?"

„Ja, sehr originell und spannend die Geschichte."

Mir war nicht klar, ob sie es ehrlich oder ironisch meinte.

„Nur eines hat mich stutzig gemacht?"

„Was denn?", fragte ich.

„Einige dieser Mordfälle, die Sie da beschreiben, haben große Ähnlichkeiten mit realen Fällen."

„Was meinen Sie damit?"

„Sie müssen doch zugeben, dass einige dieser Morde die Sie da beschreiben, so ähnlich schon stattfanden. Hier in unserer Region sogar, und dass in den letzten vier Jahren."

„Verehrte Kommissarin, haben Sie schon mal was davon gehört, dass sich viele Autoren von der rauen Wirklichkeit inspirieren lassen? Sie nehmen es häufig als Anlass auch in ihren Romanen darüber zu schreiben."

Sie kratzte sich an der Stirn und strich eine Haarsträhne aus ihrem nachdenklichen Gesicht. „Mag schon sein, aber einige Fälle sind so verblüffend aktuell, so wie der, der sich erst vor wenigen Tagen zugetragen hat."

„Von welchem sprechen Sie?"

Ihr Kollege Kleinheinz übernahm wieder: „Von einem Unfall unter äußerst mysteriösen Umständen, der sich im Tiroler „Außerfern" zugetragen hat. Sie haben es bestimmt auch groß und breit in der Zeitung gelesen?"

Ich zuckte zusammen, als hätte ich einen Elektrozaun berührt, war mir aber nicht sicher, ob es von den beiden wahrgenommen wurde. *Atme langsam. Ein. Aus.*

„Ein Paar kommt bei einem merkwürdigen Unfall spätabends ums Leben, und keiner kennt die Ursache."

„Stimmt", erwiderte ich. „Bei mir gibt's eine ähnliche Situation im Buch, aber an einem ganz anderen Ort."

Ich wusste nicht, ob sie mir meine Nervosität ansehen konnten. Wenn sie jetzt einen Zusammenhang erkannten mit dem Schreibzirkel, den ich so im Buch nicht beschrieben hatte, wurde es eng. *Sie können dir nichts beweisen. Atmen.*

„Außerdem", fuhr ich fort, „hat sich mein Paar im Buch unter ganz anderen Umständen getroffen, und plante einen Urlaub am Lago Maggiore. Und der Unfall, falls wir vom gleichen sprechen, ereignete sich bei mir in St. Gallen."

„Aber sonst ist die Art und Weise, wie sich der Unfall ereignete, fast identisch", meinte Kleinheinz. „Auch zwei unaufgeklärte Mordfälle in Jungholz und auf dem Grünten, sind in gewisser Weise wiederzuerkennen."

Beide sahen mich an wie ein Großwildjäger auf Beutejagd. *Konzentrier dich, sonst machst du in die Hose. Atme. Lass dich nicht aus der Fassung bringen. Sei kein Schwächling.*

„Gut, dass sehen Sie so. Viele Krimis im Fernsehen ähneln sich auch, das ist reine Ansichtssache."

Die innere Stimme wurde lauter, mein Kopf dröhnte. *Atme langsam. Ein. Aus. Langsam. Gut. Du wirst ruhiger. Prima. Jetzt denk nach. Konzentrier dich. Versuch, wieder die Kontrolle zu bekommen.*

Nur von Serge oder Manfred konnten sie einen Tipp bekommen haben, ich musste die beiden finden. Schnellstmöglich, bevor es zu spät war. In den Schwäbischen Nachrichten wurde der Unfall im Außerfern erstaunlicherweise mit keiner Silbe erwähnt, die Zeitung lese ich fast täglich, wenn ich nicht gerade im Ausland bin. Die beiden wollten mich verarschen. Wenn ich in einem Wettbüro, einen hohen Einsatz auf die nächste Frage hätte setzen können, wäre ich jetzt reich, auch ohne Buch. *Atmen. Ein. Aus. Ein. Aus.*

„Wo waren Sie letzten Mittwoch, zwischen achtzehn und dreiundzwanzig Uhr?", fragte die Wintergerst.

„Lächerlich, dass Sie mich mit dem Unfall im Außerfern in Verbindung bringen wollen. Ich war ab circa siebzehn Uhr dreißig im Card-Studio. Das ist ein Fitnessstudio im Gewerbegebiet in Isny. Dort absolvierte ich zuerst ein Cardio-Training, eine Stunde später ein Krafttraining, bevor ich bei der Zumba-Stunde um halb acht mitmachte. Dann ging ich noch gut eine Stunde in die Sauna, und gegen zweiundzwanzig Uhr war ich wieder daheim." Stimmte nicht ganz, aber sie würden nichts anderes herausfinden. *Atmen.*

„Zeugen?"

„Mehr als genug. Fragen Sie den Trainer, die Zumba-Instruktorin, sowie drei andere Mitglieder, die ich aber nur vom Sehen kenne. In der Sauna saß aber die Kassiererin vom Kaufmarkt, die kennt mich."

Prima. Du hast die Kontrolle. Sie können dir nichts anhaben. Ich sah die Enttäuschung in ihren Gesichtern. Die Wintergerst notierte sich die Namen und Zeiten, die ich ihr nochmal nannte. *Prima. Konzentrier dich. Alles unter Kontrolle.*

„Wunderbar, dann würden wir noch gern das Kindermädchen von Ihnen sprechen. Wann kommt sie?"

„Gegen halb zwei, sie holt heute Sophie von der Schule ab. Aber ich möchte nicht, dass Sie in Anwesenheit von meiner Tochter mit ihr sprechen. Laden Sie sie vor, am besten nach Ravensburg. Da fährt von Isny stündlich ein Bus hin, zudem hat sie jetzt auch zwei freie Tage. Ich muss Sie jetzt auch langsam bitten zu gehen, mein Flieger in Friedrichshafen startet in knapp drei Stunden und ich sollte noch ein paar Sachen packen. Ich habe einen Termin in Italien."

„Verständlich", meinte Kleinheinz. „Wobei wir lieber heute Nachmittag ihr Kindermädchen sprechen würden, wenn wir schon grad hier sind."

„Nein, das will ich nicht, dass bekommt die Nachbarschaft mit und meine Kleine auch. Ich biete Ihnen einen Kompromiss an: Ich gebe Ihnen Alexas Handynummer und Sie vereinbaren mit ihr was, aber bitte außerhalb von Burkwang. Hier kennt doch jeder jeden, bei den paar Einwohnern. Eine Stunde kann Alexa meine Sophie schon mal alleine lassen."

„Okay, einverstanden."

„Danke für Ihr Verständnis."

„Gerne", antwortete Kleinheinz mit ironischem Unterton.

Sie erhoben sich und gaben mir die Hand, während ich sie bis zur Tür brachte. Als Kleinheinz schon mit einem Bein im Freien stand, fiel ihm noch was ein. „Sagen Sie mal, Herr Kelly. So ein Mega-Erfolg schreit ja geradezu nach einer Fortsetzung. Wann kommt denn der zweite Teil Ihres tollen Buches?"

Ruhig bleiben. Überlegen. Er will dich nur provozieren.

„Ach, da hab ich mir ehrlich gesagt noch gar keine Gedanken darüber gemacht, obwohl schon viele danach fragten. Meistens sind die Fortsetzungen eh nur ein billiger Abklatsch des ersten Teils. Das ist ja bei den meisten Filmen und Büchern so. Wahrscheinlich schreib ich was ganz anderes, einen Reiseführer oder ein Wanderbuch vielleicht. Mal sehen." *Gut gemacht, du hast absolut die Kontrolle.*

„Schön, dann noch guten Flug nach …………?"

„Rom."

„Eine wunderschöne Stadt, da war ich auch schon."

„Ich bring Ihnen vielleicht ein Andenken mit, Herr Kommissar, und wenn's nur eine Leiche ist."

27

In Interviews wurde ich immer wieder gefragt, wenn ich denn mit dem Schreiben von meinem Roman begonnen hatte. Ich erklärte immer, das die „Rohfassung" schon zehn Jahre vor dem Erscheinen in meinem Kopf „rumgeisterte", ich mich aber erst zwölf Monate vor der Veröffentlichung an den Computer setzte und mit dem Tippen begann, was natürlich nicht stimmte. Wenn schreiben zumindest teilweise ein Unterfangen war, das ausschließlich im Kopf und fernab von Stiften, Tastatur und Papier stattfand, dann hatte ich erst an dem Abend, an dem ich Maria zum letzten Mal beim Schreibzirkel sah, begonnen, die fehlenden Teile in ihrer Geschichte zu füllen. Zudem hatte ich sofort bei meiner Planung vor, gewisse Artikel und Passagen umzuschreiben, ebenso wie den Titel. Schließlich sollte das Ganze nicht als Plagiat erkannt werden. Selbst nach Ende unseres Autorenzirkels und den langen, sorgenvollen Tagen die folgten, sogar als meine Bank begann, mir zu drohen, bezüglich meines mauen Kontostandes und späteren anwaltlichen Drohungen von Zwangsmaßnahmen, gingen mir das Waisenmädchen, der schreckliche Mann der schreckliche Dinge tat, und Maria nicht mehr aus dem Kopf. Ihre Vergangenheit und der Fortgang der Geschichte beschäftigten mich unentwegt, nachdem sie die ersten Zeilen ihres „Märchens" vorgelesen hatte. Ich versuchte Maria wiederzusehen, weil ich ihre Geschichte zum Überleben brauchte und nicht nur wegen sexuellem Notstand. Um für meine Tochter da zu sein, brauchte ich eine fiktionale Gruselgeschichte als Alternative zu dem realen Grauen, das auf uns zukam. Ich hatte Sophie - aber ich war trotzdem allein. Julia war tot. Bald hätte man mir das Haus weggenommen, weil mein Arbeitslosengeld nicht dauerhaft ausgereicht hätte, um es aufrecht zu erhalten und ein neuer Job war nicht in Aussicht. Außerdem musste ich auch Alexa weiter bezahlen, sie bekam das gleiche wie eine Verkäuferin im Kaufmarkt, abzüglich hundertfünfzig Euro für die Einliegerwohnung. Nur durch die sechsstellige Summe, die ich vor acht Jahren von der Lebensversicherung meiner Frau bekam, konnte ich die Betreuung von Sophie, mein Leben und das Haus weiter finanzieren. In schätzungsweise einem Jahr wäre das Geld aber aufgebraucht gewesen, und ich wäre nur über die Runden gekommen, wenn ich einen Job mit mindestens dreitausend Euro, netto, gehabt hätte. Nicht einfach für einen Ex-Polizisten, der als Quereinsteiger dann bei einem Verlag angeheuert hatte. Im absolut schlimmsten Fall wäre ich ein Sozialfall, also „Hartz 4-Empfänger" geworden, dann hätte ich aber das Haus veräußern müssen, sonst würde ich keine Leistungen bekommen. Sophie konnte und durfte ich, von alledem nichts erzählen. Und so kam ich darauf, dass „Marias Schneeteufel" mich retten konnte. Es gab mir einen Zufluchtsort, etwas was mir gehörte. Aber das war ein fataler Irrtum. Die Geschichte hat mir nie gehört. Und sie konnte mich auch nicht retten. Der Teufel hatte seine eigenen Pläne und nahm mich immer mehr in Besitz. Die Stimme in meinem Kopf nahm mich immer mehr gefangen. Die Bestie in mir übernahm langsam aber sicher die Kontrolle.

28

Ich gestehe und gebe hier zu, dass ich Marias Geschichte gestohlen habe. Aber sie war kein Roman. Selbst wenn ich ihre Figuren, ihren Schauplatz und den Ausgangspunkt benutzte, ihren Ton imitierte, und sogar ganze Seiten ihrer von mir aufgenommenen Lesungen aufgezeichnet habe, konnte man auf der Grundlage strikter Wörterzählung und diverser Veränderungen, den Großteil von „Schneeteufel", guten Gewissens als „mein Werk" bezeichnen. Ich musste einiges hinzufügen, um der Geschichte das notwendige Gewicht für ein Buch zu geben. Was eben nötig war, um das, was ich schon hatte, auszuwalzen, bis das Ergebnis auf mehrere hundert Seiten gestreckt werden konnte. Was das Buch trotzdem noch brauchte, war genau das, was Marias Geschichte nicht lieferte. Ein Happy End. Nachdem ich monatelang Ideen auf Karteikarten gekritzelt, und die meisten wieder in den Müll geworfen hatte, schaffte ich es schließlich, mir ein paar eigene abschließende Sätze aus den Fingern zu saugen, obwohl es sinnlos wäre, hier weiter darauf einzugehen. Sagen wir einfach, ich hatte mich entschieden, eine mysteriöse Thrillergeschichte daraus zu machen. Ich wusste, dass es trotzdem ein Plagiat war. Nicht einen Augenblick lang hatte ich daran gedacht, ich hätte genug selbst erfunden, als das man den „Schneeteufel" aufrichtig, als mein Eigen bezeichnen konnte. Was mein schlechtes Gewissen angesichts dieses Vergehens linderte, war die Tatsache, dass ich bloß damit herumspielte. Es war eine Zerstreuung, sonst nichts. Eine Art Therapie, in den Stunden, in denen Sophie schlief, das Fernsehen den üblichen Mist sendete, und die Sätze meiner Lieblingsbücher unleserlich vor meinen Augen verschwammen.

Selbst als das Werk fertig war, hatte ich nach wie vor keine Pläne, mich als alleinigen Autor zu präsentieren. Das lag zum Teil daran, dass ich es nicht war. Aber es gab noch einen anderen Grund. Ich hatte das Schreiben des Buches immer als eine Art Kommunikation verstanden, einen Austausch zwischen Maria und mir. Ich hatte Dutzende von Interviews mit „echten" Schriftstellern gelesen, die sagten, dass sie beim Schreiben ein einköpfiges Publikum im Sinn gehabt haben, einen idealen Leser, der ihre Intenionen voll und ganz nachvollzieht. Das war Maria für mich gewesen. Das zweite Augenpaar, das mir über die Schulter blickte, während sich die Wörter auf dem Bildschirm ausbreiteten. Während ich unsere Geschichte schrieb, war Maria das eine Phantom, das die ganze Zeit bei mir war. Und dann fing ich an, mich zu sorgen, es wäre vielleicht nicht gut. Wie hätte Maria sich in der Öffentlichkeit verhalten, wenn wir gemeinsam als Autorenduo aufgetreten wären? Sie hätte sich bestimmt die meisten Lorbeeren eingeheimst, schließlich war es doch „ihr Buch". Wie hätten wir uns finanzielle einigen können, was die Honorare betraf?

UNSER BUCH. MARIAS UND MEINS. DANN GANZ MEINS.

Maria war jetzt tot, dass tat mir leid, aber es war trotzdem gut so. Was würde ein anderer von dem halten, was wir gemeinsam geschaffen hatten? Mein eigentlicher Fehler war es, die Geschichte auszudrucken, Briefumschläge zu kaufen, in die ich sie stecken konnte, und mir einreden, ich sei bloß neugierig, als ich sie, adressiert an die wichtigsten

Literaturagenten in ganz Deutschland, in den Briefkasten warf. Damit nahm das Unheil seinen Lauf.

29

31.Oktober 2014, Leutkirch

Dr. Karlheinz Schöllhorn, hatte heute, wenige Wochen vor Jahresende, seinen letzten Arbeitstag. Fünfunddreißig Jahre hatte der Arzt, Diplom-Psychologe und Neurologe, in Leutkirch im Krankenhaus gearbeitet. Die Anzahl seiner Patienten kannte er nicht mehr, es waren aber bestimmt in den ganzen Jahrzehnten, weit über zehntausend gewesen. Eben erst hatte er sich von seinem letzten Patienten, Max Fritsch, verabschiedet. Fritsch hatte über zehn Jahre lang mit unerklärlichen Kopfschmerzen zu kämpfen gehabt. Nur Akupunktur, Medikamente und Kopfmassagen hatten es zum Positiven verändert. Er fiel seinem behandelnden Arzt fast um den Hals, als Schöllhorn ihm mitteilte, dass es die letzte Sprechstunde bei ihm gewesen war.

Burnout, Kopfschmerzen, Verspannungen, Depressionen, Schizophrenie und sonstige psychische Krankheiten waren seit Jahren unaufhaltsam auf dem Vormarsch. Depressionen wurden sogar von manchen Krankenkassen, wie Rückenschmerzen, mittlerweile als Volkskrankheit bezeichnet. In den letzten zwanzig Jahren hatte sich die Zahl der Patienten mehr als verzehnfacht, obwohl die Gesamtbevölkerung schrumpfte.

Überbelastung, Stress, Medieneinflüsse, Alkohol, Drogen, Leistungsdruck und sogar falsche Erziehung bei Kindern, wurden von den Experten als Ursachen für psychosomatische Erkrankungen genannt. Viele sogenannte Experten rätselten auch, ob die Menschen vielleicht empfindlicher und sensibler geworden waren, als die vorhergehenden Generationen es waren. Ein Problem der älter werdenden Menschen war es mit Sicherheit nicht, da vorwiegend immer mehr jüngere Leute die Therapeuten und Psychologen aufsuchten.

Doktor Schöllhorn hatte allein im Jahr 2013, über dreißig Prozent Patienten gehabt, die unter fünfundzwanzig Jahren waren. Trotzdem hatte ihm die Arbeit über die lange Zeit immer Spaß gemacht. Als er in der Mittagspause begann seinen Schreibtisch zu räumen, ging auf einmal die Tür seines Büros auf. Fünf Mitarbeiter, die ihn über viele Jahre begleitet hatten, standen vor ihm, manche mit feuchten Augen. Drei hatten Blumensträuße in der Hand.

„Karlheinz, dürfen wir dich noch ein paar Minuten stören?", fragte Elizabeth Schwegler, eine korpulente Dame Anfang fünfzig, die als Krankenschwester fast zwanzig Jahre mit ihm gearbeitet hatte.

„Natürlich Lizzy, ihr immer. Kommt herein, meine Lieben", antwortete er, mit etwas Wehmut in der Stimme.

Außer Lizzy Schwegler, kamen noch Bernd Fuchs, Martina Klein, Max Riegler und Martin Vogler ins Zimmer. Seine langjährigsten und treusten Mitstreiter.

„Tja, jetzt heißt`s langsam „Servus" sagen", meinte Vogler und drückte ihm gleichzeitig einen bunt gemixten Blumenstrauß in die Arme. Alle klopften ihm auf die Schulter, schüttelten seine Hand oder umarmten ihn.

Dr. Martina Klein kullerte eine Träne über die Wange, als sie ihn fragte: „Was machst du jetzt den ganzen Tag, Karlheinz?"

„Viel auf dem Bodensee schippern, mit meiner Claudia unsere Ferienwohnung am Gardasee häufiger aufsuchen, mit den Enkeln auf den Spielplatz gehen, und ihr werdet es kaum glauben, wahrscheinlich mit dem Golfspielen beginnen, obwohl ich noch Sex habe", meinte er grinsend. „Das reicht doch, oder?"

„Klingt so, als wird`s dir nicht so schnell langweilig werden", meinte Dr. Bernd Fuchs, Anfang sechzig. Er war der nächste, der von den Gratulanten, in vier Jahren in den Ruhestand gehen würde.

„Ach ja, und nach Südamerika wollten wir auch schon lange", ergänzte Schöllhorn und zog eine Flasche Champagner aus seinem Wandschrank. Bevor die anderen widersprechen konnten, hatte er schon sechs Gläser eingeschenkt, obwohl das natürlich nicht geduldet war während der Arbeitszeit. Aber bei diesem Anlass war (fast) alles erlaubt, sofern hinterher noch alle klar bei Verstand waren. Martin Vogler zückte ein Kuvert und überreichte es Schöllhorn. „Weil du mit Claudia so gern auf Musical gehst, haben wir euch zwei Tickets für „Der König der Löwen" in Hamburg besorgt. Natürlich noch mit einem Hotel-Gutschein fürs „Hilton". Dann könnt ihr euch am nächsten Tag noch in

Hamburg vergnügen."

„Danke euch, meine Lieben. Ich werde euch vermissen. Aber spätestens zu meinem sechsundsechzigsten Lebensjahr in zehn Monaten, lade ich euch alle zu uns ein. Versprochen."

Zehn Minuten lachten und scherzten sie noch, dann ging die Crew der Kollegen wieder auf ihre Stationen.

Schöllhorn wusste nicht ob er lachen oder weinen sollte, als er die letzten Utensilien in seine Tasche warf, und langsam mit seinen Augen den Raum musterte. Nicht weil er Angst hatte was zu vergessen, sondern um seine Erinnerungen an die letzten Jahrzehnte, nochmals Revue passieren zu lassen. Nach fünf Minuten, in denen er entspannt ein letztes Mal auf seinem Chefsessel saß, stand er auf und ging mit langsamen Schritten zum Ausgang. Ein letztes Mal verabschiedete er sich am Empfang, schüttelte noch die Hände dreier Kollegen, die ihm auf dem Weg zum Ausgang noch über den Weg liefen, winkte dem Pförtner letztmalig zu, und dann war sein langes Berufsleben beendet.

Er fuhr mit seinem silbernen Mercedes zu seinem Haus am Stadtrand von Leutkirch. Es war nachmittags um fünfzehn Uhr, als er seinen Wagen vor der Garage abstellte. Seine Frau kam erst in drei Stunden, sie arbeitete noch viermal in der Woche in der Stadt-Apotheke in Leutkirch. Sie war sechs Jahre jünger als er, und die beiden gemeinsamen Kinder waren seit über zwanzig Jahren aus dem Haus. Wenn seine Frau nach achtzehn Uhr kam, wollten sie noch kurz einkaufen und danach indisch Essen gehen. Sein Frau

Claudia hatte ihren Toyota Corolla, in der Regel, in der zweiten Garage stehen, bei schönem Wetter radelte sie aber lieber zur zwei Kilometer entfernten Apotheke. An diesem nebligen, bewölkten Tag nahm sie jedoch ihr Auto.

„Timmy, mein Süßer", rief er, als der schwarzweiße Hauskater um die Ecke spähte und miaute, als er ihn sah. Er kam angesprungen und streifte an seinen Beinen entlang. Er kraulte ihn am Kopf und ging zur Haustür. Das Haus das sie besaßen, hatten sie vor zehn Jahren gekauft und bewohnten es nur noch mit ihrem Kater. Alle zwei bis drei Monate kamen ihre Kinder auf Besuch, die nach Stuttgart gezogen waren, weil sie gute Jobs bei Daimler-Benz bekamen. Einmal in der Woche kam ein siebzigjähriger Pensionär, der sich seine Rente, mit ein paar Euro durch Gartenpflege und kleineren Handwerksarbeiten aufbessern konnte.

Als Schöllhorn die Tür aufschließen wollte, stutzte er. Die Tür stand einen kleinen Spalt auf. War seine Frau schon früher als geplant zurück? Aber er hatte doch gar nicht ihren Toyota gesehen? Langsam überschritt er die Schwelle und rief: „Claudia, bist du heut schon früher zurück?" Eigentlich nicht möglich, außer ihr Fahrzeug streikte, das war bisher aber noch nie der Fall. Keine Antwort. Vielleicht war sie im Keller oder Garten? Oder war Walter, der Hausmeister, heute im Einsatz? Timmy schlich Richtung Küche, und Schöllhorn lief ihm langsam nach. In der Küche sah er auf den Boden, ob die Schüssel mit Thunfischragout schon leer war. Nur noch ein paar mickrige, vertrocknete Reste. Er öffnete den Kühlschrank, holte die Dose heraus, strich mit einem Steakmesser den Rest in die Schüssel und stellte sie Timmy vor die Nase. Gierig schmatzend stürzte sich der Kater auf sein Lieblingsgericht. Plötzlich hörte Schöllhorn ein leises Poltern, auch Timmy unterbrach sein Schmatzen und stellte seine Ohren auf. Es klang, als wäre eine Vase irgendwo auf den Teppich gefallen. Irritiert sah Schöllhorn auf und spürte wie ihn ein Unbehagen beschlich. Claudia hätte schon längst gerufen, wenn sie es gewesen wäre, sie schlich sich nie lautlos in der Wohnung herum. Sein Puls bewegte sich merklich nach oben und seine Hände wurden feucht. Er hielt noch immer das Steakmesser in den Händen und umklammerte es noch fester, bis seine Knöchel weiß hervortraten. „Walter? Bist du das?"

Stille. Nur das Schmatzen des Katers setzte wieder ein, als Timmy weiterfraß. Anscheinend ließ sich der Kater durch das Geräusch nicht von seinem guten Appetit abbringen.

Schöllhorn schlich langsam aus der Küche den Flur entlang, zum gemeinsamen Büro, dass sie beide immer abwechselnd benutzten. Es lag am Ende der Gangzeile neben der Toilette. Kurz vor der Bürotür, sah er auf den hellbraunen Teppich und erstarrte. Kein Zweifel, rote Flecken vor der Türschwelle! Er ging in die Hocke, strich mit dem linken Zeigefinger in den Handtellergroßen Fleck, hob die Fingerkuppe und hielt ihn sich vor Mund und Augen. Wie befürchtet, Blut! Sowas erkannte er nicht nur, sondern roch es auch. Mein Gott, was war hier passiert? Etwas Bedrohliches lag in der Luft. Er musste so schnell wie möglich die Polizei anrufen, er ahnte Furchtbares. Wo war sein Handy? Im Auto? Da, wo es normal nach der Fahrt nicht mehr sein sollte. Er musste ins Büro rein und den Notruf wählen. Dort war die Station mit dem Schnurlostelefon. Was erwartete ihn in dem Raum? Vielleicht hatte sich Walter bei Arbeiten im Haus irgendwo verletzt, aber eigentlich wollte der rüstige Senior doch erst morgen wieder kommen? Oder er ging auf Nummer sicher, lief schnellstens aus dem Haus zum Wagen und telefonierte von dort. Wieder ein Geräusch! Wo kam es her? Das konnte nur vom Büro stammen! Dort lag auch seine Arzttasche mit Skalpell und Schreckschusspistole, die er immer zu Hausbesuchen mitnahm. Einmal wurde er von einem psychisch kranken Patienten, in dessen Wohnung attackiert, weil der ihn für den Teufel hielt. Die Waffe hatte er vor zwei Jahren nur als Abschreckung gekauft, weil bei den Nachbarn schon öfter eingebrochen wurde. Einen beantragten Waffenschein für eine scharfe Waffe, hatte das Landratsamt vor sechs Monaten abgelehnt, weil es ohne „triftige Gründe" nicht genehmigt werden würde. Einbrüche in der Nachbarschaft wären keine „triftigen Gründe", hatte ihm der Mitarbeiter vom Amt erklärt, sonst müssten hunderttausende von Anträgen, bundesweit genehmigt werden. Und dann wäre es bald wie in den USA, dass unnötig viel rumgeballert wird, meinte der nette Herr vom Amt. Zum Auto war es jetzt zu weit und zu spät, weil ihm die Entscheidung im gleichen Moment abgenommen wurde, als er darüber nachdachte. Langsam und knarrend ging die Tür auf. Ein Schatten trat an den Türrahmen, riesig, dass er sich selbst mit seinen eins achtzig, noch klein vorkam. Als der Mann vor ihm stand, gefror Schöllhorn das Blut in den Adern. Starr vor Angst sah er die Gestalt an, seine Hand, in der er immer noch das Messer hielt, zitterte, als hätte er eine laufende Schlagbohrmaschine in der Hand.

„Was soll das?", keuchte Schöllhorn, nach Atem ringend.

Was machen Sie hier?"

Der Mann musste eine Maske aufhaben, oder gab es den leibhaftigen Teufel wirklich? Falls ja, stand er jetzt in voller Größe vor ihm. Fast zwei Meter hoch, mit rötlichem Gesicht und einer Kapuze über dem Kopf.

„Wie sind Sie hier reingekommen? Wollen Sie Bargeld? Im Keller haben wir einen Tresor", stammelte er, wohlwissend, er musste sein Messer nutzen um eine Chance zu haben.

„Ich will kein Bargeld, ich will dich!", sagte der Hüne eiskalt mit dunkler Stimme. Die Stimme kam ihm irgendwoher bekannt vor, oder täuschte er sich? Das konnte doch nicht sein, das war doch einer seiner Patienten gewesen? Schöllhorn wollte schreien, aber seine Kehle war wie zugeschnürt. Die Stimme klang zwar dunkel und kalt, aber irgendwie verstellt. Schöllhorn war klar, der Mann wollte ihn töten, da gab es kein verhandeln mehr. Jetzt nützten auch die fünftausend Euro im Tresor nichts. Er war während des Studiums bei der Bundeswehr, im San-Zentrum Idar-Oberstein, gewesen. Dort hatte ihm sein damaliger Stabsfeldwebel geraten: Wenn du in eine lebensbedrohliche Situation kommst, und du hast das Gefühl, dein Gegenüber ist dir körperlich überlegen, nutze den Überraschungsmoment wenn er nicht damit rechnet. Nur so hast du eine Chance zum Sieg.

Das tat er. Angriff! Jetzt!

Mit dem Mute der Verzweiflung setzte Schöllhorn zur Attacke an. Mit der linken Hand, die er zur Faust geballt hatte, täuschte er einen Faustschlag vor. Seine schnelle Bewegung überraschte den Mann. Er blockte zwar ab, war aber nicht schnell genug, um Schöllhorns rechter Hand mit dem Messer auszuweichen. Das Messer traf den Hünen in die Schulter, der Mann schrie aber nicht, als die Klinge ins Fleisch eindrang! Als er das Messer wieder rauszog, holte Schöllhorn sofort wieder aus, sein Ziel war die Kehle des Riesen. Aber er traf nicht mehr sein Ziel. Jetzt erst sah er, dass auch der Mann bewaffnet war. Er sah noch die blitzende Klinge der Axt, bevor sie auf seiner Stirn einschlug, und ihm den Schädel fast spaltete. Hirnmasse und Blut spritzten wie bei einer Fontäne aus seinem Kopf, als sein Körper auf den Boden krachte. Aber der Mann in Schwarz ging auf Nummer sicher. Ein zweiter Hieb trennte den Kopf komplett vom Rumpf und der Schädel mit geöffneten Augen kullerte am Boden entlang. Aber der Hüne mit Kapuze, wollte dem Arzt einen letzten Gefallen erweisen, denn er sollte auch im Tode mit seiner Frau vereint sein. Er packte den tropfenden, abgetrennten Schädel und trug ihn ins Büro. Dort legte er ihn auf den Bauch der Toten, die dort verkrümmt in einer Blutlache auf dem Boden lag.

30

Die häufigste aller Fragen, wenn man seine Lesungen beendet hatte, lautete: „Wollten Sie schon immer schreiben?"

Ja, ich wollte schon immer schreiben, aber das war nur die halbe Wahrheit. Ich wollte schon immer schreiben, ja, aber in erster Linie wollte ich schon immer Schriftsteller werden.

Nichts zählte, solange man nicht veröffentlicht war. Ich sehnte mich danach, der eingeprägte Namen auf einem Buchrücken zu sein, zur Ritterschaft der Auserwählten zu gehören, die in Buchläden und Bibliotheken neben ihren alphabetischen Nachbarn standen.

Die Großen und die „Beinahe-Großen", die Berühmten und die zu Unrecht Übersehenen. Die Lebenden und die Toten. Aber jetzt wollte ich nur noch raus. Was mir damals so wichtig erschienen war, kam mir jetzt vor wie eine List, etwas zu verkomplizieren, das ohne Einmischung brutal simpel war; Das Leben ist beschissen, und am Ende stirbst du sowieso, wie es oft auf T-Shirts immer hieß. Ich würde mich mit meiner Vaterrolle zufrieden geben, mit Grillen am Wochenende, Pauschalreisen ans Meer, und ausgeliehenen Action - und Gruselfilmen. Ich würde nicht mehr das Bedürfnis verspüren, etwas sagen zu müssen, einsam und wütend die betäubte Masse wachrütteln zu müssen.

Stattdessen würde ich mitten unter ihnen sein, mitten unter meinen Konsumentenbrüdern - und Schwestern. Die Suche nach dem Ruhm würde zu Ende sein. Manchmal, wenn ich mit Sophie spazieren ging, ihr etwas vorlas oder Rühreier machte, packte mich auf dem Weg, mitten im Satz oder während die Eier noch bruzzelten, eine geradezu lähmende Liebe. Um ihretwillen versuchte ich, mich in solchen Momenten zusammenzureißen. Denn derlei Gefühlsausbrüche wurden ihr zunehmend peinlich. Genauso wie rührselige Reden - „was für eine süße Maus" - oder wie „ähnlich sie ihrer Mutter" sieht. Nicht, das mich das abhalten würde, kein bisschen. Aber je älter sie wurde, umso weniger mochte sie das. Seit der Veröffentlichung von „Schneeteufel", sind mir solche Freuden versagt geblieben. All die Aufmerksamkeit für den Erfolgserstlingsschriftsteller - Lesungen in Gemeindesälen oder Bücherläden, Vierzig-Sekunden-Interviews fürs Frühstücksradio, sogar ein paar Schlafzimmer-Einladungen von aufdringlichen, weiblichen Fans und „Möchte-gern-Playmates" waren mir vergönnt, weil ich alleine war, aber oft kilometerweit entfernt von meiner Tochter. Ich weiß noch, wie Sophie mich an einem der Tiefpunkte der Promotion-Tour, am Telefon gefragt hatte:

„Wo bist du jetzt, Papi?"

„In Barcelona."

„Wo ist das?"

„Irgendwo im Süden Europas, wo es wärmer ist als bei uns."

„Nimmst du mich das nächste Mal mit?"

„Natürlich, Schatz. Ab nächstem Jahr nehme ich dich überallhin mit. Versprochen."

Dass der „Schneeteufel" nicht mein eigenes Buch war, machte es nicht besser. Immer wenn ich eine enthusiastische Kritik, die endlose Warteschlange bei einer Autogrammstunde oder der begeisterte Brief eines Studenten, es mich beinahe vergessen ließen, vernahm ich immer wieder Marias Stimme. Hörte, wie sie aus Walter Pickerts Wohnung vorlas, und jeder Trost, den der Moment mir vielleicht gebracht hätte, war sofort wieder dahin.

Außerdem machte ich mir Sorgen, dass man mir auf die Schliche kommen könnte. Obwohl ich seit der Veröffentlichung von „meinem" Buch, von keinem der anderen gehört hatte, war es durchaus denkbar, dass ein Teilnehmer des Schreibzirkels darauf stoßen, das Quellenmaterial erkennen, und sich an die Presse wenden würde. Oder war das genau jetzt passiert? Von wem war der zugesandte Zeitungsartikel? Warum kam die Polizei? Wieso war die Kripo so auf mich fixiert, bei ihren Ermittlungen? Ich, ein Serienkiller und Massenmörder? Absurd! Völlig absurd!

Sicher, ich gebe zu, durch den Tod dieser Leute hatte ich nur Vor - und keine Nachteile. Aber würden Sie deshalb gleich ans Töten denken? *Ja, tust Du!* Immer häufiger hörte ich in den letzten Monaten eine Stimme, die versuchte die Kontrolle über mich zu gewinnen. Hörten andere Menschen auch solch eine Stimme? Aber noch war mein Wille stark genug, gegen die Befehle der Stimme anzukämpfen. *Du irrst dich gewaltig! Du machst schon seit Monaten was ich sage!*

Und heute hoffte ich, wie die vielen Wochen zuvor, keinem der „übrigen" des Zirkels zu begegnen. Isny ist nur eine kleine Stadt mit knapp vierzehntausend Einwohnern, in der man sich schlecht verstecken kann. Obwohl, es gab ja nur noch zwei aus dem Zirkel, Serge und Manfred, die mich verraten konnten. Vielleicht sollte ich ihnen zuvorkommen? *Tu es, sonst schnappen sie dich!*" hämmerte die Stimme in meinem Schädel. Ich könnte ja recherchieren, die beiden aufsuchen, und sie dann fragen, ob sie von den Unglücksfällen der anderen auch schon gehört hatten? Vielleicht waren sie untereinander in Kontakt geblieben, was mir aber unwahrscheinlich erschien, sonst hätten sie sich schon längst gemeldet. Aber wie heißt es so schön, „man kann auch Unglücke herbeireden", in meinem Fall war es dann auch so.

31

November 2014, einen Monat vor Sophies Verschwinden

14.30 Uhr, Samstagnachmittag: Die „Fans" drängelten sich an meinem Tisch, als ich meine Bücher in der Buchhandlung „Hugendubel" in Kempten signierte. Seit ich vor einer Stunde kam, betonte die Verkäuferin hinter mir, war die Filiale noch nie seit ihrem Bestehen so voll wie heute. Nicht nur Dutzende von Plakate, sondern auch die örtliche Presse hatte mit vielen Artikeln dafür gesorgt, dass ich in der ganzen Region mittlerweile so bekannt war, wie „Klüpfel & Kobr", das Autorenduo, dass die Romanfigur „Kluftinger" erschaffen hatte. Kein Wunder, dass die Massen in Scharen kamen. Der Trubel war so groß, dass meine Leser, oder die die es noch werden wollten, bis zur Rolltreppe, fünfzig Meter vor dem Eingang des Buchladens, anstanden. In Viererreihen, wie ich es selbst zuletzt erlebte vor vielen Jahren, als ich an der Kinokasse anstand für „Titanic". Das „Forum" ist das größte Einkaufscenter der gesamten Allgäuer Region, und die Menschen die hier bummelten und einkauften, kamen häufig aus allen Allgäuer Landkreisen hierhergefahren. Am Wochenende sogar bis aus Ravensburg, der Bodenseeregion oder den angrenzenden, österreichischen Bundesländern Tirol und Vorarlberg.

Zwanzig Minuten später, als ich das geschätzte, siebzigste Buch von mir signierte, fiel mir fast der Kugelschreiber aus der Hand, als auf einmal seitlich neben mir ein Mann trat, während ich das Buch einer fünfzigjährigen Dame soeben signierte. Serge! *Einatmen. Ausatmen. Ruhe bewahren.*

„Hallo Peter, wie geht`s?", fragte er übertrieben höflich, obwohl er mich finster ansah, als ich wieder schwungvoll, diesmal auf mein Buch-Cover unterschrieb.

„Gut, ich hoffe dir auch?"

„Nein, leider nicht. Im Vergleich zu dir geht's mir wirklich beschissen", erwiderte er und kratzte sich am Sack.

„Warum?", fragte ich. Die junge Frau, die vor mir stand, musterte ihn misstrauisch und dachte schon, er drängle sich vor. Aber er hatte kein Buch in der Hand.

„Das frägst du noch? Du verdienst dich hier dumm und dämlich, und ich hab Probleme meine Miete zu bezahlen."

„Das tut mir leid", log ich. *Verzieh dich du Kanake!*

„Das bezweifle ich. Es wird dir eher scheißegal sein." Sein Ton legte an Aggressivität zu. *Es wird dir schlecht bekommen, wenn du nicht gleich verschwindest. Bleib ruhig!*

Da hatte er zwar Recht, aber ich versuchte ihn mitleidig zu betrachten, als ich wieder einmal eine Unterschrift, diesmal auf meine „Danksagung" setzte. Mittlerweile konnte ich fast blind unterschreiben. Sein anfänglich schleimig-freundlicher Ton, klang innerhalb von zwei Minuten fast bedrohlich. Zudem kam er äußerst ungelegen bei dem großen Trubel. Wenn er mir jetzt eine „Szene" machen würde, mit

„meiner Geschichte", hätte ich ein großes Problem vor meinen vielen hundert Fans hier. In wenigen Minuten wollte auch noch „Allgäu-TV" (unser regionaler Fernsehsender) kommen, und mich bei meinem Auftritt filmen. Später war auch noch ein Interview geplant. Die Moderatorin fiel mir vorher schon auf, als ich mit dem Filialleiter kurz sprach.

„Wir könnten uns in circa einer Stunde im Eiscafe, einen Stock tiefer treffen", schlug ich deshalb eilig vor.

Gott sei Dank ging er gleich darauf ein. Er sah mich an und meinte mit finsterem Blick: „Okay, ich warte um Punkt sechzehn Uhr auf dich. Und versetz mich ja nicht, ich warte keine Minute!" *Bald wirst du nie wieder auf jemand warten.*

Ich nickte, drückte einer siebzigjährigen Frau mein Buch in die Hand und fragte mich, ob sie auch zu meiner Leserschaft gehörte oder das Taschenbuch lieber ihrem Enkel schenkte.

Kurz vor sechzehn Uhr, sah ich ihn im Eiscafe Dolomiti sitzen, mit einem Erdbeershake und Tiramisu in der Hand. Zumindest verging ihm nicht der Appetit. Ich beschloss ihn einzuladen, schließlich hatte ich in nicht einmal zwei Stunden, schlappe fünfhundert Euro verdient. Außerdem musste ich schleunigst in Erfahrung bringen, ob dieser dämliche Aussiedler etwas über den Schwindel wusste. Hoffentlich lungerten keine Reporter um das Eiscafe, vor einer halben Stunde musste ich schon „A-TV" versprechen, dass sie bald eine „Homestory" vor mir machen durften.

32

Montags, zwei Tage später

Nachdem ich meinen kleinen Schatz in die Schule gebracht hatte, fuhr ich nach Lindau. Ich hatte heute die sechsunddreißigste Autogrammstunde, und das innerhalb der letzten sechs Wochen. Diesmal um 11 Uhr in der Buchhandlung Linder, mitten auf der Insel der wunderschönen Bodenseestadt. Der Monat spielte für die Autogrammstunde in Lindau keine große Rolle, da unter meiner Leserschaft sowohl viele Einheimische als auch Touristen waren, nahm ich zumindest mal an. Laut Analyse meines Verlages, lagen die Verkaufszahlen meines Buches bundesweit ziemlich gleichmäßig verteilt. Es gab kein „Nord-Süd-Gefälle", wie das beispielsweise bei vielen regionalen Krimis der Fall war. Außerdem kamen bei gutem Wetter auch immer viele Tagesgäste aus dem Radius von bis zu zweihundert Kilometer in die Inselstadt. Der November lud dazu ein, da er bisher ungewöhnlich frühlingshaft war. Kurz vor Lindau hatte ich einen glasklaren Blick auf das prächtige Alpenpanorama, sodass sich an manchen Stellen die gewaltigen Berg-Massive von Vorarlberg im Wasser wiederspiegelten. Ich konnte mein Auto auf der Rückseite des Gebäudes parken und schlich mich über den Hintereingang ins Haus. Dann fuhr ich mit dem Aufzug in den zweiten Stock hinauf. Oben angekommen, sah ich, dass auf meinem Schreibtisch schon ein Stapel Bücher, sowie ein paar dutzend Becher für meine Besucher bereitstanden. Ergänzt durch fünf Apfelsafttüten und sechs Flaschen Mineralwasser, auf einem kleinen Beistelltisch daneben. Sekt als Begrüßungs-Drink hatte der Besitzer der Buchhandlung abgelehnt. Zu teuer, außerdem würden sich die Leute dann womöglich noch sinnlos betrinken, befürchtete er. Um den Tisch herum, standen bereits einige „Fan`s" und Bücherfreunde, die mich sehr freundlich begrüßten, als ich auf meinem gepolsterten Stuhl Platz nahm. Die Buchhandlung Linder, in der ich jetzt saß, besaß das letzte noch verbliebene Internetcafe in der Stadt. Vor fünf Jahren gab es noch vier davon. Es lag im gleichen Stockwerk, wo auch meine Lesung stattfand. Acht Meter links von meinem Sitzplatz, in einer Ecke mit fünf PC-Tischen, davon immer noch zwei Geräte mit Röhrenmonitoren, an denen zwei junge Typen mit Kopfhörer saßen. Vom großen Fenster auf der Südseite drangen Sonnenstrahlen auf meinen Kopf, die kaschierten wie verlegen ich war. Staubpartikel kreisten wie Atome in den blendenden Strahlen, falls dahinter Menschen standen, konnte ich sie nicht erkennen. Erstaunlich war, dass ich trotz der vielen Zeit, die ich jetzt schon auf Messen und in Buchhandlungen mit solchen Stunden verbrachte, immer noch eine große Portion Schüchternheit und Verklemmtheit in mir hatte. Heute fiel mir auf, dass bisher nicht viele Leute den Weg hierher gefunden hatten. Zumindest bis jetzt um Punkt elf. Vielleicht hatten manche schon einen Verdacht, dass ich nicht der war, der ich vorgab zu sein, und hatten das Haus voller Abscheu gemieden? Vielleicht waren die, die hier waren, nur deshalb da, weil sie nur darauf warteten, dass jeden Moment die Polizei kam und mich in Handschellen abführte? Aber die Sorgen waren unbegründet; Sie warteten „nur" auf mich. Auf die Worte die jede Zuhörerschaft braucht, um den Zauber zu brechen, unter dem sie stand.

Eine ältere Lady kam eiligen Schrittes auf mich zu, kaum dass ich saß und einen Schluck Wasser trank. „Vielen Dank", sagte ich wieder einmal, als sie mich für „meinen" spannenden Roman beglückwünschte. Neben mir stand eine Flasche Wasser und eine einzelne Rose in einer Vase, die nette Dame steckte eine Zweite hinzu. Ich war gerührt über so viel Hingabe. Eine junge Verkäuferin mit weinroten Haaren, stand hinter einer Registrierkasse neben meinem Beistelltisch, wo bestimmt zweihundert Exemplare meiner Bücher auf einem Stapel lagen. Seit einer Woche gab es zur bisherigen Taschenbuchausgabe, eine hochwertige „Sonder-Edition" mit geprägtem Hardcover-Einband, die das Doppelte der normalen Taschenbuch-Ausgabe kostete. Das Motiv auf dem Cover war das gleiche wie bei den Taschenbüchern, die knapp unter zehn Euro kosteten. Tausend Male hatte ich das Cover jetzt in den letzten Monaten schon gesehen, trotzdem wirkte es so fremd, als würde ich zum ersten Mal damit konfrontiert. Die beiden Eingänge und die breite Treppe, die die Autogrammjäger in ordentliche Reihen lenken sollten, erinnerten mich an Vieh, das zur Schlachtbank geführt wurde. Aber in diesem Fall wartete nur ich am anderen Ende. Mit einer Miene zu einem spöttischen Grinsen gefroren, oder was immer auch von dem Ausdruck übrig geblieben war, der einmal als Lächeln begann. Und dann kamen sie auf einmal in Scharen! Keine Meute (es sind schließlich Leser), die aber nichtsdestoweniger, leicht übereifrig mit Ellenbogeneinsatz ein Buch erwarben, mich signieren ließen und dann schnell davoneilten, bevor auf dem Parkplatz das Chaos ausbrach. Wie würde sich wohl das Ganze anfühlen, wenn dieses Buch ganz und gar meins wäre? Verdammt angenehm, vermutete ich, dann hätte ich vielleicht auch weniger Albträume. Manchmal gab es sogar einen Flirt oder eine Ermutigung extra, wie: „ Sie sollten auf jeden Fall noch viele Bücher dieser Art schreiben". Stattdessen besudelte ich jedoch nur fremdes Eigentum und wurde dabei auch noch reich. Ich war trotz großer Besucherschar nach einer halben Stunde in einem absolut depressiven Stimmungstief. Ich versuchte mich mit gequältem Gesichtsausdruck über die Zeit zu retten. Mit gesenktem Kopf blockte ich jedes aufkommende Gespräch ab. Ich wollte nur noch so schnell wie möglich wieder weg, heim zu Sophie und ihr über die Hausaufgaben schauen. Vielleicht blieb sogar noch Zeit für ein Spiel. Ein weiteres Buch wurde über den Tisch geschoben. Ich schlug es auf und zückte wieder meinen Stift, wie bestimmt schon dreitausend Mal in den letzten zehn Wochen. „Was immer du schreiben solltest, speis mich ja nicht mit irgendeinem „alles Gute" ab!" Ein zweites Buch landete abrupt auf meinem Tisch, während ich noch das andere hielt. Ein Mann, dessen Stimme ich kannte. *Dein nächstes Opfer!*

Eine Männerstimme. So frech, so spöttisch, mit leicht lispelnder Zunge. Manfred! Oder doch nicht? Vielleicht fehlte auch etwas? Die runde Hülle von Wörtern, die nicht die Absicht hatten, mich zu verletzen. Ich blickte auf, doch er war es wirklich und hatte mich jetzt auch gefunden. War er der Zusender des Zeitungsartikels? Das Buch, das ich seit einer Minute in Händen hielt, zitterte. Die Frau die es mir, bevor sich Manfred vordrängelte, in die Hände gedrückt hatte, sah mich verdutzt und gekränkt an. Manfred war aus dem Nichts gekommen und war einfach vor sie getreten.

Sie sah mich hilfesuchend an, ihn doch zurechtzuweisen. *Du musst ihn töten!* Die Stimme überschlug sich fast in meinem Hirn. Vor mir stand er, mit braunem Schlapphut und Zehntages-Bart. Er trug ein blaues Sakko mit grauer Flanellhose und einem grünem Hemd. Fehlte nur noch eine Krawatte, dann hätte man ihn für einen verschüchterten Postbankbeamten gehalten. Seit dem damaligen Schreibzirkel schien er um Jahre gealtert. Er wirkt blass, und die Falten auf seiner hohen Stirn schienen wie eingemeißelt zu sein. Irgendetwas in mir hätte ihn am liebsten durch die Fensterscheibe geworfen. *Er muss sterben, dass du überleben kannst.*

„Hi", presste ich nur mühsam hervor. „wie geht's?"

„Nicht so gut wie dir, Peter. Was bekommst du denn für so eine Signierstunde?"

„Ach, es reicht um hinterher mein Auto vollzutanken. Aber du bist doch nicht gekommen um ein Autogramm zu holen, oder?"

Die Frau neben Manfred, die mir zuvor ihr Buch gereicht hatte, drängte resolut vorwärts, hustete lauter als nötig und stieß mit ihrer Birkenstocksandale an das Tischbein. Manfred lächelte, eher gequält, doch irgendetwas in seiner Haltung veränderte sich. Sein Lächeln erstarrte in seinen Mundwinkeln. „Hast du - ...?", setzte er an und schien schlagartig den Faden verloren zu haben. Er beugte sich noch näher zu mir vor. „Hast du einen von ihnen, je wieder gesehen?"

„Hie und da, aber selten." *Töte ihn, so schnell es geht.*

Manfred bedachte meine Antwort, als hätte ich ihn vor ein Rätsel gestellt. Die Frau mit den Birkenstock-Sandalen machte nochmals einen ganzen Schritt vorwärts, hinter ihr gab es bereits schon Unmut. Die Filialleiterin der Buchhandlung, Doreen Aierstock, sah die Unterhaltung und kam eilig auf uns zu. „Herr Kelly, führen Sie doch bitte Privatgespräche später, Sie sehen doch, dass die Leute ungeduldig werden. Es stehen über vierzig an", flüsterte sie mir ins Ohr. Sie hatte Recht, ich musste die Konversation beenden, sonst gab`s womöglich noch Tumulte. Die Birkenstock-Frau hatte sich hautnah an Manfred gedrängt, ein rebellischer Akt, der drohte, eine zweite Reihe zu eröffnen. Aus Furcht vor einem möglichen Chaos, nahm Doreen Aierstock, das Buch, das Manfred zuvor auf dem Tisch abgelegt hatte, in die Hände, schlug es auf, und drückte es mir fast gewaltsam in die Schreibhand. „So", brummte sie.

Ich signierte zunächst nur mit meiner üblichen Unterschrift, die ich aber im Laufe der Monate, kunstvoll mit schönen Schwüngen, immer mehr künstlerisch „verfeinert" hatte. „Ich hoffe, es gefällt dir?", sagte ich zu Manfred und reichte ihm das Buch. Er nahm das Buch in die Hand, starrte mich nur an, und überlegte krampfhaft, was er noch sagen sollte. Die Birkenstock-Dame schien endgültig die Geduld verloren zu haben. Sie nieste Manfred an, und stieß erneut mit dem Fuß gegen meinen Tisch, sodass mein Becher Wasser umkippte. Im letzten Moment konnte ich ihn noch fassen, sonst wäre das ganze Buch in meinen Händen versaut gewesen. Im selben Moment packte Manfred meinen Unterarm, und beugte sich bis auf wenige Zentimeter auf mein

Gesicht zu, als wollte er mich küssen. „Ich muss mit dir reden, heute noch!" Dann gab er mir die Hand, und ich spürte, dass er dies nur tat, um mir was in die Handfläche zu drücken. „Ich melde mich bis morgen", antwortete ich, und ließ den Papierfetzen möglichst unauffällig in meiner Brusttasche verschwinden. Dann drängte er sich an Frau Aierstock vorbei, die versuchte, ihn unauffällig Richtung Ausgang zu bugsieren. Er schüttelte ihre Hand ab und rempelte sie leicht an. Vorsichtshalber nahm sie etwas Abstand, bevor er hastig mit unsicheren Schritten um die Ecke verschwand.

„Es hat mir gut gefallen", sagte die Birkenstock-Frau, als meine Hände ihr Exemplar wieder aufschlugen. „Aber das Finale war ein bisschen unglaubwürdig."

33

Tags darauf, morgens um halb acht, weckte mich der Radiowecker mit der Nachricht, dass es aufgrund der ersten kleinen Kältewelle, die ersten überzuckerten Berge mit Schnee bis auf zwölfhundert Meter gab. Lange genug war der November viel zu mild gewesen, im Vergleich zu den Vorjahren. Nachts hatte es leichten Niederschlag gegeben, und meine kleine Wetterstation zeigte eine Außentemperatur von nur sechs Grad an. Es würde nicht mehr lange dauern, dann war die ganze Allgäuer Region im weißen Winterkleid gefangen. Es waren nur noch wenige Tage bis

Dezember und die meisten Weihnachtsmärkte eröffneten bereits. Was mich aber noch viel mehr interessierte, war eine ganz andere Meldung vom Rundfunk: Die Sprecherin vom RSA-Radio verkündete ein Unglück, dass sich auf der Illerbrücke in Kempten zugetragen hatte. Die Polizei vermutete, dass dort ein vierzigjähriger Mann, „Osteuropäischen Ursprungs", nach ersten Einschätzungen, „Suizid" begangen hatte. Er stürzte sich vermutlich, aus dreißig Meter Höhe in die eiskalte Iller, trieb dann noch ein Stück weiter, bevor er am Wasserkraftwerk vom Allgäuer Überlandwerk, an der Staumauer von einem Mitarbeiter entdeckt wurde. In dem einminütigen Bericht wurde nicht erwähnt, wann der konkrete Todeszeitpunkt eingetreten war. Die Polizei spekulierte, dass dies in der Nacht von Montag auf Dienstag geschehen war. Detaillierte Aussagen könnten erst getroffen werden nach der rechtsmedizinischen Untersuchung, heute um drei Uhr nachmittags. Der Angestellte des Stromversorgers „AÜW", fand den Mann um kurz nach sechs, als er gerade seinen Dienst antrat und den Pegelstand des Wasserkraftwerkes überprüfte.

„NUR NOCH EINER ÜBRIG!", tönte die Stimme.

Genüsslich schmiss ich mir den Rest von meinem Knuspermüsli in eine Schale und goss etwas Milch darauf. Dann schnappte ich mir die Karte, die mir Manfred gestern in die Hand gedrückt hatte, und beschloss, ihn nach meinem Frühstück anzurufen. Zehn Minuten und drei Tassen Kaffee später, nachdem ich auch den letzten Löffel meines Müslis runtergeschluckt hatte, rief ich ihn an. Auf der Karte stand nur handschriftlich notiert, eine Handy-Nummer, und der Hinweis: **Ruf an, so schnell es geht!** Eigentlich wollte ich es nicht tun, aber die Gefahr, dass er noch mal so einen Auftritt hinlegte wie gestern, war mir entschieden zu groß. Ich musste nach dem Desaster in Lindau, der Filialleiterin noch ein Buch und ein Abendessen versprechen, damit sie den Vorfall vergaß. Zudem war auch bei Manfred alles möglich. Ich traute ihm ohne weiteres zu, dass er der Presse oder womöglich auch Polizei, Hinweise gab. Vermutlich anonym. Ich erreichte ihn sofort, und wir verabredeten uns mittags um dreizehn Uhr, im Gasthaus „Barfüsser" in Memmingen, einer urigen Brauereigaststätte. Es war sein Wunsch, vielleicht wohnte er in der Nähe von Memmingen. Damals beim Seminar hatte er mir nur erzählt, dass er in einem kleinen Kaff in der Nähe von Leutkirch lebte, wobei es dann nach Memmingen nur noch knapp zwanzig Minuten mit dem Auto waren. Seit Montag hatte ich beschlossen, mich vorerst nicht mehr zu rasieren. Ich wollte sehen, wie mich ein Bart verändern würde. Außerdem erhoffte ich mir natürlich noch mehr Anonymität dadurch. Mit Bart und Brille würde mich hoffentlich nicht mehr jeder erkennen, langsam ging mir nämlich, mein stark steigender Bekanntheitsgrad buchstäblich auf den Sack.

Kurz vor dreizehn Uhr traf ich im Lokal ein, und trotz der Kälte von maximal neun Grad, saß er allein im Freien, warum auch immer. Sollte mir nur recht sein, so konnte keiner mithören, was wir so besprachen.

„Hallöchen, Peter", sagte er so schmalzig wie eine Tunte, als ich auf den Tisch zulief.

„Hi, Manfred. Öfter hier? Scheint ja ganz nett zu sein, auf den ersten Blick."

„Bin mehr im Sommer hier, wenn Stadtfest oder Fischertag ist, dann kriegst du hier kaum noch einen Platz, obwohl es fast dreihundert gibt."

Zwanzig Minuten faselten wir ausschließlich nur belangloses Blabla. Während er so sprach, fragte ich mich, was er wusste? Ich musste versuchen, mehr herauszufinden. *Erkunde seinen Wohnort und verfolge ihn später!*

Wir bestellten beide Pizza und Cola, bevor er dann auf einmal anfing: „Wie viel verdient man eigentlich so im Jahr, bei den verkauften Exemplaren deines Buches?"

„Warum willst du das wissen?"

„Nur so, oder ist das ein Geheimnis?"

„Nein, bestimmt nicht. Im Schnitt gibt's zehn Prozent vom Nettopreis des Buches, bei E-Books fünf Prozent mehr."

„Das heißt, wenn dieses Jahr eine Million deiner Bücher verkauft wurden, gibt's ungefähr hunderttausend für dich?"

„So, ungefähr." Ich sagte natürlich nicht, dass schon über vier Millionen verkauft wurden.

„Und dann das „Taschengeld" für die Signierstunden, da kommt dann bestimmt noch mal zwei - bis dreitausend Euro im Monat dazu."

„Kann sein." Zurzeit waren es über viertausend.

Unsere Pizzen kamen und unterbrachen seine Fragerei. Als die Bedienung wieder verschwand, fragte ich mal zur Abwechslung, während er sich gerade eine Gabel in den Mund steckte. „Hat dir denn die Geschichte gefallen, Manfred?"

„Eigentlich schon, aber es ist eine geklaute Geschichte, Peter!" *Er weiß alles, du darfst nicht mehr lange warten!*

Mir blieb fast der Bissen im Hals stecken. Jetzt waren wir am „Punkt" angelangt. Mir war klar, dass das kommen musste. Warum sollte er sich auch sonst mit mir treffen?

„So kann man es nicht sagen. Ich habe mir gewisse Elemente einer anderen Story besorgt, und sie dann aufbereitet und verfeinert."

„Du lügst. Ohne Marias Geschichte hätte dein Buch niemanden interessiert."

„Darüber lässt sich bis zu einem gewissen Punkt streiten. Ich meine, die Handlung…………………"

„Peter!"

„………musste noch erheblich erweitert, ganz zu schweigen von der erforderlichen Fantasie für………………"

„Du hast eine Geschichte schamlos geklaut, und dafür auch noch einen Menschen umgebracht!"

Jetzt war es raus. Was wusste er? Oder reimte er sich nur irgendwas zusammen? Nicht nur, das er mich des Diebstahls bezichtigte, jetzt war ich auch noch ein Mörder für ihn. *Du weißt was zu tun ist, schnellstmöglich!*

„Bist du wahnsinnig? Wen soll ich umgebracht haben?"

„Maria!"

„Es war kein Mord, es war ein Unfall."

„Ein äußerst seltsamer Unfall. Die Polizei hatte nur keine Beweise gegen dich."

„Ich weiß nicht, was du da redest. Wir kamen von der Straße ab und stürzten eine Böschung runter. Ich bin auch nur knapp am Tod vorbei geschrammt. Okay, ich gebe zu, ich wollte ein Buch schreiben, wie alle anderen auch, aber das mit Maria war ein tragisches Unglück."

„Ich glaube dir nicht." Aus seiner Stimme schwang Wut und Hass. Warum wollte der verdammte Kerl das Treffen?

„Gut, ich gebe es zu. Ich hatte keine vernünftige Story. Und die Geschichte von Maria hat uns allen gefallen. Aber sie war sehr dünn und vieles auch unklar. Ich habe daraus eine ansehnliche, interessante Story gemacht."

„Erzähl mir, was du mit ihr besprochen hast. Ihr hattet doch ein Verhältnis?"

„Ja, wir hatten uns einige Male verabredet. Es war geplant, dass wir gemeinsam die Geschichte verbessern und dann als Autorenduo den Verlagen anbieten würden."

„Und dann kam dieser komische Unfall, du hast ihr Manuskript geschnappt und gleich gedacht, jetzt bring ich`s halt alleine raus."

„So ungefähr."

Gut, das keiner unsere Diskussion verfolgen konnte, wir waren nach wie vor die Einzigen auf der Terrasse. Nur innen im „Barfüsser" saßen noch knapp zwanzig Leute.

„Peter, mir geht es sehr schlecht. Ich habe meine Arbeit verloren und lebe von Arbeitslosengeld. Wenn ich nichts finde, erhalt ich bald „Hartz-4", also Sozialhilfe."

„Tragisch." Jeder bekommt das was er verdient.

„Ich brauche Geld, so schnell wie möglich. Auch meine Frau hat mich verlassen. Ich fühle mich wie der letzte Dreck, ich kann nicht mehr schlafen."

„Wieviel?"

„Zweihunderttausend Euro."

„Bis wann?"

„Übermorgen."

„Unmöglich. Soviel Geld kann ich niemals in so kurzer Zeit besorgen. Teile des Honorars hab ich in mein Haus und ein neues Auto gesteckt. Ich bekomme ja nicht mal jeden Monat eine Abrechnung."

„Wann kommt die Nächste?"

„Mitte Januar, für das letzte Quartal 2014."

„Okay, Peter. Ich mache dir jetzt einen unwiderruflichen Vorschlag: Nächsten Montag gibst du mir hunderttausend, und Mitte Januar den Rest. Wie du das Geld auftreibst ist mir scheißegal, ich weiß, dass das geht. Bis Montag hast du noch fünf Tage Zeit."

Ich wusste, dass er sich auf keinen anderen Kompromiss einlassen würde. Ich gab ihm zwar dadurch quasi ein „Teilgeständnis", aber ich sah momentan keine andere Möglichkeit. *Überleg dir lieber, wie du ihn beseitigst!*

„Ich weiß, dass dein Buch in über zehn Ländern an der Spitze steht, da gibt dir dein Verlag doch bestimmt gern einen Vorschuss."

„Woher weiß ich, dass du nach dem Erhalt des Geldes

keine weiteren Forderungen stellst?"

„Du musst mir halt glauben, es wird dir nichts anderes übrig bleiben." *Deine Zeit läuft ab!*

Seine Worte klangen abfällig und zynisch. Mir war bewusst, dass er es ernst meinte. Er wollte an einer Geschichte partizipieren, die eigentlich nicht meine war. Wer sollte es ihm verdenken, vielleicht würde ich an seiner Stelle genauso handeln? Ich hatte zwar einen großen Teil des Geldes verbraten, aber wie er schon sagte, durch die regelmäßigen Verkäufe würde ich kein Problem haben, ein paar hunderttausend Euro locker zu machen. Zurzeit befand ich mich gegenüber meinem Verlag in einer ausgezeichneten Position, allein in Europa verkaufte sich mein Buch jede Woche im sechsstelligen Bereich. In Nordamerika und Australien waren die Zahlen ähnlich. Dazu kam noch fast die gleiche Anzahl an E-Books und Hörbücher, wo ich doppelt soviel Provision bekam. Nicht zu vergessen, die vielen Signierstunden und Auftritte bei Rundfunk und TV-Stationen, die noch einige tausend Euro zusätzlich einbrachten.

„Gut, machen wir es so", sagte ich. „Ich versuche das Geld bis Montag aufzutreiben, dann rufe ich dich an."

„Nein, wir machen es so wie ich sage. In genau fünf Tagen sitzen wir wieder hier, um die gleiche Zeit. Und statt deiner schönen Bücher, bringst du das Geld in großen Scheinen in einer kleinen Tasche mit. Solltest du nicht kommen, oder versuchen Zeit zu schinden, geh ich noch am gleichen Nachmittag zur Polizei und diversen Zeitungsverlagen."

Als ich seine Worte hörte, veränderte sich was in mir.

Etwas, dass ich nicht mehr lange unter Kontrolle halten konnte. Ich weiß nicht, wie ich es ausdrücken soll, aber meine innere Stimme raubte mir fast den Verstand. *Töte! Töte! Töte!*

„Das Essen geht auf mich", sagte ich zur Bedienung, als sie fragte, ob alles in Ordnung sei. Das Essen würde das Einzige sein, wo ich ihm jemals schenken würde, solange er noch lebte.

34

Am nächsten Morgen weigerte ich mich, in Gedanken noch einmal auf das Treffen mit Manfred zurückzukommen. Außer, dass mir bewusst war, dass er mich nicht verraten würde, sofern er das Geld bekommen wollte. Wenn die Geschichte rauskam und mein Geldfluss versiegte, bekam auch er nichts, dass dürfte ihm klar sein. Außerdem konnte ich ihn auch wegen Erpressung anzeigen, ich war nämlich so schlau, dass ich unser Gespräch im Biergarten aufzeichnete. Erstaunt war ich darüber, dass er außer Maria`s Tod, die anderen Todesfälle nicht in Zusammenhang mit mir brachte. Oder wusste der Dummkopf etwa gar nichts davon?

Das Leben brauchte neue Rituale, neue Gewohnheiten, die Sophie und ich solange wiederholen konnten, bis sie für die Tage, die kamen, einen Pfad markiert hatten, dem wir folgen konnten. Spätnachmittags, als ich wieder daheim war, fragte ich Sophie, ob wir Enten und Schwäne füttern sollen, und anschließend Eis essen. Natürlich jubelte sie sofort und wir fuhren gleich los. Ich besorgte mir zuerst bei OBI in Lindau noch ein paar Kleinigkeiten, dann nahm ich noch in einer Bäckerei genügend Proviant mit, damit wir auch die gefräßigen Schwäne und Enten ausreichend versorgen konnten. Wir fuhren nach den Einkäufen auf die Lindauer Insel und schlenderten gemütlich an der Hafenpromenade entlang. Jetzt im November war es hier angenehmer als in der Hochsaison, die meistens bis Ende September dauerte. Auf der gegenüberliegenden Seite, sahen wir die imposanten Schweizer - und Vorarlberger Alpen, die schon in schönem Weiß gepudert waren. Wir gingen in das letzte Eiscafe, das an der Promenade noch geöffnet hatte, alle anderen hatten bereits seit Anfang Oktober geschlossen. Wir verdrückten beide zusammen eine Eisbombe, und unterhielten uns über Sophies Hausaufgaben. Die Lehrerin von Sophie, hatte mir am Tag zuvor, eine unangenehme Nachricht telefonisch übermittelt. Eine, die sehr schwierig war, um sie mit Sophie so locker zu besprechen. Ich konnte auch kaum glauben, was ich da zu Ohren bekam, aber anscheinend war es die Wahrheit. Sophie war in der Schule gewalttätig geworden! Eine Nachricht, die mir größte Sorge bereitete, als ob ich nicht schon genug Probleme hätte. Anscheinend wurde sie von einer Mitschülerin gehänselt, und hat dann eiskalt zugeschlagen! Das lädierte Mädchen hatte ein blaues Auge und zwei Zähne weniger. Der Lehrerin, die sofort schlichten wollte, trat Sophie dann in den Unterleib. Frau Maler, ihre jetzige Lehrerin, sagte, sie hätte noch nie in ihrer zwanzigjährigen Lehrerlaufbahn ein Mädchen erlebt, dass so hart und brutal zuschlagen konnte. Sophie war erst acht. Ich konnte es kaum glauben, dass das Kind zu solch einer Handlung fähig war. Sie war immer die Seele in Person, artig, hilfsbereit, zärtlich und verträumt. Gut, ich wusste, dass sie kaum Freundinnen in der Klasse hatte, warum war mir schleierhaft. Mit Alexa verstand sie sich aber blendend und es gab daheim nie Probleme. Aber anscheinend hatte sie auch eine andere Seite, die ich noch nicht an ihr kennengelernt hatte. Als sie so friedlich das Eis aß und mich aus ihren süßen Augen ansah, beschloss ich, dieses Thema heute nicht anzusprechen. Ich wollte uns jetzt nicht den schönen Nachmittag damit verderben, bestimmt war es nur ein einmaliger Ausrutscher.

Als die Sonne langsam hinter dem Alpenkamm verschwand, begaben wir uns wieder Richtung Auto, das ich hinter dem Bahnhof geparkt hatte. Als wir daheim ankamen, war der Tisch schon gedeckt, Alexa hatte Spagetti gekocht. Wir aßen bedächtig und ruhig, als würden wir drei unseren Gedanken nachhängen. Als Sophie nach dem Essen, Alexa beim Aufräumen noch half, verdrückte ich mich in mein Büro. Ich schaltete meinen Computer ein, um mich noch eine Stunde virtueller Masturbation hinzugeben. Dabei googelte ich mich selbst, und wie immer tauchte als erster Treffer meine offizielle Website auf. Auf der von der Marketingabteilung unseres Verlages gestalteten Seite: peterkelly.de, gab es auch eine Seite für Kommentare, die ich gelegentlich anklickte. Die User die dort schrieben, sind meistens Vertreter von zwei extremen Lagern; glühender Fan oder mit Dreck schmeißender Kritiker. Letzerer bevorzugte die Textgattungsprudelnde Tirade in Großbuchstaben, die den Bildschirm ein paar Stunden lang besudelte, ehe der Webmaster dazukommt, sie zu löschen. Was mich jedoch heute Abend erwartete, alarmierte mich ungleich mehr. Keine zusammenhanglosen Schmähungen, keine Korinthenkackerischen Korrekturen oder Geld-zurück Forderungen.

Nur ein Einziges anklagendes Wort: **D I E B !**

Weiter hatte der Absender nichts hinzugefügt. Angegeben war nur sein oder ihr User-Name: SCHNEETEUFEL1

Es konnte bloßer Zufall sein, aber ich war mir sicher, es war jemand, der was wusste.

Ich antwortete sofort. Das erforderte das Anlegen eines eigenen User-Profils: ENGEL112. — „Warum hast du Angst deinen richtigen Namen zu benutzen?" Ich las die Frage noch einmal durch und erkannte, dass sie viel zu freundlich und verständlich formuliert war. Ich versuchte, mich zu einer derberen Ausdrucksweise hinzureißen: „Warum haben Vollidioten wie du Angst, ihren echten Namen zu nennen?" Schon besser.

Ich drückte auf „senden" und lehnte mich auf meinem Stuhl zurück, zuversichtlich, dass der User von dieser sehr direkten Ansprache zurückweichen würde. Doch die Antwort erfolgte schon in sechzig Sekunden:

„Du hast noch keine Ahnung was ANGST ist!"

Ich wollte mich nicht näher auf diesen Disput einlassen, und schaltete den Rechner aus. Einer dieser üblichen „Psycho-Freaks", wo auch Facebook-Usern und anderen Angst einjagen wollte? Egal, ich musste mich jetzt auf dringlichere Dinge konzentrieren, die nächsten Tage waren von großer Bedeutung über meine Zukunft. Ich konnte und durfte mir keine Fehler erlauben. Ich beschloss meinen besten Freund, Paul Glaser, anzurufen, vielleicht konnte er meine aufkommenden Ängste beseitigen.

35

Am Tag darauf, um zwei Uhr dreißig nachmittags, war Sophie auf einem Kinderworkshop in der Gemeinde Eglofs, mit Fingerfarben malen, Theaterstücke einstudieren und Gedichte schreiben. Eglofs ist eine sehr kleine Gemeinde, und liegt zehn Kilometer vor Wangen, sodass ich beschloss dort noch einen Abstecher zum „Expert" zu machen. Ich benötigte dringend Kopierpapier und einen neuen USB-Stift. Nachdem ich sie abgesetzt hatte, war ich zehn Minuten später beim Edeka-Einkaufscenter, wo mehrere Geschäfte unter einen Dach waren. Dort konnte ich mich auch in einem neuen Sportshop nach Schneeschuhen umschauen, schließlich stand der Winter ja schon in den Startlöchern. Mein Bart sprieß kräftig, und ich setzte eine Sonnenbrille auf, bevor ich das Edeka-Center betrat. Dort gab es auch, ich konnte es kaum glauben, auch eine neue Buchhandlung die mir noch gar nicht bekannt war. Anscheinend hatte sie erst vor wenigen Tagen eröffnet. Sie lag im ersten Stock, neben dem DM-Drogeriemarkt. Keine, der vorwiegend jüngeren Verkäuferinnen, es waren drei, kannten mich dort, zumal ich auch eine Schirmmütze aufhatte. Als ich den Stapel mit Neuerscheinungen sah, und die vielen Kunden, die lieber nach „meinem" Buch fragten und suchten, hob das sofort meine Laune. Niemand erkannte mich, anscheinend war meine „Tarnung", besser als ich dachte. Ich ging den neuesten Kriminalromanen aus dem Weg, und begab mich zu den Sachbüchern, die im ersten Stock waren. Ich nahm eines der vielen Bücher in die Hand, verbarg mein Gesicht hinter dem aufgeschlagenen Einband, und erlaubte mir einen verstohlenen Blick durch den Laden. Nach wenigen Minuten fiel mir ein Mann ins Auge, der auch mein Buch in den Händen hielt, obwohl es bei den Krimis lag, einen Stock tiefer. Hatte er es nur eine Etage mitgenommen, weil er mich erkannte und vielleicht ein Autogramm wollte? Dann wäre meine „Tarnung" doch beschissen. Er stand ungefähr acht Meter vor mir, in der hintersten Ecke des Raumes. Vor dem großen Fenster, wo man einen schönen Blick auf den historischen Marktplatz von Wangen hatte. Möglichst unauffällig versuchte ich, mich näher an den Mann heranzuschleichen. Das Gesicht kam mir irgendwoher bekannt vor, aber dass was ich sah, konnte unmöglich Realität sein. Ich sah, wie der ältere Herr missbilligend das Gesicht verzog. Aber ich musste träumen oder die dunkle Brille schuf mir eine Illusion. **Walter Pickert!**

Oder war ich in einem Traum gefangen? Mein ehemaliger Seminarleiter des Zirkels, war offenbar überhaupt nicht glücklich, was er über die veröffentlichten Seiten eines seiner Schüler sah. Dann wendete er schlagartig den Kopf. So abrupt, dass mich der Blick aus seinen hohlen Augen sofort traf, seine aschfarbene Haut legte sich in tiefe Falten, und er sah mich so vorwurfsvoll an, dass er aussah wie ein knurrendes Tier. Als ich ihn ungläubig anstarrte, fiel mir wieder ein, dass er tot war. Und im gleichen Moment, stieß ich mit der linken Hand einen Stapel Bücher vom Tisch, die neben mir schön aufgestellt waren. Mindestens zwanzig gebundene Hardcover-Ausgaben der aktuellen Helmut Kohl-Biographie, purzelten auf den Boden, und ich zuckte vor Schreck ein weiteres Mal zusammen, sodass ich ins Stolpern geriet und auf dem Boden landete. Taumelnd versuchte ich mich auf den glatten, glänzenden Büchern auf die ich trat, wieder aufzurichten.

„Mein Gott, haben Sie sich verletzt?", fragte eine blonde Verkäuferin, Anfang zwanzig, die sofort zu mir sprang.

„Nein, alles okay! Ich bin bloß……., tut mir leid wegen den Büch……., ich, äh…, bezahle den Schaden", stammelte ich, und blickte sofort zu der Stelle wo Pickert gestanden hatte. Aber da war niemand mehr. Das Buch, in dem er gelesen hatte, lag schräg auf einem Haufen von Exkanzler Kohls neuer Biografie, und war noch aufgeschlagen.

„Ist schon in Ordnung, Sie brauchen selbstverständlich nichts zu bezahlen, Herr Kelly", sagte die Blondine. Vermutlich hatte sie mich erkannt, weil mir bei dem Sturz die Brille und Mütze vom Kopf gefallen waren. Nachdem ich ihr versprechen musste, ihren selbst in Arbeit befindlichen Roman zu lesen, schlich ich mich aus der Buchhandlung und dem Einkaufscenter.

Auf meinem Weg in die Innenstadt, fragte ich mich erneut, ob das Sehen von Gespenstern, Symptom einer ernsthaften Störung war? Unverarbeitete Trauer, die deshalb zu einem ausgewachsenen psychotischen Zusammenbruch, wie eben in der Buchhandlung, geführt hatte. Akuter posttraumatischer Stress womöglich? Vielleicht brauchte ich Hilfe, vielleicht war es aber auch schon zu spät. Aber der alte Mann hatte so echt ausgesehen, nur acht Meter entfernt, ohne verschwommene Konturen oder spektrales Schweben, wie man es den meisten übersinnlichen Erscheinungen zuschreibt. Es war Walter Pickert, tot oder tot aussehend, aber trotzdem da.

Als ich den kühlen Schatten der Bäume am Stadtpark erreichte, hatte ich einen Entschluss gefasst. Wenn meine geistige Gesundheit sich schon verabschiedete, war es meine Aufgabe dies für mich zu behalten. Sophie hatte schon ein Elternteil verloren. Ein verrückter Vater der auf sie aufpasste, war immer noch besser, als gar keiner. Ich beschloss nach Eglofs zu fahren, um Sophie noch beim Spielen zuzusehen.

Zwanzig Minuten später stand ich vor dem Schülerlager, und sah mich nach ihr um. Am Rande des Zauns von dem Kinderlager, beobachtete ich Sophie und die anderen Kinder beim Spielen und Arbeiten. Meine Kleine saß auf einer Schaukel, die wie ein Pilotensitz aussah und schaute in meine Richtung. Ich winkte, aber sie winkte nicht zurück. Ich war mir sicher, dass sie mich gesehen hatte, und fragte mich einen Moment lang verwirrt, ob sie wirklich Sophie war. Doch dann fiel mir langsam wieder ein, dass meine Tochter langsam in das Alter kam, wo die eigenen Eltern peinlich wurden. Sie wollte nicht, dass die anderen Kinder sahen, dass ihr Vater mit einer doofen Büchertüte in der Hand dastand und winkte.

Später auf der Fahrt nach Hause kam sie mit einer anderen Erklärung. Sophie hatte nicht gewunken, weil sie von der anderen Seite des Zauns ein fremder Mann angestarrt hatte.

„Das war ich", erklärte ich ihr.

„Nicht du, Papi. Dich hab ich gesehen. Der andere Mann. Hinter dir."

„Hinter mir war niemand."

„Hast du geguckt?"

„Was willst du zum Abendessen?"

„Hast du? Hast du ihn ges......... ?"

„Wir haben zu Hause Hähnchen, Lasagne und Tintenfischringe zum frittieren. Los. Nenn mir das Gericht deiner Wahl."

„Okay. Big Mäc zum mitnehmen. Oder Döner Kebab."

„Aber ich habe doch heute Morgen die ganzen Lebensmittel gekauft."

„Du hast mich gefragt, was ich haben möchte."

Später, nach unserem Abendessen, kam Alexa und kümmerte sich um Sophie, sowie den Saustall in der Küche. Ich ging in mein Büro und hörte den Anrufbeantworter ab. Zwei Telefonverkäufer, ein Anrufer, der gleich wieder aufgelegt hatte, ein vollkommen Fremder, der fragte, ob ich sein Manuskript an meinen Agenten weitergeleitet hatte, und Paul Glaser, mein bester Freund, der wissen wollte, ob der „große Schriftsteller" Lust hätte, mit ihm mal wieder richtig saufen zu gehen. Ich schrieb mir das Wichtigste auf, und beschloss heute Abend niemanden mehr zurückzurufen. Ein Rückzug ins Bett erschien mir heute am sinnvollsten, zumal ich noch Aspirin schlucken musste, aufgrund meiner einsetzenden Kopfschmerzen. *„Du weißt was du tun musst!"*

Eine Stunde später, sagte ich Sophie und Alexa „Gute Nacht", und verzog mich in mein Schlafzimmer. Ich lag auf meinem Bett und starrte an die Decke. Das Wanderbuch das ich mir heute gekauft hatte, hob ich mir für das Frühjahr auf. Ich hatte mit nicht nur eines zum lesen sondern auch schreiben gekauft. Vielleicht brach ich mir damit ein selbst gegebenes Versprechen. Aber ich dachte mir, es kann keinen Schaden anrichten, sich ein paar Notizen zu machen. Ich nahm das Notizbuch und einen Stift, und begann zu schreiben. Stichpunkte, die die Ereignisse abdeckten, als Serge und Manfred bei meinen Signierstunden auftauchten. Danach ging ich zum Anfang des Kreises zurück, zu meiner ersten Begegnung mit der Geschichte des Schneeteufels, und der Zeit der Morde danach. Ich schrieb eigentlich gar nicht, sondern trug nur Fakten und Eindrücke zusammen. Wenn ich die Götter erzürnt hatte, weil ich eine Geschichte geklaut hatte, kann doch zumindest diese ungeschönte Chronik meines eigenen Lebens kein Vergehen sein.

Aber selbst in diesem Punkt irrte ich mich.

Da vernahm ich ein Geräusch aus dem Erdgeschoss. Etwas, dass mich aus diesem Zustand weckte, bei dem man einschlief, ohne sich dessen bewusst zu sein. Ein Klappern, gefolgt von einem winzigen Widerhall, der bestätigte, dass sein Urheber so schwer war, dass man die üblichen „Verdächtigen" in puncto „seltsamer nächtlicher Geräusche", ausschließen konnte.

Zuerst dachte ich, es war ein Vogel, der die durchsichtige Schiebetür zur Terrasse mit dem Nachthimmel verwechselt hatte. Und es hätte auch ein Vogel sein können, wenn da nicht das folgende Geräusch gewesen wäre: Das schrille Kratzen von Fingernägeln auf Glas! Ich zog meinen Bademantel und Pantoffel an, und sah nach Sophie nebenan. Sie schlief ruhig und fest. Ich zog die Tür wieder leise zu und schlurfte zum Treppenabsatz. Man hörte nur das knarrende Geräusch alter Holztreppen. In der Ferne vernahm ich leichtes Donnergrollen eines herannahenden Gewitters. Im Erdgeschoß konnte ich keine Spuren eines Eindringlings erkennen, aber warum auch? Wenn jemand sich mit der Absicht uns etwas anzutun, gewaltsam Zutritt zum Haus verschafft hätte, wäre es wenig sinnvoll, unterwegs Beistelltische umzustoßen oder den Spiegel im Flur zu zertrümmern. Trotzdem beunruhigte es mich, Sophies Schuhe ordentlich auf der Fußmatte stehen zu sehen, und die noch unberührten Stapel von Briefumschlägen, die längst hätten im Briefkasten liegen sollen. Welches Böse könnte stark genug sein, diese Talismane zu überwinden?

Ich ging, so leise ich konnte, ins Wohnzimmer auf der Rückseite des Hauses. Ich sah den verschmierten Abdruck auf der Glastür zur Terrasse. Es hatte angefangen zu regnen, Tropfen träge und dick wie Öl, ein leises Trommeln auf dem Dach.

Dann leuchtete der Regen mit einem Mal silbern.

Irgendetwas im Garten hatte den Bewegungsmelder ausgelöst, den ich letzte Woche hatte einbauen lassen. Nicht der Regen (das Gerät war so eingestellt, dass es nicht darauf reagiert) oder sich bewegende Äste (es war windstill). Etwas, das groß genug war, um erfasst zu werden, als es sich von einem Ende des Grundstücks zum anderen bewegte. Etwas, das ich nicht sehen konnte. Ich rannte in die Küche, zog eine Geflügelschere aus der Schublade, die ich kampfbereit hochhielt, während ich zur Terrasse zurückeilte. Das Licht ging wieder aus, bevor ich da war. Nur drei Sekunden Helligkeit. Warum hatte ich nur dem Mann, der die Anlage einbaute, erklärt, er solle den Timer auf drei Sekunden stellen? Das reichte doch nicht einmal, um die Aufmerksamkeit eines Eichhörnchens zu wecken, geschweige denn, einen Einbruch zu vereiteln. Aber jetzt fiel es mir wieder ein: Ich wollte nicht, dass die Nachbarn geweckt wurden. Dass das genau der Zweck einer solchen Anlage war, muss mir zu diesem Zeitpunkt entfallen sein. Ich schloss die Terrassentür auf, schob sie zur Seite und stieß mit der Schere in die Luft, als wollte ich sie in einen Leib aus Dunkelheit rammen. Nichts. Draußen ließ der strömende Regen meinen Bademantel sofort an meinen Körper kleben. Ich ging weiter auf die Terrasse. An ihrem Rand kam ich in Reichweite der Bewegungsmelder, und die Scheinwerfer flammten sofort auf. Der Garten erstrahlte plötzlich taghell, sodass alles aus dem matten Grau tauchte und in scharf umrissenen Konturen sichtbar wurde - der vertrocknete Rasen, die von Unkraut überwucherten Blumenbeete entlang des Zauns und der Gartenschuppen in der Ecke. Sonst nichts. Nichts Ungewöhnliches. Drei Sekunden später ging das Licht wieder aus. Der Garten dehnte sich in der Dunkelheit. Ich schwenkte einen Arm über dem Kopf, um den Bewegungsmelder erneut zu aktivieren. Alles, wie es war. Ein Vorhang aus Regen. Die blassen Umrisse der Nachbarhäuser. Ich hatte meine Pflicht getan. Zwei Uhr nachts und alles war in Ordnung. Zeit, wieder hineinzugehen, sich abzutrocknen und Schäfchen zu zählen.

Aber das tat ich nicht.

Eher abwesend hob ich noch einmal den Arm und reckte die Schere in die Luft. Und noch einmal ging das Licht an, und fiel auf jemanden der im Garten stand! Ein Mann, neben dem Schuppen, mit dem Rücken zum Zaun, das Gesicht von den herabhängenden Ästen der Weide im Nachbargarten verdeckt, die Arme locker neben dem Körper und an ihrem Ende die faltigen Handschuhe seiner Hände. Das Licht ging aus. Ich würde es niemals über mich bringen, erneut den Arm zu recken, wenn es nicht für Sophie gewesen wäre, meine Tochter, die eben in ihrem Bett schlief und sich darauf verließ, dass ich den schwarzen Mann fernhielt. Der Gedanke an Sophie ließ das Licht wieder angehen. Aber der Garten war leer! Bloß dasselbe traurige quadratische Grundstück wie zuvor, ein vernachlässigter Garten und ein Schuppen mit Spinnweben vor den Fenstern. Und niemand, der am hinteren Zaun lehnte. Wenn er überhaupt je da war, der schreckliche Mann der schreckliche Dinge tat.

36

Die beiden Kommissare Wintergerst und Kleinheinz, fuhren bei Dauerregen von Ravensburg nach Biberach, einer kleinen Stadt mit 35.000 Einwohnern, zwanzig Kilometer vor Ulm gelegen. Das Landeskriminalamt machte Druck auf die beiden, da es in den letzten drei Jahren fast ein Dutzend Todesfälle und mysteriöse Unglücke gegeben hatte, die unaufgeklärt waren.

„Also, ich hoffe", meinte Hauptkommissarin Wintergerst, „das uns das Gespräch mit den Eltern von Peter Kelly auch weiterbringt. Sie sind die Einzigen unter den Lebenden, die uns noch Rede und Antwort stehen können."

„Ja, hoffentlich sind sie gesprächsbereit und erzählen uns alles über ihn, oder zumindest einen großen Teil. Uns fehlt nur noch der entscheidende letzte Beweis oder Hinweis, dass endlich die Staatsanwaltschaft den Haftbefehl ausstellt", antwortete der schlecht gelaunte Kleinheinz.

Dreißig Minuten später parkten sie vor dem gut achtzig Jahre alten Einfamilienhaus im Fachwerkstil, am Stadtrand von Biberach. Die beiden wurden von den Kellys erwartet. Mit leichtem Widerwillen hatten diese erst aufgrund der Androhung einer „Zwangsvorladung" nach Ravensburg, einer Unterredung zugestimmt. Sie läuteten und eine grauhaarige, korpulente Frau öffnete. Sie war etwa Ende Sechzig, und ging leicht gebückt voraus ins Wohnzimmer, wo ihr Mann vor dem Fernseher saß. Auf SAT 1 lief gerade „Richter Alexander Hold", und er nickte den beiden Beamten nur abfällig zu.

„Ich habe schon einen Kaffee aufgesetzt", meinte Frau Kelly und schlurfte in die Küche, während ihr Mann kein Wort mit den Kommissaren sprach. Er war bestimmt über siebzig, hatte einen grauen Haarkranz und einen Bauch wie eine Schwangere im achten Monat. Sein vom Leben gezeichnetes Gesicht hatte viele tiefe Furchen und Falten.

„Okay, reden wir nicht lang um den heißen Brei", meinte er mürrisch, während seine Frau ein Tablet mit Kaffee und Tassen auf den Tisch stellte. „Was führt Sie hierher? Was hat unser Sohn verbrochen?"

Zögerlich begann Kleinheinz: „Ihr Sohn steht im Verdacht, in den letzten Jahren mehrere Morde begangen zu haben, oder zumindest daran beteiligt gewesen zu sein."

Schweigen. Eine Minute nippte jeder an seiner Tasse. Nachdem sich die beiden etwas gefasst hatten, ergriff Irmgard Kelly das Wort: „Wie sicher sind denn ihre Vermutungen und Beweise?"

„Herr Kelly, würden Sie bitte den Fernseher ausmachen?", bat Kommissarin Wintergerst. „Das stört gewaltig." Mürrisch drückte Kelly die Fernbedienung.

Dann setzte Kleinheinz fort: „Ehrlich gesagt, nicht so hieb- und stichfest, dass wir eine Anklage erheben oder einen Haftbefehl ausstellen könnten. Aber deshalb sind wir ja hier. Sie können uns vielleicht den entscheidenden Hinweis geben, auch wenn es sich um Ihren Sohn handelt."

Der alte Kelly starrte sie an, als ob er jeden Moment aufstehen würde. „Mein Gott, ich kann es nicht glauben, der Junge ist doch kein Mörder", meinte Irmgard Kelly und setzte zitternd ihre Tasse ab.

„Der Reihe nach: Ist Ihr Sohn der jetzt neununddreißig ist, die letzten Jahrzehnte, ich betone, Jahrzehnte, durch irgendwelche Besonderheiten oder Ähnlichem aufgefallen? Also, konkret: Neigte er als Kind und Jugendlicher schon zur Gewalt an Mensch und Tier? Uns interessiert vor allem der Zeitraum zwischen seiner frühesten Kindheit, und seit er Anfang dreißig ist."

Betretendes Schweigen, man hätte die Stecknadel hören können, wenn sie denn auf den Boden gefallen wäre, wahrscheinlich auch auf den Teppich. Kelly sah nur auf den Boden. Nach kurzer Zeit erwiderte seine Frau. „Peter war ein sehr aufgewecktes Kind, schon vor dem Besuch des Kindergartens, hyperaktiv. Früher hätte man auch gesagt; „Zappelphilipp". Wir brauchten beide sehr viel Geduld mit ihm, er wuchs ja auch ohne Geschwister auf. Als er in den Kindergarten kam, häuften sich die Probleme. Er fiel öfter durch aggressives Verhalten auf, auch die Erzieher konnten ihn manchmal nur schwer bändigen. Kurz vor Schulbeginn gingen wir auf Rat der Kindergartenleitung zu einem Psychologen. Auch er hatte es anfänglich schwer, den Jungen unter Kontrolle zu bringen. Dann bekam er Medikamente, damit er ruhiger wurde. Dadurch wurde es zwar besser, sobald er aber die Psychopharmaka nicht mehr nahm, ging es wieder los. Einmal wollte ihn der Lehrer aus seiner Klasse rausschmeißen, weil er ständig den Unterricht störte und auch manchmal die Lehrer bedrohte. Er war aber kein schlechter Schüler, eher einer der besten, und zwischen dem zwölften und achtzehnten Lebensjahr normalisierte sich sein Verhalten bis zum Abitur. Er hatte beim Abschluss im Gymnasium, einen Notenschnitt von 1,4, und ging dann auf die Polizeischule in München. Damals wohnten wir in Hintersee bei Bad Hindelang, weil mein Mann einen guten Job im Landratsamt Sonthofen hatte. Peter ging in Hintersee in den Kindergarten, danach auf die örtliche Grundschule, bis er dann später aufs Gymnasium in Sonthofen wechselte."

„Frau Kelly", fragte die Wintergerst, „wir wissen, dass ihr Sohn nach der Polizeischule auf eigenen Wunsch wieder nach Hintersee kam, weil dort der örtliche Polizeiposten frei wurde. Als junger Polizeianwärter war er dort sechs Jahre, bis es einige sonderbare Todesfälle gab. Hatten Sie zu der Zeit noch regelmäßig Kontakt zu ihm? Soviel wir wissen, sind Sie beide damals aus Hintersee weggezogen."

„Peter", erwiderte der alte Kelly erstmals, „hatte es sehr schwer. Die Dorfgemeinschaft machte ihm manchmal das Leben zur Hölle. Sie nahmen ihn anfänglich nicht ernst, und als die Mordserie begann, erschwerten sie die Ermittlungen der Kriminalpolizei, die über Peter hinweg alles entschied, und ihn nur noch als billigen Handlanger einsetzte. Aber Peter hatte mit den Morden nichts zu tun, er war der Einzige, der maßgeblich an der Aufklärung mitwirkte."

Kommissarin Wintergerst notierte sich einige Stichpunkte, und fragte dann: „Der mutmaßliche Täter, der immer noch im Gefängnis in Kempten sitzt, beteuert bis heute sein Unschuld. Er hat zwar damals gestanden, aber später seine Aussage widerrufen."

Frau Kelly kratzte sich an ihrer faltigen Stirn. „Als wir nach

Biberach gezogen sind, haben wir den Fall nicht mehr weiterverfolgt, da wir Abstand gewinnen wollten. Es hat uns schwer zu schaffen gemacht, diese ganzen Anfeindungen gegen uns und unseren Sohn. Warum dieser Mann sein Geständnis widerrufen hat, ist uns mittlerweile egal. Unser Sohn war`s jedenfalls nicht. Wir wollten hier in Biberach endlich unsere Ruhe haben, und jetzt kommen Sie, und das Grauen geht schon wieder los. Wir haben auch den Kontakt zu Peter seit über drei Jahren abgebrochen. Sophie, seine Tochter tut uns leid. Erstaunlich, dass sie ihm das Mädchen nicht weggenommen haben."

„Warum?", fragte Kleinheinz.

„Na, weil die Kleine eine vernünftige Betreuung und Erziehung braucht. Ob sie die bei Peter bekommt, bezweifeln wir stark", meinte der alte Kelly.

„Aber er hat doch ein sympathisches und fleißiges Kindermädchen. Diese Alexa scheint alles im Griff zu haben, wir haben uns kurz mit ihr unterhalten. Sie hält Ihren Sohn auch für ungefährlich, obwohl sie sagte, manchmal benimmt er sich sonderbar" erwiderte Kommissar Kleinheinz.

„Inwiefern?", fragte Irmgard Kelly.

„Er leidet gelegentlich unter Verfolgungswahn, vor kurzem stellte er Alexas neuen Freund zur Rede, weil er ihn für einen Einbrecher hielt. Und manchmal geht er nur mit Brotmesser und Axt ins Bett", meinte die Wintergerst.

„Hören Sie", sagte Herr Kelly gelangweilt, „wir wissen nicht, was Sie von Ihrem Besuch hier bei uns erwartet haben. Aber wir können Ihnen nicht weiterhelfen. Oder dachten

Sie im Ernst, wir liefern Ihnen jetzt den entscheidenden Hinweis, damit Sie ihn in den Knast stecken können? Aber ich kann Ihnen trotzdem einen Tipp zur Polizeiarbeit geben, sofern Ihr Personalstand das zulässt."

„Und wie lautet der Tipp?", fragte Kleinheinz.

„Lassen Sie ihn rund um die Uhr beschatten, vielleicht ertappen Sie ihn dann auf frischer Tat!"

37

Nach dem Essen mit Manfred, der Begegnung mit einem Geist, der mein Buch las, und der Sichtung eines Monsters in meinem eigenen Garten, sollte man meinen, ich hätte längst meine Sachen gepackt und mich mit Sophie in eine andere Zeitzone begeben. Stattdessen hatten mir die Ereignisse der letzten Tage die Antwort auf eine uralte Frage geliefert: Warum kehrten Leute in Horrorfilmen immer noch einmal in das Geisterhaus zurück, selbst wenn das Publikum zur Leinwand rief; Lauf! Fahr los, und halt nicht an! Es lag daran, dass man nicht weiß, dass man in einem Horrorfilm ist, bevor es zu spät war. Selbst wenn die Regeln, die das Unmögliche vom Möglichen trennen, aufzuweichen beginnen, will man einfach nicht glauben, dass man nur eine weitere Ziffer in der Zahl der Gesamtopfer war, sondern wähnte sich als der Held, der das Rätsel löste und überlebte. Niemand lebt sein Leben, als wäre er nur in einer grausamen Statistenrolle besetzt. Außerdem war es in meinem Fall nicht das Haus, indem es spukte. Ich war es selbst, in dessen Hirn es spukte.

Nach Abschluss meiner Schneeteufel-Lesereise reichten meine Pläne nicht weiter, als bis zu einem Rückzug aus dem Schriftstellerberuf, aus jedem aktiven Tun. Aber das war vielleicht ein Fehler. Womöglich hatte der Müßiggang der vergangenen Wochen einen Raum geöffnet, indem unerwünschte Elemente eindringen konnten. Doch, falsch! Ich hatte natürlich einen Job. Einen einzigen Zweck, dem ich mich verpflichtet hatte, als meine Frau starb; Sophie vernünftig aufzuziehen. Ein guter Vater zu sein. Meine wenigen guten Seiten mit ihr zu teilen und die zahllosen Mängel zu verbergen. Aber jetzt hatte sich meine einzige Verantwortung verändert: Ich musste meine Tochter nicht nur ernähren und erziehen, ich musste sie auch noch beschützen! Wenn es etwas Schreckliches gab, das mein grausames Buch in die Welt gebracht hatte, war der Urlaub jetzt vorbei. Ich hatte jetzt die gleiche Aufgabe wie das Mädchen in Marias Geschichte, das versucht hatte, die Bedrohung von den einzigen Menschen fernzuhalten, die es liebte. Ich musste sichergehen, dass es, wenn es uns heimsuchte, nur mich und nicht Sophie anrührte.

Als ich nach Hause fuhr, hatte ich ein merkwürdiges Gefühl das mich beschlich. Ein Gefühl, dass ich zunehmend damit verband, in ihrer Nähe zu sein. Wo war Sophie? Sie musste doch mit Alexa zu Hause sein, und warum war ich auf einmal so hektisch? Ich hatte den Schlüssel in der Hand, zog ihn aus der Tasche und hielt ihn gezückt in der geballten Faust. Und warum stand, als mein Haus in

Sichtweite kam, ein Mann am Fenster zum Vorgarten? Er blieb regungslos stehen und sah mich an. Beobachtete, wie ich den Schlüssel ins Schloss schob und die Haustür öffnete. Der vordere Flur war dunkel. Er hatte das Licht nicht angemacht. Das brauchte er nicht, er wusste, wohin er wollte. Ich ging um die Ecke zum Esszimmer mit dem Fenster zur Strasse. Das Zimmer war leer. Nichts, wohinter man sich verstecken konnte. Ich ging zurück in den Flur und überprüfte den hinteren Teil des Hauses. Die Küchenschubladen waren geschlossen, die Arbeitsflächen unberührt. Auch das Wohnzimmer sah aus wie immer. Ich wollte gerade nach oben gehen, als ein Luftzug meine Aufmerksamkeit auf die Schiebetür lenkte. Sie stand offen. Von hier musste sich der Eindringling Zutritt verschafft haben. Aber das hieß nicht, dass er das Haus auch auf dem gleichen Weg wieder verlassen hatte. Es hieß nicht, dass er nicht noch hier sein konnte.

„Sophie!" Ich nahm drei Stufen auf einmal, knallte gegen die Wand, als ich auf dem oberen Treppenabsatz ausrutschte. Stieß mit brachialer Wucht die Tür zu ihrem Zimmer auf. „Sophie?"

Bevor ich nachsah ob sie noch im Bett lag, blickte ich zum Fenster. Die Vorhänge waren mit Blut verschmiert, aber es war geschlossen und das Bett ordentlich gemacht, wie sie es am Morgen verlassen hatte. Dann fiel es mir wieder ein: Sie war bei ihrem Freund Ben gegenüber. Eine Geburtstagsparty. Sophie war nicht hier, weil sie nicht hier sein soll. Ich ging in den Flur und schnappte mir das Telefon. Ben`s Mutter war dran.

„Ich wollte bloß Sophie sprechen", keuchte ich. Eine halbe

Minute verging, irgendetwas stimmt nicht.

„Papi?"

„Sophie? Was ist los? Bist du noch im Haus?"

„Ja klar, du rufst doch im Haus an."

„Ich komme dich abholen, wenn die Party vorbei ist, okay?"

„Papi, die Party ist siebzig Meter gegenüber!"

„Ich hole dich trotzdem."

„Gut, wenn du unbedingt meinst. Ich leg jetzt auf, okay?"

„Alles klar, Sophie. Ich hab dich lieb. Viel Spaß noch."

„Tschüss, Papi."

Gott sei Dank. Sophie lebte. Isst Kuchen und albert rum im Keller der Nachbarn. Trotzdem wurde es höchste Zeit Hilfe zu suchen. Sonst würde ich noch auffällig werden. Ich benötigte so schnell wie möglich einen guten Therapeuten.

38

Am nächsten Morgen, nachdem ich Sophie in die Schule gebracht hatte, musste ich mir überlegen, wie ich mit Manfred weiter umgehen sollte. Würde ich seinem Erpressungsversuch nachgeben, bestand die Gefahr, dass er mich trotzdem nicht mehr in Ruhe ließ. Oder sollte ich den Spieß umdrehen und ihn bei der Polizei anzeigen? Egal, was ich auch machen würde, es bestand in beiden möglichen Szenarien, die Gefahr einer Veröffentlichung in den Medien. Bei einer Anzeige von mir bestimmt noch viel mehr, da sich Manfred sofort an die Presse wenden würde, wenn meine Gegenanzeige ihn abhalten sollte mich weiter zu erpressen. Wenn meine Leser, Fans, Nachbarn und alle die mich bisher bewunderten, davon erfuhren, wäre ich mit Sicherheit der Betrüger, Scharlatan, Witzfigur und alles schlechthin, was man sich vorstellen konnte. Mein Ruf wäre bis zu meinem Ableben auf immer und ewig ruiniert, und Sophie wäre ihr ganzes Leben das Gespött ihrer Mitmenschen. Man würde sie in der Schule hänseln und schikanieren, und das nur wegen ihres Vaters. *Warum willst du nicht verstehen, dass nur sein Tod dich retten kann?*

Nein, dass konnte es auch nicht sein, das würde ich ihr niemals im Leben antun, so wahr mir Gott oder sonst wer helfen sollte. Ich beschloss, nachmittags auf meine Bank in Wangen zu fahren, um zu erfragen, ob ich in den nächsten Stunden über das Geld verfügen konnte. Ich hatte nicht mehr allzu viel Zeit, das „Ultimatum" von Manfred lief übermorgen ab, bei unserem nächsten geplanten Treffen. Auf meinem Girokonto lagen aktuell 42.000 Euro, weitere 150.000 hatte ich in einem Aktiendepot, das ich aber unmöglich vorzeitig auflösen konnte. Ich musste deshalb meinen Bänker fragen, ob er mir kurzfristig 60.000 Euro bis zu meiner nächsten Abrechnung geben würde. Den Rest würde ich von meinem Girokonto nehmen, um Manfred die hunderttausend zu geben. In dem Moment, als ich mit meinem Bankberater einen Termin vereinbarte, klingelte es an der Haustür. Ich vereinbarte mit Schmidbauer, meinem Bänker, eine Unterredung in der Filiale um vierzehn Uhr dreißig, und legte dann hastig auf.

Wer war denn das schon wieder um diese Zeit, und noch dazu am frühen Morgen? Vorwerk oder etwa Teppichverkäufer, die sich seit Tagen Rudelweise in Isny rumtrieben? Noch schlimmer. Als ich die Tür öffnete, standen diese beiden lästigen Kommissare aus Ravensburg schon wieder auf der Matte und wollten meine Zeit stehlen. Ich hatte keine Möglichkeit, die beiden vorzeitig abzuweisen, und bat sie nach einer kurzen Begrüßung zu mir ins Wohnzimmer.

„Was verschafft mir die Ehre Ihres erneuten Besuches", fragte ich höflich, obwohl es natürlich keinerlei Ehre war, wenn man von der Polizei Besuch bekommt.

„Wir haben letzte Woche Ihren Talkshow-Auftritt mit großem Interesse verfolgt, als Sie ankündigten, doch ernsthaft über eine Fortsetzung Ihres Romans nachzudenken", stellte Kommissarin Wintergerst fest, und tat, als wäre das der Hauptgrund ihres Besuches.

„Ich bin noch nicht mal vierzig, da kann ich mich doch unmöglich schon zur Ruhe setzen. Außerdem bat mich mein Verlag darum, dass zu sagen, wenn schon einmal ein Millionenpublikum zuschaut."

Die Wahrheit war, dass ich mir darüber überhaupt noch keine Gedanken gemacht hatte, schließlich hatte ich ganz andere Probleme und Sorgen. Aber der Verlagschef meinte, für die Verkaufszahlen wäre so eine Aussage immer förderlich, und die Leserschaft hört so was immer gerne.

„Herr Kelly, wir haben uns erlaubt, Ihre Eltern in Biberach zu besuchen."

Ich verschluckte mich fast an meinem Kaugummi. „Was soll das denn jetzt? Was haben meine Eltern mit dieser Sache zu tun? Und, was haben Sie Ihnen erzählt? Etwas über meine Kindheit, meine Polizeilaufbahn, meine Frau?"

„Tja, von allem etwas", antwortete Kleinheinz, und wartete vergeblich darauf, dass ich den beiden jetzt was zum Trinken anbot. Meine Gastfreundlichkeit war jetzt definitiv vorbei.

„Herr Kelly", meinte Kleinheinz, „wir nennen Ihnen jetzt zwei Zeiträume. Sagen Sie uns konkret, wo Sie da waren."

Als seine Kollegin sie mir nannte, ging ich ins Büro und holte meinen Terminkalender. *Bleib ruhig! Nicht aus der Fassung bringen lassen.*

„Also, die eine Nacht von der Sie sprechen, war ich hier und schlief, und an dem anderen Tag war ich tagsüber im Baumarkt und im Eistobel. Warum, was ist an diesen Tagen passiert?"

„In der besagten Nacht, zwischen Mitternacht und dem Morgengrauen, hat sich angeblich ein Mann von der Illerbrücke in Kempten gestürzt. Bei dem zweiten Fall, einige Tage davor, wurde ein Ehepaar aus Leutkirch ermordet, auf grausame Art und Weise."

„Und jetzt soll ich wieder dieser furchtbare Killer sein? Und bei diesem Selbstmord, soll ich womöglich noch nachgeholfen haben, oder?" *Einatmen. Ausatmen.*

„Interessiert es Sie gar nicht, um wen es sich in den beiden Fällen handelte?"

„Na, Sie werden es mir bestimmt gleich sagen."

„Bei dem angeblichen Selbstmord, handelt es sich um ihren ehemaligen Seminar-Kollegen, Serge Woytek, und bei dem anderen Fall, um Ihren ehemaligen Psychiater, Dr. Schöllhorn."

Jetzt blieb mir der Kaugummi tatsächlich im Hals stecken, sodass ich erst nach kurzer Pause antworten konnte: „Und Sie glauben, ich habe wieder mit beiden Vorfällen was zutun?"

„Ja, glauben wir. Bei dem Vorfall nachts, haben Sie schon mal kein Alibi. Und an dem Tag, als das Ehepaar starb, waren Sie bestimmt nicht zwischen eins und sieben im Baumarkt und Eistobel. Oder haben Sie Zeugen?"

„Wissen Sie, was Sie für ein Problem haben? Sie müssen mir beweisen, dass ich schuldig bin, wobei ich aber nicht beweisen muss, dass ich unschuldig bin. Solange Sie keine Zeugen haben die mich an diesen Tatorten gesehen haben, kann ich gewesen sein wo ich will. Oder gibt es DNA oder ähnliche Spuren an den Tatorten?" *Gut gesagt.*

Das saß. Ich hatte das mal in einem „Wallander-Krimi" gehört. „Außerdem, warum sollte ich was mit dem Selbstmord zu tun haben, glauben Sie, ich habe „Sterbehilfe" geleistet?"

„Wir wissen jetzt, wer alles in dem Schreibzirkel dabei war. Außer Ihnen, und einem Manfred Will, ist ja keiner mehr übrig. Und diesen Will konnten wir leider noch nicht ausfindig machen. Er ist vor einigen Monaten daheim ausgezogen, und hat sich seitdem nirgendwo neu angemeldet. Und Dr. Schöllhorn ist Ihnen ja auch ein Begriff, oder?"

„Ja sicher, ich war bei ihm geraume Zeit in Therapie. Noch lange kein Grund jemanden gleich umzubringen. Anscheinend bei Ihnen schon. Sie sollten auch einen Krimi schreiben." *Selbstsicherheit demonstrieren, Peter. Prima.*

„Sparen Sie sich ihre Sprüche, Kelly!", sagte Kleinheinz sichtlich genervt. „Sie können zwar Ihre Spuren wunderbar beseitigen, aber auch Sie werden Fehler machen. Wie lange waren Sie bei Schöllhorn in Behandlung?"

„Ich glaube drei Jahre, mit zahlreichen Unterbrechungen."

„Und wann waren Sie zuletzt bei ihm?"

„Ich weiß es nicht mehr. Es ist bestimmt schon fünf oder sechs Jahre her."

„Hatten Sie jemals Streit mit ihm?"

„Nicht das ich wüsste."

„Herr Kelly", knurrte Kleinheinz wie ein wild gewordener Hund, „wir haben uns in den letzten Tagen seine Krankenakten der letzten zwanzig Jahre genau angesehen. Da steht auch einiges über Sie. So zum Beispiel, dass Ihnen aufgrund Ihrer Wahnvorstellungen, der Flug - und Bootsführerschein verweigert wurde, den Sie gern gemacht hätten. Ihr Psychiater hat Ihnen die Atteste nicht so ausgestellt, wie Sie es gern gehabt hätten. Das war der Grund, weshalb Sie sich dann bei ihm gerächt haben."

„Sie sind ja vollkommen übergeschnappt, deshalb bring ich

doch niemanden um. Sie sind unfähig den Täter zu ermitteln, deshalb brauchen Sie unbedingt jemanden den Sie präsentieren können. Wahrscheinlich macht Ihnen Ihr Vorgesetzter schon Druck, sonst können Sie vielleicht bald als uniformierter Polizist rumspringen. Aber Sie sollten endlich klare Beweise auf den Tisch legen, sonst können Sie mich mal! Aber die haben Sie nicht, stimmts?" *Prima, gib`s ihnen.*

„Nein, aber wir haben was anderes."

„Was denn?"

„Einen richterlichen Durchsuchungsbeschluss." Er holte drei Zettel aus seiner Jackentasche. „Hier! In spätestens zwanzig Minuten kommen zehn Kollegen, die werden Ihre Bude hier von unten nach oben durchkämmen."

Ich begann zu zittern, meine Hände wurden schweißnass. Selbst die Stimme im Innern war sprachlos. Ich war schon immer ein impulsiver Mensch gewesen, weshalb es mir jetzt umso schwerer fiel, Ruhe zu bewahren. Das alles wirkte wie ein böser Traum, etwas das höchstens anderen zustieß. Ein ausgeklügelter Streich, der sich in Gelächter auflösen würde. Aber genau das tat es nicht. Was sollten die ganzen Nachbarn denken, ich war dann das Gesprächsthema der ganzen Siedlung. *Reiß dich zusammen, du Memme! Sie werden nichts finden.*

Eine Viertelstunde später, kamen wie von Kleinheinz angekündigt, die Herren der Spurensicherung, in ihren weißen Overalls, mit Koffern, Plastikhandschuhen und einigen anderen Utensilien die ich nicht kannte. Mir blieb nichts anderes übrig, als sie gewähren zu lassen. Sie begannen in den Kellerräumen, wo sie sich zuerst im Radkeller und meinen

Vorratsräumen zu schaffen machten. Unvorstellbar, wenn die Presse und die Medien davon Wind bekamen, dann war ich endgültig geliefert.

Neunzig Minuten später, teilte ich den Kommissaren mit, dass ich Sophie von der Schule holen müsste. Ich hatte per SMS, Alexa, zum Baumarkt ins Gewerbegebiet bestellt, sie hatte in ihrer Einliegerwohnung von der Durchsuchung mitbekommen. Sie wusste, dass was im „Busch" war, schließlich war sie ja auch schon vor einigen Tagen befragt worden. Man ließ mich ungehindert fahren, schließlich lag kein Haftbefehl vor.

Als ich mit dem Auto bei Sophies Schule vorfuhr, schossen mir alle möglichen Gedanken durch den Kopf, nur nicht der, dass sie heute gar nicht um halb eins Schluss hatte, sondern erst um fünfzehn Uhr. Heute hatte sie ja Musikunterricht, um fünfzehn Minuten nach eins, dann blieb sie immer in der Aula beim Essen. Ich rief Alexa an und sagte ihr, dass sie sich um drei Uhr um Sophie kümmern, und solange in der Stadt bleiben solle. Ich erteilte ihr einige Einkaufs-Aufträge, die ich eigentlich gar nicht benötigte, einfach deshalb, dass sie beschäftigt war und solange in Isny verweilte. Hauptsache, sie war außer Haus und half den Bullen nicht noch beim Suchen. Ich entschied mich stattdessen, etwas früher nach Wangen zu fahren. Mein Bank-Termin war zwar erst um halb drei, aber besser nach Wangen fahren, als hier bei mir, nervös Däumchen zu drehen. Vor meinem Bank-Termin konnte ich in Wangen noch in Ruhe einen Kaffee trinken, um mein aufgebrachtes Nervenkostüm etwas zu beruhigen.

Die knapp zwanzig Kilometer, legte ich auf der Landstrasse

in knapp fünfzehn Minuten zurück. Als ich ankam, kämpfte sich die Sonne erfolgreich durch die trübe Wolkendecke. Ich parkte wie immer am Edeka-Einkaufscenter, meinem Lieblingsparkplatz kurz vor der Altstadt, holte mir einen Parkschein, und verschlang noch zwei Döner an der Bude vor dem Eingang. Dann glaubte ich, meinen guten Augen nicht trauen zu können: Während mir noch die Knoblauchsoße an den Mundwinkeln runterlief, sah ich einen Mann mit einem Rucksack auf einem Mountainbike, der auf das Einkaufscenter zuradelte. Unterlag ich einer Sinnestäuschung, oder war es Manfred? Meine Sehstärke war auf jeden Fall noch in Ordnung, ich erkannte ihn trotz Sonnenbrille und Baseballkappe auf dem kantigen Schädel. Ich stellte mich hinter einen Parkscheinautomaten und beobachtete ihn. In zwei Tagen wäre unser Geldübergabe-Treffen gewesen. Er erzählte mir, dass er irgendwo in einem Kaff zwischen Leutkirch und Memmingen wohnen würde, das wären aber gut dreißig - bis vierzig Kilometer von Wangen entfernt. Wahrscheinlich hatte er mich angelogen, ich bezweifelte, dass er eine Radtour zum Einkaufen hierher machen würde. Dazu war er viel zu faul und unsportlich. Er sperrte sein Bike an einen Ständer am Eingangsbereich ab, schnappte sich seinen Rucksack und ging hinein. Ich beschloss mich derweil auf eine Bank zu setzen, die unweit des Centers lag, wo ich einen guten Blick auf den Eingang hatte.

Nach zehn Minuten kam er wieder heraus. Wenn er was gekauft hatte, musste es jetzt im Rucksack liegen. Ich hatte nur eines nicht bedacht: Sollte er jetzt mit seinem Bike davonradeln, konnte ich die Verfolgung gar nicht aufnehmen. Zum einen war ich ja kein Rekordsprinter, zum anderen verliefen die Radwege ja nicht analog der Strassen, also würde ich ihn auch mit dem Auto unweigerlich aus den Augen verlieren. Er nahm mir aber die Entscheidung ab. Er lief und schob das Rad neben sich her, als ob er geahnt hätte, dass ich ihm folgen würde. Aber ich war mir sehr sicher, dass er mich bisher nicht entdeckt hatte, er sah sich so gut wie nie um. Ich folgte ihm in einem Abstand von höchstens vierzig Meter. Ich trug genauso wie er, eine Kappe und eine Sonnenbrille. Gott sei Dank schien jetzt nahezu ungetrübt die Sonne. Die Temperaturen lagen bei knapp zehn Grad, deshalb waren noch einige andere beim Einkaufen mit ihrem Rad unterwegs. Nach wenigen Minuten hatten wir die Altstadt erreicht. Dort bekam er an der Kirche einen Anruf und blieb stehen. Ich stand an einem Schaufenster eines Fotoladens und spähte aus sicherer Entfernung was er tat. Nach zwei Minuten steckte er das Handy wieder weg und lief weiter. Bei einem der zahlreichen Cafes blieb er stehen, und suchte sich anscheinend einen Platz im Freien, weil er sich akribisch umsah. Aufgrund des guten Wetters hatten fast alle Cafes in der Innenstadt wieder draußen bestuhlt. Er sah einen kleinen unbesetzten Tisch und setzte sich hin. Anscheinend hatte er mit jemand eine Verabredung. Allzu lange durfte meine Spionagetour allerdings nicht mehr dauern, in fünfundzwanzig Minuten hatte ich den Termin bei meiner Bank. Gut, das die Volksbank nur hundert Meter vom Tschibo-Stand entfernt war, an den ich mich jetzt hinstellte. Hier hatte ich einen guten Blick auf das Cafe wo Manfred saß, und soeben eine Bestellung aufgab. Dann, fünf Minuten später, glaubte ich endgültig den Verstand zu verlieren. Es war, als würde mich aus heiterem Himmel ein Blitzschlag treffen. Eine Weile kam es mir so vor, als würde ich in der Schwärze des Weltraums schweben. Der Boden unter mir war nicht mehr fest, sondern drehte sich langsam wie eine Spirale. Mein Zustand war vorübergehend aus den Fugen geraten, ich musste aufpassen, dass ich an dem Bistrotisch wo ich stand, nicht umkippte. Eine Frau betrat die Szenerie und ging an seinen Tisch. Sie gaben sich ein Küsschen, dann setzte sie sich gegenüber von ihm hin. Ich konnte genau auf ihren Kopf sehen, trotz Kopftuch und Brille erkannte ich sie sofort. Der Frau, der ich ihre Geschichte klaute. Eine Frau, die nicht hier sein konnte, weil sie seit Monaten tot war. Es war Maria!

39

Tatort „Haus Kelly", zur selben Zeit

Die beiden Kriminalhauptkommissare Kleinheinz und Wintergerst saßen im Wohnzimmer von Peter Kelly, und sahen dem Treiben ihrer Kollegen aufmerksam zu. Sie warteten nahezu sehnsüchtig auf Ergebnisse, um den aus ihrer Sicht, einzig möglichen Täter, endlich festnehmen zu können. Der Leiter des Spurensicherungsteams, Bernd Walker, betrat um 14.45 Uhr das Wohnzimmer, wo die beiden diskutierten und in den Schubladen der Kommode nach verwertbaren Dingen suchten.

„Keinerlei Spuren", sagte Walker. „Wir sind mittlerweile am

Dachboden angelangt. In zwanzig Minuten sind wir fertig." Dann verließ er wieder den Raum. Enttäuschung machte sich bei den beiden breit, und sie sahen sich betreten an. „Glaubst du wirklich, dass es nur Kelly sein kann? Vielleicht liegen wir vollkommen auf dem Holzweg, und der Killer springt noch irgendwo da draußen rum", meinte die Wintergerst und strich sich ihre Haare aus dem Gesicht.

„In meiner zwanzigjährigen Tätigkeit als Ermittler, war ich mir noch nie so sicher, dass wir den Richtigen haben", brummte Kleinheinz, stand auf und lief nervös im Zimmer hin und her. „Der Typ ist gestört, aber clever. Leider gibt`s das auch bei Psychopathen. Für all diese mysteriösen Unfälle und Morde, ist er für mich der Einzige, der infrage kommen kann."

Wenige Minuten später stand Walker wieder vor ihnen, seine Enttäuschung stand ihm im Gesicht geschrieben. Sie ahnten schon was er sagen würde.

„Nichts. Absolut nichts. Leider", seufzte er.

„Eine Möglichkeit gibt es noch", meinte Wintergerst und sah ihre männlichen Kollegen erwartungsvoll an.

„Welche?", fragten sie fast zeitgleich.

„Der Garten. Sein Grundstück!"

„Du glaubst, er hat vielleicht was vergraben?"

„Möglich wär`s doch, oder? Wäre ja nicht das erste Mal, dass ein Täter die Waffen oder Leichen verscharrt."

„Als „Leiche" käme ja nur Manfred Will infrage, den konnten wir ja immer noch nicht finden. Aber die Mordwaffen könnten eventuell unter der Erde stecken. Immerhin suchen wir noch das Messer und eine Axt, die bisher als Tatwaffen benutzt wurden", erwiderte Kleinheinz.

„Und die Schuhe. Immerhin haben wir an zwei Tatorten, Fußabdrücke von ungewöhnlich großen Schuhen entdeckt. Mich irritiert nur eines", meinte Walker.

„Was?", fragte Kleinheinz.

„Wir haben uns seine Schuhe, die draußen im Flur und im Gartenschuppen stehen, mal genauer angesehen. Er hat zwar große Füße, aber nicht so groß wie wir sie am Tatort gefunden haben. Er hat hier überall Größe 45. An den Tatorten, wo wir die Abdrücke fanden, war es immer 48. Sowohl am Grünten, in Jungholz, als auch am Burkwanger See", meinte Walker.

„Er nimmt wahrscheinlich bewusst größere, um eine falsche Fährte zu legen. Also, dass finde ich jetzt nicht ungewöhnlich", sagte Kleinheinz.

„Zwei Zeugen, die eine große Gestalt wahrnahmen, sagten was von einem Hünen, mit mindestens zwei Meter Größe. Er ist zwar groß, aber maximal eins dreiundneunzig", meinte die Wintergerst und sah ihn fragend an.

„Kann auch eine optische Täuschung sein. Mich schätzen auch viele auf eins fünfundsiebzig, obwohl ich vier Zentimeter größer bin", stellte Kleinheinz fest. Seine Kollegin wollte ihm nicht widersprechen, obwohl sie mit eins zweiundsiebzig und flachen Absätzen auf nahezu gleicher Augenhöhe mit ihm war. „Er hat bestimmt Einlagen getragen, die ihn um fünf Zentimeter größer machen", ergänzte Kleinheinz.

„Okay. Sprechen wir heut noch mit dem Chef", meinte seine Kollegin. „Und fragen ihn, ob wir die nächsten Tage mit einem Bagger anrücken dürfen, schaufeln dauert bei dem großen Grundstück viel zu lange. Dann graben wir alles auf, das ist in etwa zwei - drei Stunden passiert."

„Gut, das einzige wo noch Sinn macht", antwortete Kleinheinz und stand auf. „Auf jeden Fall scheint er sich sehr sicher zu sein, dass wir nichts finden."

„Wie kommst du darauf?"

„Na, wenn jemand sein Haus verlässt, und sich um seine Einkäufe und Tochter kümmert, und es ihm anscheinend scheißegal ist, was wir in der Zwischenzeit mit seiner Hütte anstellen, muss sich doch ziemlich sicher sein, dass wir hinterher dumm aus der Wäsche gucken, wenn wir wieder abrücken. Er war sich todsicher, dass wir nichts finden."

40

Kein Zweifel. Es war die „tote" Maria, die sich dort mit Manfred traf. Außer, meine Wahnvorstellungen waren in so erschreckendem Ausmaße, dass ich einen Geist sah. War die Frau, die mit mir im gleichen Auto saß, beim Unfall am Bodensee, vielleicht gar nicht Maria? Es musste so sein. Eine Frau, die vielleicht nur die Brieftasche und Papiere von ihr hatte, aber eine ganz andere war. Die Leiche war ja, laut Aussage der Polizei, bis zur Unkenntlichkeit verbrannt. Das Wrack war zwar am Ufer gelegen, aber nicht ins Wasser gestürzt. Auf jeden Fall nahm ich mir vor, morgen noch neue Therapiesitzungen zu vereinbaren, sofern ich überhaupt einen Termin bekam, das war im Allgäu nämlich ein Riesenproblem. Ich erkannte Maria nicht nur an ihrer Figur und dem markanten Gesicht. Sie trug auch eine auffällige, apricotfarbene Bluse, die sie einmal bei einem Essen anhatte, bevor wir danach in die Sauna und hinterher zu ihr ins Haus gingen. Ich versteckte mich hinter zwei älteren Damen, sodass mich keiner von beiden sehen konnte, falls sie doch mal in meine Richtung blickten. Manfred zeigte ihr irgendwas an seinem Smartphone. Er machte zumindest ständig diese typischen Wischbewegungen. Danach reichte ihm Maria aus ihrer Manteltasche ein weißes Kuvert, das er ungesehen in seine Jacke steckte. Ich sah auf die Uhr, es war 14.30 Uhr. Ich drehte mich leicht zur Seite, rief in der Zentrale meiner Bank an, und teilte mit, dass ich mich circa um dreißig Minuten verspäten würde. Aber diese beiden Gestalten hatten jetzt absolute Priorität für mich. Vorsichtshalber sendete ich auch Alexa eine SMS, das sie Sophie nicht vergessen sollte, da ich wahrscheinlich erst etwas später zurückkam. Zuverlässig wie Alexa immer war, bestätigte sie es mir keine sechzig Sekunden später. Gut, das ich das Kindermädchen hatte. Misstrauisch beäugten mich die beiden älteren Damen, anscheinend kam ich ihnen vor wie ein Verbrecher. Schlimmer wäre allerdings, wenn sie mich erkennen würden, und ein Autogramm haben wollten, das würde bestimmt noch mehr Fans anziehen und meine Spionagetour wäre abrupt zu Ende. Dann war es soweit. Manfred winkte der Bedienung und zahlte. Ich steckte der drallen Dame an der Kasse einen Zehner in den Ausschnitt, wobei sie mich mit missbilligendem Blick betrachtete, aber nichts sagte, weil sie wusste, dass der Rest Trinkgeld war. Dann schlich ich mich davon. Manfred und Maria liefen durch die historische Altstadt, und schienen dabei gut gelaunt zu sein, weil sie ständig kicherten. Na ja, das würde ihnen auch noch vergehen. Dann bogen sie am Ende der Zone links ab, und gingen Richtung Bahnhof. Das stand zumindest auf einem Schild, das ich las, als ich wenige Sekunden später daran vorbeischlich. Sollten sie wirklich den Bahnhof ansteuern und womöglich mit dem Zug weiterfahren, musste ich die Verfolgung sowieso abbrechen. Mit dem Zug würde ich auf keinen Fall mitfahren. Je mehr wir uns dem Bahnhof näherten, umso besser musste ich aufpassen, nicht entdeckt zu werden. Fünf Minuten später stand ich vor dem kleinen hässlichen Bahnhof, der wie viele andere auch, stark renovierungsbedürftig war. Außen hui, innen pfui, ich konnte es gut beurteilen, weil wir erst vor wenigen Wochen hier waren, als wir auf der Fahrt nach Bad Waldsee waren. Vor dem Eingangsbereich standen drei Taxis, davor eine kleine Gruppe von lautstarken Schülern. Beim Blick auf die Uhr bekam ich einen Schreck: 14.50 Uhr! Den Termin mit meinem Bänker konnte ich wohl abhaken, hoffentlich war es diese „Beschattung" auch wert. Hinter einem Baum stehend, beobachtete ich das weitere Szenario. Ich zog mein Samsung aus der Tasche und machte drei Aufnahmen, als sie dichtgedrängt an den Taxis rumstanden. Womöglich konnten mir die Bilder später noch als Beweis dienen, denn die Bullen würden mir bestimmt nicht glauben, wenn ich ihnen von den beiden erzählen würde.

Dann verkündete die Lautsprecheransage den nächsten Zug aus Ulm an, der in sieben Minuten ankommen sollte. Maria holte sich am Automaten eine Schachtel Zigaretten, und steckte sich gleich gierig eine an. Komisch, als ich mit ihr zusammen war, rauchte sie nie. Vermutlich war es die Nervosität. Mit sechs Minuten Verspätung kam der Zug um 15.03 Uhr an. Beide liefen rechts um das Bahnhofsgebäude, zu den Gleisen 3 und 4. Ich blieb stehen. Sollten sie nicht wiederkommen, hatte ich einfach Pech gehabt, aber die Bilder hatte ich zumindest. Aber ich war mir sicher, dass sie nur jemanden abholen wollten.

Und so war es dann auch. Zwei Minuten später kamen sie, diesmal durchs Bahnhofsgebäude wieder zurück. Und dann glaubte ich erneut, an meinem kranken Verstand zweifeln zu müssen. Auch die anderen zwei, die jetzt dabei waren, kannte ich. Mir wurde schwindlig und meine Knie gaben nach. Schweißperlen liefen von der Stirn in meine Augenhöhlen.

Ein Mann und eine Frau. Petra und Serge!

Mein Gott, was machst du mit mir? Beide mussten doch tot sein! Warum beruhigte mich meine innere Stimme jetzt nicht mehr?

Hatte die Polizei mich verarscht? Alle diese Leichen, wo sie mich als Mörder bezichtigten, tauchten hier auf. Ich dachte, dass ich bereits im Jenseits war, und sich das alles um mich herum, fernab der noch lebenden Menschheit hier abspielte. Vielleicht war es ja doch möglich, dass jemand von den Toten auferstehen konnte? Hier war es zumindest so.

Alle vier liefen zu einem Auto, einem weißen Audi A3, der neben den abgestellten Fahrrädern der Fahrgäste stand. Serge trug eine große Adidas-Sporttasche und Petra eine kleine Umhängetasche. Vielleicht kamen sie ja eben erst aus dem Urlaub, landeten mit dem Flieger in Stuttgart und fuhren dann nach Hause? Ob ihre Haut gebräunt war, konnte ich nicht erkennen, beide waren dick vermummt. Als sie alle vier in den Audi stiegen, zog ich erneut mein Samsung und schoss eine Aufnahme. Dann musste ich mich beeilen, wenn ich ihnen noch folgen wollte. Mir blieb nur ein Taxi zur Verfolgung, dass letzte, das mittlerweile dastand.

„Folgen Sie bitte dem weißen Auto", bat ich den Fahrer, und warf mich hastig auf den Beifahrersitz. Der Audi fuhr Stadtauswärts Richtung Ravensburg. Nach vier Kilometern bogen sie rechts von der Landstrasse ab, als ein Schild Richtung „Beutelsau" wies. Sie fuhren die Straße, die immer schmaler wurde, ungefähr einen Kilometer, bis zu einem unbeschrankten Bahnübergang, dessen Warnleuchte in diesem Moment rot zu blinken begann, sodass der Audi halten musste. Mein Taxifahrer fuhr bis auf knapp drei Meter zu ihnen auf. Ich zog meinen Kopf ein, sodass sie mich nicht sehen konnten, falls einer von ihnen zufällig in den Rückspiegel sah.

Auf einmal dachte ich, ich bin „im falschen Film", denn der nächste Albtraum begann. Mein Fahrer, ein untersetzter Typ Ende vierzig, mit großem Schnauzer und Halbglatze, legte plötzlich einen Gang ein und fuhr los.

„Hey, was machen Sie denn", sagte ich schockiert, und hätte ihm am liebsten eine gescheuert. Er setzte sein Taxi vor den weißen Audi, und blieb genau auf den Gleisen stehen!

„Sie verdammter Irrer! Was machen Sie denn?", brüllte ich wie von Sinnen. „Wollen Sie uns umbringen?"

Als das Auto genau auf den Gleisen stand, griff ich blitzschnell zur Türöffnung um hinauszuspringen.

Verschlossen!

Ich versuchte den Fahrer an seinem Arm zu packen, als ich sah, dass er mit seiner linken Hand an seine Türschnalle griff. Seine rechte Faust knallte blitzschnell an meine Stirn, während er mit der anderen die Tür öffnete. Ich bekam ihn nicht zu fassen, und spürte nur, wie sein Knöchel bei mir auf der Stirn einen stechenden Schmerz verursachte. Dann war er draußen, und ich versuchte verzweifelt auf seine Fahrerseite zu klettern. Ich hörte bereits das Ohrenbetäubende Signal des Zuges, der jetzt vielleicht noch hundert Meter entfernt war und das Hindernis auf den Gleisen sah. Ich war auf die Fahrerseite gelangt und riss verzweifelt an der Türschnalle. Verschlossen! Er hatte von außen die Zentral-Verriegelung betätigt, und die Tür ließ sich von innen nicht mehr öffnen. Es waren nur noch wenige Sekunden, denn der Zug war vielleicht noch dreißig - bis vierzig Meter entfernt. Ich hörte das infernalische Pfeifen der Räder, weil der Zugführer eine Vollbremsung machte. Verzweifelt stieß ich mit meinen Füßen gegen die Frontscheibe um sie zu zerschlagen. Aber ich erkannte in diesem Moment, dass alles vergeblich war.

Die letzten Sekunden, vor dem Aufprall der Lok, dachte ich an Sophie, und an meine geliebte Julia, meine verstorbene Frau, die mich hoffentlich im Jenseits erwarten würde. Schemenhaft sah ich noch die fünf grinsenden Gesichter, die das herannahende Spektakel verfolgten. Meine Panik erlosch, als ich an meine Lieben dachte. Dann gab es einen Knall, vielleicht wie vor Millionen von Jahren. Einen Urknall, der mich in ein tiefes schwarzes Loch katapultierte, aus dem es kein Entrinnen mehr gab.

Gott möge meiner Seele gnädig sein.

41

Bezirkskrankenhaus Kempten. Fachklinik für Psychosomatik, Psychiatrie und Schizophrenie. 28. Dezember 2014

Eine Nacht ohne Aufregung wäre schön, dachte sich Eva Rieder. Alles schien ruhig. Nur ein Neonlicht am Ende des Flurs flackerte. Sie schlürfte bereits ihren vierten Becher Kaffee, um gegen die einsetzende Müdigkeit anzukämpfen. Im Dienstzimmer der Station brannte eine von Weihnachten noch übrig gebliebene Lichterkette. Der Blick durch das große Fenster in die Finsternis war unverstellt. Schneeregen prasselte gegen das Glas und lieferte leise Zwischentöne zu Abbas Klassiker „I have a Dream". Ihr Gespräch mit Isabelle Melzer, dem schwer traumatisierten zwölfjährigen Mädchen, hatte sie bereits in der Patientenakte dokumentiert. Die Medikamente für den kommenden Morgen waren auf einem Tablett bereitgestellt. Jetzt noch eine Runde durch die Station, und sie konnte sich ein Schläfchen genehmigen. Es herrschte nächtliche, einsame Stille.

Im Gegensatz zu den meisten Kollegen mochte Eva diese Nachtdienste. Meistens konnte sie in Ruhe mit dem einen oder anderen Patienten eine Tasse Tee trinken, zuhören, trösten. Einfach Zeit haben. Da machte sie ihr eigenes Ding. Tagsüber standen alle immer unter Strom, hetzten von Termin zu Termin und machten sich gegenseitig das Leben schwer. Ihr sechzigster Geburtstag stand vor der Tür, und sie hatte sich vorgenommen, sich höchstens noch von ihren Enkeln aus der Ruhe bringen zu lassen.

Aus den Augenwinkeln nahm sie eine Bewegung auf dem Flur wahr. Sie erkannte Peter Kelly. Er war vor knapp drei Wochen hier eingeliefert worden. Eigentlich ein ganz ansehnlicher Mann von über eins neunzig, dunkler Typ, sportliche Figur. Ein Typ, der bestimmt bei Frauen ankam, wenn er nur nicht ein Problem hätte: Er litt unter Wahnvorstellungen, schon seit vielen Jahren! Und als er in der Nähe des Weihnachtsmarktes von Bad Hindelang, einen Mann mit einem Knüppel erschlagen wollte, der seine entlaufene Tochter fand und zur Polizei bringen wollte, wurde er von einigen Passanten überwältigt, die dem Mann zur Seite standen. Immer wieder sprach er beim Verhör, von einem „schrecklichen Mann" der „schreckliche Dinge" tat, und auch seiner Tochter zu Leibe rücken wollte. Aber dieser Mann war er selbst. Jammerschade um Kelly, der vor einigen Monaten noch einen Buch-Bestseller landen konnte, der alle Verkaufsrekorde sprengte. Von Interview zu Interview, von Talkshow zu Talkshow, von Lesung zu Lesung wurde er gebettelt, gejagt und hofiert. Sogar renommierten Magazinen wie dem Spiegel und Focus, war er große Artikel wert. Ein Mann mit zwei Gesichtern und Seelen, in einem steckte eine Bestie, die er nicht mehr unter Kontrolle hatte. Noch schlimmer war es für seine achtjährige Tochter Sophie, die zu den Großeltern in Biberach gebracht wurde.

Eva Rieder lächelte ihn an. Kelly huschte mit einem Arm voller Handtücher über den Gang. Er kam aus der Dusche. Komisch, sie hatte das Wasser gar nicht rauschen hören. Jede Nacht das gleiche Spiel; Kelly wusch sich stundenlang. Tagsüber schrubbte er sich rund hundert Mal die Hände. Und nachts benutzte er das Bad auf dem Flur, um seinen

Bettennachbarn nicht zu stören. Er hatte es geschafft, sich an ihr vorbeizuschleichen.

Sie schaute auf die Uhr, Zeit für einen Rundgang.

Sie raffte sich auf und stellte ihren Becher in die Spüle. Kelly tat ihr leid, er versuchte sich den Ekel von seinem Körper zu waschen. Er hatte sein Leben nicht mehr im Griff gehabt und auch vor Mord nicht zurückgeschreckt. Wie sie gehört hatte, stand er in Verdacht, mehr als zehn Leute getötet zu haben. Unvorstellbar, wenn man sich mit ihm unterhielt wirkte er sogar sehr sympathisch. Aber der Tod seiner geliebten Frau, die im achten Monat schwanger war, als sie starb, hatte seiner angeschlagenen Psyche den Rest gegeben. Sogar umbringen wollte er sich vor vier Wochen an einem unbeschrankten Bahnübergang bei Wangen, als er sein Auto auf die Gleise stellte. Nur dem aufmerksamen Lokführer war es zu verdanken, dass der Zug wenige Zentimeter vor Kellys Auto, nach einer Notbremsung zum Stillstand kam. Als ihn die Polizei später verhörte, sagte er den Beamten, dass er jemanden verfolgt hätte, der ihn erpressen wollte. Die arme Sau, dachte sie, und zog die Tür des Dienstzimmers hinter sich zu.

Sie hielt sich rechts, den Gang entlang, zuerst die hinteren Zimmer. Vorsichtig öffnete sie die Tür zu Zimmer Nr. 70 und hörte die beiden jungen Frauen, Isabelle und ihre Bettennachbarin Ursula Wolter, leise schnarchen.

Ein Nachtlicht brannte.

In den nächsten Zimmern war ebenfalls alles ruhig. In Zimmer 67 schlief Anna Leeb, die gerade einen amüsanten Liebeswahn auf den jungen Assistenzarzt der Station entwickelt hatte. Eva musste unwillkürlich grinsen. Dr. Pfefferle hingegen konnte über die delikaten Liebesbriefe nicht mehr lachen, fast alle wurden ohne Kuvert am Empfang abgegeben, damit es viele lesen konnten.

Nun das Zimmer des charmanten Norbert Graf und Peter Kelly. Sollte sie reinschauen? Kelly war sicher wach, dann müsste sie ihn zurechtweisen. Und was sollte das bringen? Lieber gleich ins Zimmer der anderen. Dank des neuen Studienmedikaments schliefen sie in letzter Zeit ruhig die Nächte durch. Alles war still und friedlich, nur in einem Patienten brodelte es.

42

Ich hörte diese dämliche Kuh Eva, die immer am Zimmer vorbeischlich und überlegte, ob sie bei uns reinschauen sollte. Seit ich mir das mit dem Waschzwang „angelegt" hatte, nahmen es alle normal zur Kenntnis, wenn ich nachts die Flure in der Klinik umherschlich. Nur hatte ich überhaupt keinen Waschzwang. Das war nur Teil eines cleveren Plans, wie ich hier am besten fliehen konnte. Nachts war es hier nämlich ruhig und einsam auf den Gängen. Da konnte ich viel besser schnüffeln ohne aufzufallen. Einen Tag nachdem ich Sophie auf dem Weihnachtsmarkt vor dem schrecklichen Mann gerettet hatte, wurde ich hier in diese Klinik eingeliefert. Ich würde eine Gefahr für mich, meine Tochter und die Allgemeinheit darstellen, meinte der

Polizeipsychologe nach einem zweistündigen Verhör. Nur, wenn ich nicht gewesen wäre, wie würde es dann Sophie heute gehen? Sie wäre wahrscheinlich entführt, getötet oder vergewaltigt worden. Aber das wollte die Polizei nicht hören, sie führten alles auf Wahnvorstellungen bei mir zurück. Außerdem legten sie mir ein Dutzend Morde zur Last, die ich angeblich begangen haben sollte, obwohl keine klaren Beweise vorhanden waren. Der richtige Täter sprang bestimmt noch draußen rum, und diese Idioten sperrten mich hier ein.

Und was machten sie mit Sophie?

Sie kam zu meinen Eltern nach Biberach. Ausgerechnet zu denen. Meine Mutter tickte schon während meiner Kindheit nicht ganz richtig, und mein cholerischer Vater hatte mich als Kind häufig brutal geschlagen, während meine dämliche Mutter nur wegsah. Unvorstellbar, wenn er meiner Sophie was antun sollte. Ich musste so schnell wie möglich, meine geliebte Tochter aus den Fängen dieser Barbaren befreien. Sonst bekam Sophie womöglich die gleiche beschissene Kindheit wie ich.

Bei den tagtäglichen Therapiesitzungen stellte ich mich noch viel dämlicher an, als ich tatsächlich war. Diese Therapeuten hier, wollten anscheinend nur bescheuerte und beschränkte Leute sehen. Sollen sie haben das Schauspiel. Wenn ich schon ein schlechter, einfallsloser Autor war, so würde ich wenigstens jetzt, ein exzellenter Schauspieler sein. Es war nur eine Frage der Zeit, bis ich hier wieder weg war. Und dann würde ich mich, an all denen rächen, die mir das hier eingebrockt hatten. Auch Maria, Serge und die beiden anderen vom Zirkel, die mich auf den Bahnübergang gelockt hatten, waren fällig. Ich würde den Spieß umdrehen, wenn ich wieder draußen war. Sie hatten mir sogar noch gedroht, meine Tochter zu entführen, falls ich bis zum Jahresende, nicht eine halbe Million an sie zahlen würde.

Und das Unfassbare: Mein Honorar lief jetzt auf das Konto meiner Eltern, weil sie meine einzigen Verwandten waren, die sich angeblich um Sophie kümmern konnten. Vielleicht konnte ich Paul Glaser überzeugen, dass er Sophie zu sich nahm, obwohl er keine Erfahrung mit Kindern hatte. Er wollte mich die nächsten Tage aufsuchen, und wenn mich einer retten konnte, dann nur er!

Positiv war hier nur, dass ich die Zeit hatte, ein neues Buch zu schreiben. Ich hatte nämlich beschlossen, dass es nicht nur bei dem „Einen" bleiben sollte. Was hier alles passierte und sie mit mir machten, sollte auch die gesamte Öffentlichkeit erfahren. Schließlich galt es, meinen guten Ruf wiederherzustellen. Ich wusste nicht, ob ich meinen Zimmernachbarn Norbert in meine Fluchtpläne einweihen sollte. Er erschien mir stark „neben der Spur", onanierte ständig wenn ihm langweilig war, und erzählte nur Irrsinnsgeschichten wo sich einem der Magen umdreht.

Nein, dass war zu riskant. Ich musste erstmal das Gespräch mit Paul abwarten. Wenn er mir nicht helfen sollte, musste ich meine Fluchtpläne intensivieren. Dann würde ich der vertrauenswürdigen Eva eins überbraten, und wie ich den Pförtner austricksen konnte, hatte ich mir auch schon genau überlegt. Es musste klappen, schließlich hatte ich viel vor. Ich durfte keinen Fehler machen, ein zweiter Versuch war bestimmt nicht mehr möglich. Dann würden sie mich noch viel stärker überwachen und bestimmt in eine

Einzelzelle sperren.

Ich ging wieder zum duschen, das neunte Mal in dieser Nacht. Und wieder lief mir Eva über den Weg, mit einem breiten Grinsen im Gesicht, aber nicht mehr lange, dann war Schluss mit lustig. Nach dem Duschen ging ich wieder aufs Zimmer. Während Norbert schnarchte, machte ich mir meine Notizen. Mein neues Buch hatte schon siebzig Seiten, schließlich sollen Sie ja bald den Rest der Geschichte erfahren.

EPILOG

Februar 2015. Buchenberg (Allgäu)

Mein Name ist Paul Glaser. Ich glaube, ich bin der Einzige Freund, den Peter Kelly noch hat. Vermutlich bin ich auch der Einzige, der an seine Unschuld glaubt, in dieser verrückten Zeit. Ich werde nie vergessen, wie er mir vor einigen Jahren das Leben rettete, als wir gemeinsam auf einer Wanderung am „Heilbronner Weg" waren, und ich an einer vereisten Scharte ins Rutschen kam und beinahe in die Tiefe stürzte. Mit einer atemberaubenden Aktion und einer blitzschnellen Bewegung, rettete mir Peter mein Leben. Beinahe wäre er selbst mit in die Tiefe gestürzt, aber er konnte sich noch mit einem Fuß am Fels abstützen, während er mich mit seiner rechten Hand packte, und mich mit unglaublicher Kraft wieder auf sicheres Terrain brachte. Jetzt bin ich ihm was schuldig, denn für mich ist und bleibt er Unschuldig. Nächste Woche kann ich ihn besuchen, dann will er mir einige Dinge erzählen, die ihn womöglich entlasten können.

Ich hatte nicht die leiseste Ahnung worauf ich mich da einließ. Eine Reise, die ich bestimmt nicht angetreten wäre, hätte ich gewusst was mich dort erwartet.

Der Trip meines Lebens stand unmittelbar bevor.

Die Fortsetzung lautet:

„Zürich außer Kontrolle",

und ist bereits erhältlich.

Geschrieben wurde es unter dem Pseudonym „Marc Palmer".

Letzte „News" vom 17.1.2016:

In einem neuen Roman, der voraussichtlich Ende 2016 erscheint, wird die Vorgeschichte von Peter Kelly erzählt.

Geplanter Titel;

„DORF DER MÖRDER"

Schauplatz ist „Hintersee", ein fiktiver Ort im Oberallgäu.